W9-BFP-295

P.S. The letter comes via mail !!!

Das Buch

Beim Weihnachtsfest in einem Seniorenheim platzt eine Bombe. Ein Komponist irrt am Heiligen Abend durch Venedig auf der Suche nach Inspiration. Das Blockflötenkonzert in einer Schule endet im Amoklauf. Und eine Frau entdeckt zu Weihnachten das dunkle Geheimnis ihrer verschwundenen Freundin …

In diesen 24 Erzählungen zu Weihnachten liegen Idylle und Abgrund ganz nah beieinander. Sie stammen aus der Feder von 24 namhaften deutschsprachigen Krimiautorinnen und -autoren. Nach dem Erfolg von *Leise rieselt der Schnee* ist ein weiterer Krimi-Adventskalender entstanden, in dem Engel, Lametta, Tannenbaum und Weihnachtsgans in neuem Licht erscheinen. Ein Muss für alle Krimifans und Liebhaber skurriler Weihnachtsgeschichten.

Die Herausgeberin

Gisa Klönne wurde 1964 geboren und lebt in Köln. Mit ihrem Debütkrimi *Der Wald ist Schweigen* gelang ihr sofort der Durchbruch, und sie gehört seitdem zu den erfolgreichsten deutschen Krimiautorinnen. 2009 erhielt sie für ihren Kriminalroman *Nacht ohne Schatten* den begehrten Friedrich-Glauser-Preis.

In unserem Hause sind von Gisa Klönne bereits erschienen:

Der Wald ist Schweigen
Unter dem Eis
Nacht ohne Schatten
Farben der Schuld (HC-Ausgabe)

Leise rieselt der Schnee

Gisa Klönne (Hg.)

Fürchtet Euch nicht!

Der neue Krimi-Adventskalender

Liebe Rita,

*von Dortmund noch
Boston liebe
Weihnachtsgrüße +
alles Liebe zum
neue Jahr !!!*

Ullstein

Besuchen Sie uns im Internet:
www.ullstein-taschenbuch.de

Umwelthinweis:
Diese Buch wurde auf chlor- und säurefreiem Papier gedruckt.

Originalausgabe im Ullstein Taschenbuch
1. Auflage November 2009
© Ullstein Buchverlage GmbH, Berlin 2009
Umschlaggestaltung: HildenDesign, München
Titelabbildung: © Jut / shutterstock
Satz: LVD GmbH, Berlin
Gesetzt aus der Joanna MT
Druck und Bindearbeiten: CPI – Ebner & Spiegel, Ulm
Printed in Germany
ISBN 978-3-548-28107-0

Inhaltsverzeichnis

Bernhard Jaumann

Adventskranz

Mein Männi ist ein Gewohnheitsmensch. Seine beharrliche Weigerung, mal etwas anders zu machen, als er es immer gemacht hat, ist ohne jeden Zweifel seine allerschlechteste Eigenschaft. Dabei ist Veränderung doch genau das, was uns ältere Menschen jung erhält, finden Sie nicht? Mein Männi konnte jedenfalls nicht vergessen, dass er ein Berufsleben lang als Pyrotechniker gearbeitet hat. Achtunddreißig Jahre ist er zum Beispiel für das Feuerwerk beim Volksfest verantwortlich gewesen. Ich war immer richtig stolz auf ihn, wenn die roten und goldenen Kaskaden durch die Nacht stoben, wenn der Himmel im furiosen Finale erglühte und dann die Dunkelheit nach dem gewaltigen Knall der Salutbombe zurückkehrte.

Nachdem Männi in Rente gegangen war, bastelte er zu Hause an seinen Raketen weiter, doch als wir hierher in die betreute Wohngruppe zogen, wurde das schwieriger. Der Oberaufseher – wie Männi den Pflegedienstleiter gern nennt – verbot ihm strikt, mit Explosivstoffen zu hantieren oder sie auch nur im Heim aufzubewahren. Männi kümmerte sich nicht darum. Als er ausgerechnet zum achtundsiebzigsten Geburtstag von Else Röberling ein kleines Brillantfeuerwerk auf der Terrasse vor dem Gemeinschaftsraum zündete, war natürlich die Hölle los. Auch ich war sauer, weil diese mannstolle Witwe von nebenan das wirklich nicht verdient hatte.

Jedenfalls, seit dem Geburtstagsfeuerwerk wurden in unregelmäßigen Abständen Razzien in unseren beiden Zimmerchen durchgeführt. Obwohl die Schwestern bisweilen ein halbes Kilo Kaliumperchlorat oder ein paar Meter Zündschnüre beschlagnahmten, schaffte es Männi immer irgendwie, genügend Material parat zu haben. Mindestens einmal pro Woche schloss er sich für ein paar Stunden in unserem Badezimmer ein, um – wie er sich ausdrückte – »etwas Fetziges« zusammenzumixen.

Was dabei herauskam, wollte ich gar nicht so genau wissen. Ich hätte mich sonst doch nur ärgern müssen. Vorletzte Woche zeigte er mir eine Schuhschachtel voll selbst hergestellter Sternwerfer, die so dick waren, dass sie eher an Dynamitstangen erinnerten.

»Was soll das?«, fragte ich.

»Für den Christbaum«, antwortete Männi. »Die halten doppelt so lange wie die handelsüblichen. Und ich habe Bombetten mit sehr hübschen Farbeffekten eingebaut. Lass dich überraschen!«

Ich verstehe durchaus, dass er seinem Beruf nachtrauert, aber Weihnachten ist nun mal ein besinnliches Fest. Ein Feuerwerk ist da völlig fehl am Platz. Sonst könnte man den Heiligen Abend ja gleich in der Disco feiern.

»Du willst doch immer mal was Neues«, sagte Männi.

»Etwas anderes«, korrigierte ich.

Das war am achtundzwanzigsten November. Ich wusste, dass ich schnell reagieren musste, wenn ich die Adventszeit halbwegs besinnlich erleben wollte. Tags darauf hängte ich die Weihnachtsdekoration, die ich in der Bastelstunde bei Schwester Theresia angefertigt hatte, in die Fenster. Den Stall von Bethlehem, einen Weihnachtsmann mit Schlitten und Rentier, ein paar Schweifsterne und Engel unterschiedlicher Größe. Alles war aus transparentem Buntpapier, das wunderschön aufleuchtete, wenn die Nachmittagssonne hindurchschien.

»Und die guten alten Strohsterne?«, fragte Männi.

Die passten natürlich nicht dazu, das musste er einsehen. Er gab überraschend schnell klein bei. Das kam mir gleich verdächtig vor, doch wer hätte ahnen können, dass er kurz darauf in meiner ureigenen Domäne zurückschlagen würde? Schließlich backe ich, und nicht er. Ohne den geringsten Argwohn tat ich kund, dass ich statt der ewigen Nussmakronen und Spitzbuben heuer mal ein paar neue Rezepte für Weihnachtsplätzchen ausprobieren wolle. Selbstgemachte kleine Lebkuchen seien doch auch etwas Leckeres.

»Mit Zitronat?«, fragte Männi entsetzt.

»Und Orangeat. Ein wenig davon gehört unbedingt in den Teig. Das wirst du schon überleben.«

»Weihnachten ohne Nussmakronen ist kein Weihnachten«, schnaubte er.

»Du wirst sehen, dass dir die Lebkuchen viel besser schmecken.«

Männi zog murrend ab, kam jedoch bereits zehn Minuten später breit grinsend zurück. »Else backt mir Nussmakronen. Für mich mache sie das gern, hat sie gesagt. Wir können ihr dafür ja ein paar von deinen Lebkuchen abgeben.«

Zweifelsohne hätte ein Lebkuchenhaus gut zu der alten Hexe von nebenan gepasst, doch dafür würde ich mich gewiss nicht stundenlang in die Gemeinschaftsküche stellen. Und überhaupt! Was hatte sich die Röberling in unsere Ehe einzumischen? Es war mir nicht entgangen, dass sie meinen Männi bei jeder sich bietenden Gelegenheit mit Schlafzimmerblicken bedachte, als sei sie Greta Garbo höchstpersönlich. Und Männi ist ja so naiv. Wenn ich ihn nicht immer vor sich selbst beschützt hätte, wäre er schon längst verloren. Aber das sieht er natürlich nicht ein.

Genauso wenig wie die Sache mit dem Adventskranz. Männi ist der Meinung, dass die vier Kerzen den jeweiligen Adventssonntagen fest zugeordnet seien. Deswegen müsse am zweiten Sonntag die Kerze vom ersten plus eine weitere angezündet werden. Und so fort. Daraus folgt allerdings, dass die Kerzen am vierten Adventssonntag völlig ungleichmäßig herabgebrannt sind, da ja die erste schon zum vierten Mal ihren Dienst tut, während die letzte zum ersten Mal angesteckt wird. Das ließe sich leicht vermeiden, wenn man am zweiten Sonntag der Kerze Nummer eins eine Pause gönnen und stattdessen die Kerzen Nummer zwei und drei verwenden würde. Schon vor Jahren habe ich einen Anzündeplan entwickelt, der auf dieser Idee gründet. Er ginge übrigens glatt auf, wenn man fünf Kerzen, die dann jeweils zweimal brennen würden, verwenden dürfte, aber auch so sieht das Ergebnis am Ende wesentlich besser aus als bei Männis Vorgehen.

Am ersten Adventssonntag hätte es bei nur einer Kerze aber noch nicht zum Streit kommen müssen. Wir saßen auch ganz einträchtig nebeneinander auf der Couch, unser Wohnzimmer duftete nach den mit Gewürznelken gespickten Orangen, und vor uns auf dem Tischchen prangte der herrliche, von mir selbst mit frischem Tannengrün geflochtene Kranz. Nicht einmal die etwas zu großen roten Kerzen, die Männi aufgesteckt hatte, störten sonderlich.

»Habe ich selbst gezogen«, sagte Männi stolz.

»Die Kerzen? Seit wann kannst du so etwas?«

»Gelernt ist gelernt.« Er strich mit den Fingerkuppen liebevoll über das Wachs. Ich griff nach der Zündholzschachtel, doch er war schneller. Als er ein Streichholz anriss und die Flamme den Docht erfasste, schienen die kommenden Sonntage ihre Schatten vorauszuwerfen. Schon wegen der Geschichte mit den Nussmakronen von der Röberling war ich fest entschlossen, nicht klein beizugeben. Im Hintergrund sangen die Regensburger Domspatzen »O du fröhliche«, und ich nahm mir vor, am nächsten Sonntag früh aufzustehen und Kerze Nummer zwei und drei gleich anzuzünden. Damit würde ich Fakten schaffen, die Männi wohl oder übel akzeptieren musste. Als hätte er meine Gedanken gelesen, sagte er: »Heuer zünde ich die Kerzen an. Sind ja auch meine.«

Ich antwortete nicht. Das würden wir schon sehen!

»Andernfalls feierst du alleine«, fügte Männi hinzu, »und ich gehe dorthin, wo man weiß, wie man mit einem Adventskranz umgeht.«

Dass er von der alten Hexe nebenan sprach, war mir sofort klar. Die würde nichts lieber tun, als ihm schöne Augen zu machen, ihn mit Nussmakronen vollzustopfen und wer weiß wohin abzuschleppen. Ihr traute ich sowieso jede Intrige zu. Zutiefst erschütterte mich jedoch, dass mein Männi mich auf eine solche Weise erpressen wollte. Er kannte mich seit sechsundfünfzig Jahren und musste doch wissen, dass ich das nicht hinnehmen konnte.

Als er freitags zu Schwester Paulas Kurs »Rückengymnastik mit flotter Musik« ging – eine Stunde, die bezeichnenderweise auch die Röberling nie versäumte –, setzte ich mich vor den Adventskranz und überlegte. Die Kerze vom ersten Advent war etwa um ein Fünftel geschrumpft, ihr Docht schwarz und krumm, während die anderen drei Dochte weiß und unversehrt aus dem Wachs ragten. Sie flehten mich geradezu an, gleichmäßig abgebrannt zu werden. Keine Drohung der Welt würde mich davon abhalten! Und natürlich war sich Männi dessen sehr wohl bewusst. Plötzlich kam mir der Gedanke, dass er meine Reaktion einkalkuliert hatte. Wollte er mich nach sechsundfünfzig Ehejahren verlassen? Wollte er nur einen Anlass schaffen, um in die runzligen Arme der Hexe von nebenan zu flüchten?

Bei genauerer Betrachtung sahen die roten Kerzen tatsächlich selbst gemacht aus. Gelernt ist gelernt, hatte Männi gesagt. Dabei hat er nie etwas gelernt. Außer Pyrotechnik. Und gebastelt hat er auch nie. Außer Fundamentalzündsätze, Kugelbomben mit langziehenden Effekten und anderen Feuerwerkskram. Ich kenne doch meinen Männi. Mit Daumen und Zeigefinger prüfte ich die noch unversehrten Dochte. Sie waren mit Wachs überzogen und fühlten sich ganz normal an. Wie Dochte eben. War es denkbar, dass sich einer von ihnen – der dritte zum Beispiel – als Zündschnur entpuppte, wenn ich am Sonntagmorgen ein Streichholz daran hielte? Während Männi noch im Schlafzimmer schnarchte, würde ich mit schreckgeweiteten Augen zusehen, wie sich die Flamme zischend und blitzschnell in die Kerze hineinfräße, die gar keine Kerze wäre, sondern eine mit dünnem Wachs überzogene Höllenmaschine, und dann würde das Zischen plötzlich aufhören, einen unendlichen Moment lang würde absolute Stille herrschen, vor der Explosion, vor dem großen Knall, den ich vielleicht gar nicht mehr hören würde, weil ich …

Und das nach allem, was ich jahrzehntelang für Männi getan habe! Ich habe es ihm immer schön gemacht, habe geputzt, gekocht, Weihnachtsplätzchen gebacken. Sollte das alles nichts mehr zählen, nur weil ihm die Röberling den Kopf verdreht hatte? Bis heute habe ich nicht begriffen, was er an ihr fand. Imponierte ihm vielleicht, dass sie zwei Ehemänner erfolgreich unter die Erde gebracht hatte? Ob dabei wohl alles mit rechten Dingen zugegangen war? Ich möchte nichts unterstellen, aber fragen darf man ja wohl.

Ich holte meine Fotoalben aus dem Bücherbord. Wie fesch Männi bei unserer Hochzeit ausgesehen hatte! Und selbst fünfzig Jahre später, als wir die Goldene im Ratskeller feierten, war er noch ein stattlicher Mann. Ich baue sonst nicht nah am Wasser, das können Sie mir glauben, aber als ich die Bilder betrachtete, kamen mir fast die Tränen. Wir waren so ein schönes Paar!

Und jetzt wollte er mich möglicherweise umbringen, nach sechsundfünfzig Jahren, mein Männi! Ich gebe ja zu, dass ich kurzzeitig daran dachte, die Kerzen oder besser gleich den ganzen Kranz auszutauschen. Nur zur Sicherheit. Aber wo hätte ich denn auf die Schnelle Ersatz auftreiben sollen? Ich bin nicht mehr so gut zu Fuß, komme nur mit Mühe und Not bis zum Ende des Gangs und wieder zurück. Außerdem, ein klein wenig Vertrauen gegenüber dem Partner muss man sich doch bewahren. Was ist denn eine Ehe wert, in der man ernsthaft befürchtet, dass einen der andere in die Luft jagt?

Am Sonntagmorgen stand ich also wie geplant früh auf. Männi schlummerte selig, obwohl er am Abend zuvor zeitig zu Bett gegangen war und nicht, wie sonst am Samstag, die Röberling besucht hatte, um mit ihr angeblich Patiencen zu legen. Ich hatte genug Zeit und nützte die Gelegenheit, um den Karton mit der Krippe zu öffnen. Wissen Sie, Männi besteht darauf, jedes Jahr die abgeschabten, noch aus den fünfziger Jahren stammenden Krippenfiguren zu verwenden, obwohl es so schöne moderne gibt. Nur wenn eine kaputtgeht – wie vergangenes Jahr der Esel –, kann ich ihn überreden, eine neue zu kaufen. Ich brach also dem Ochsen die Hinterbeine ab und wickelte ihn dann wieder sorgsam in Zeitungspapier ein. Erst als Männi ins Bad schlurfte, zündete ich den Adventskranz an. Zwei frische Kerzen natürlich, Sie wissen schon, damit sie am vierten Adventssonntag gleichmäßiger abgebrannt sind.

Ja, was soll ich sagen? Keine Lunte zischte, keine eingebaute Bombe explodierte, die Kerzen brannten ruhig vor sich hin und zuckten erst im Luftzug, als Männi ein paar Minuten später die Badezimmertür öffnete. Ich schämte mich beinahe ein wenig, dass ich ihm zugetraut hatte, mich gewaltsam loswerden zu wollen.

»Guten Morgen«, sagte ich freundlich. »Ich habe schon mal angefangen.«

Männi stand wie gelähmt im Türrahmen und starrte auf den Kranz mit den beiden brennenden Kerzen, als müsste der gleich in die Luft gehen. »Das ist . . .«

»Unser Adventskranz, mein Schatz«, ergänzte ich.

»Nein«, sagte Männi. Er schüttelte den Kopf. Habe ich schon erwähnt, dass er immer recht haben muss?

»Was hast du mit unserem Kranz gemacht?«, fragte Männi mit bebender Stimme, und da hörten wir auch schon von nebenan den gewaltigen Explosionsknall, der mich an den Finalschuss eines großen Feuerwerks erinnerte.

Es war grauenvoll, Herr Kommissar, das kann ich Ihnen versichern. Die Fensterscheiben zersprangen, Glas rieselte, meine Weihnachtsdekoration aus Buntpapier segelte in die kalte Winterluft hinaus, und selbst die Wand zitterte so stark, dass ich um meine Gemälde fürchtete. Das hier zum Beispiel: »Winterabend im Zillertal«. Strahlt es nicht eine wunderbare Harmonie aus? Männi konnte das Bild nicht ausstehen, aber ich wäre traurig gewesen, wenn es beschädigt worden wäre.

Zur Röberling ging ich nicht hinüber. Wie gesagt, Herr Kommissar, ich bin schlecht zu Fuß, und Blut konnte ich noch nie sehen. Ihr netter Kollege von der Spurensicherung teilte mir dann mit, dass der Sprengsatz in der dritten Kerze versteckt war. Das fand ich sehr interessant, weil es ja wohl bedeutet, dass die Röberling, was das Anzünden von Adventskranzkerzen betrifft, auf meiner Linie lag. Sagen Sie das ruhig meinem Männi, wenn Sie ihn im Untersuchungsgefängnis sehen! Auch in dieser Hinsicht hätte er sich also keineswegs verbessert, wenn er zu der alten Witwe – Gott habe sie selig! – übergelaufen wäre.

Dass Männi die Röberling aus Enttäuschung darüber beseitigen wollte, glaube ich allerdings nicht. Nein, nein, er hatte es schon auf mich abgesehen. Ich wusste immer, dass er eines Tages versuchen würde, mich in die Luft zu sprengen. Wie der Kranz dann zur Röberling ins Zimmer kam? Woher soll ich das wissen? Die alte Hexe kann man ja nun leider nicht mehr befragen. Ich traue ihr aber durchaus zu, dass sie meinen Kranz gestohlen und heimlich gegen ihren ausgetauscht hat. Trotz der etwas zu großen Kerzen war er nämlich ausgesprochen schön geworden. Ich hatte ihn ja auch selbst geflochten. Schade darum!

Noch trauriger ist allerdings, dass ich die besinnliche Zeit nun allein verbringen muss. Vor einem einsamen Heiligen Abend graut mir richtig. Vielleicht feiere ich zusammen mit dem charmanten Witwer, der jetzt nebenan eingezogen ist. Ein Herr mit ausgezeichneten Manieren, der in der Frage der Adventskerzen-Anzündereihenfolge völlig meiner Meinung ist. Er hat nur den Fehler, gegen Zitronat allergisch zu sein. Aber das werde ich ihm schon abgewöhnen.

Felicitas Mayall

Lichterketten

Seltsamerweise wurde ihm erst an diesem Abend bewusst, dass er auf der Flucht war. Nach drei Monaten. Ende September war er in Venedig angekommen, als es noch warm war, die Nächte an den Sommer erinnerten und die Luft in den Gassen mit dem modrigen Geruch der Kanäle erfüllt war.

Er war einfach ausgestiegen damals. Keine Menschenseele wusste davon, und genau das war der Grund für seine tiefe Zufriedenheit gewesen. Er hatte sich sicher gefühlt. Niemand kannte ihn in dieser Stadt, und er kannte niemanden. Ihm kam es vor, als hätte er ein zweites Leben gewonnen. Eines, in dem er sich und die Welt neu entdecken konnte, tastend, horchend.

Jedenfalls hatte er das bis vor wenigen Minuten so empfunden. Bis er vor der beißenden Kälte und dem Nebel in diese kleine Kaffeebar geflüchtet war. Plötzlich hatte er die seltsame Vorstellung gehabt, dass er sich in diesem Nebel auflöste. Schwer und dunkel hingen die Schwaden über den Straßen, eine unheilvolle Verdichtung der Luft, die es beinahe unmöglich machte, die eigenen Füße auszumachen, wenn er auf den Boden schaute. Als wäre er plötzlich zum Riesen geworden, unendlich weit weg von den eigenen Begrenzungen. Seine Arme schienen gewachsen zu sein. Wenn er sie ausstreckte, verschwanden sie, wurden unscharf, mit

Händen irgendwo, die er zwar noch spürte, aber kaum erkennen konnte.

Ein giftiger Nebel war es, als atmete die Lagune Dämpfe aus, die sich mit den Abgasen der Chemiewerke von Mestre vermischten. Erst hatte er mit diesen düsteren Gedanken gespielt, halb amüsiert über seine eigenen Einfälle. Er dachte, dass er sie in Musik umwandeln könnte, in eine »fantasia nella nebbia«, das klang besser als »Fantasie im Nebel«. Alles klang für ihn derzeit besser, wenn es nicht deutsch war.

Er könnte sie umwandeln. Könnte.

Aber er konnte nicht. Schon seit Monaten nicht mehr. Als ob er impotent geworden wäre. Oder vertrocknet. Verkümmert.

Deshalb war er in Venedig geblieben. Auf Genesung hoffend. Nur konnte er Vivaldi nicht mehr hören. Von überall her klangen jetzt zur Vorweihnachtszeit dessen Konzerte aus Kirchen und Sälen. Vivaldi war zu schnell für ihn, zu laut, zu überbordend. Es war, als verhöhnten diese Klangkaskaden seinen eigenen Stillstand. Und die Lichterketten überall entlang der Kanäle, wie Sternengespinste hingen sie über den Brücken und Gassen. Vivaldi und Lichterketten. Es war zu viel.

Wagner war in Venedig gestorben. Vielleicht hatte auch Wagner Vivaldi nicht mehr ertragen.

Beinahe jede Woche war er deshalb mit dem Vaporetto zur Friedhofsinsel San Michele gefahren, um das Grab von Igor Strawinsky zu besuchen. Selbst bei strömendem Regen. Strawinskys Musik konnte er noch aushalten, spielte sie manchmal auf dem CD-Player in dem winzigen Appartement, das er gemietet hatte.

Auf San Michele gab es keine Vivaldi-Konzerte. Außerdem mochte er den Kreuzgang im alten Kloster, sogar die riesigen Betonregale, in denen die Venezianer nach ihrem Tod aufgeräumt wurden. Etwas ganz und gar Unitalienisches, wie er fand, denn im Allgemeinen waren Italiener nicht so ordentlich. Was er wiederum schätzte.

Besonders wohl fühlte er sich im alten Teil des Friedhofs, wo unter Zypressen vergessene Gräber lagen, überwachsen, mit verrosteten Kreuzen und bemoosten Grabsteinen. Auch das Grab von Igor Strawinsky lag im alten Teil, wie die Gräber vieler Dichter und Musiker. Joseph Brodskys zum Beispiel, dem unbekannte Bewunderer Schreibstifte ans Grab legten. In einer Aufwallung von Mitleid hatte auch er einen Kugelschreiber dazugelegt. Weil Brodsky nie mehr schreiben und weil er selbst vielleicht nie mehr eine Note zum Klingen bringen würde.

Mehrmals hatte er sich vorgestellt, wie es wäre, wenn auch er hier begraben läge. Im plötzlichen Bewusstsein seiner eigenen Vergänglichkeit, die er vor einer Weile noch mit distanzierter Ironie betrachten konnte. Und er fand es einen durchaus würdigen Platz für seine letzte Ruhestätte.

Bei einem der letzten Besuche hatte er den toten russischen Komponisten um Unterstützung gebeten, um eine Inspiration aus dem Jenseits, denn er litt inzwischen heftiger unter dieser unerklärlichen Lähmung seiner Kreativität. Er konnte seine Empfindungen nicht mehr in Noten übersetzen. Etwas, das bis vor kurzem ganz leicht erschien, war jetzt undenkbar.

Heute, an diesem Nebeltag, der die ganze Stadt verschluckte, hatte sich die Verwunderung über seine Lähmung plötzlich in Angst verwandelt. Es hatte mit der Vorstellung zu tun, dass auch er verschwinden, sich im giftigen Nebel auflösen könnte.

In dieser leeren Bar, die ein bisschen nach dem Schwamm in den Wänden roch, erschien ihm alles unwirklich, selbst die Tatsache, dass er ein bekannter Komponist war. Gewesen war. Vor seiner Flucht nach Venedig.

Der Mann hinter der Theke lehnte mit verschränkten Armen an einem Regal voller Flaschen und starrte auf den Fernseher, der in der rechten Ecke von der Wand hing. Unendlich langsam wandte er nach einer Weile den Kopf, zog beide Augenbrauen erstaunlich hoch, schob das Kinn nach vorn und wurde auf diese Weise zu einer wortlosen Frage.

»*Caffè corretto.*«

Der Mann nickte und wandte seine Aufmerksamkeit wieder dem Fernseher zu, während er die Kaffeemaschine bediente und nach der Grappaflasche griff.

»*Fa freddo!* Jetzt wird's kalt«, sagte er, als er die Tasse mit dem starken Getränk auf den Tresen stellte, sich wieder zurücklehnte und die Arme verschränkte. Eine Antwort schien er nicht zu erwarten. Sein Blick streifte nur flüchtig und ausdruckslos über seinen Gast hin und wanderte zurück zum Bildschirm.

Das Verhalten des Mannes hinter der Bar bestätigte ihn. Er löste sich allmählich auf. Vielleicht konnte der andere ihn nicht mehr genau erkennen und schaute deshalb über ihn hinweg.

Dummes Zeug!

Er schlürfte den Caffè, der vor allem aus Grappa zu bestehen schien, ihm den Atem nahm und in seinem Hals brannte. In der Bar war es recht kühl, kaum wärmer als draußen. Erst jetzt fiel ihm auf, dass die Wände mit Konzertplakaten beklebt waren. Auf einem lächelte Maria Callas, ganz verblichen. Darüber und drunter stand in großen Lettern auf blauem Grund VIVALDI, links Mozart, rechts Schubert.

Irgendwie sah es aus wie ein Plan, den sich jemand für ihn ausgedacht hatte. Vielleicht sein Agent, der ab und zu eine verzweifelte Nachricht auf die Mailbox seines Handys gesprochen hatte. Irgendwann war er der Sache überdrüssig geworden und hatte das kleine Telefon in einen der Kanäle geworfen. Nicht nur des Agenten wegen, auch andere hatten ihn angerufen. Als hätte ein Mensch kein Recht auf eine Zeit außerhalb seines Lebens.

Außerhalb seines Lebens. Genau da befand er sich im Augenblick. Drei Monate hatte es gedauert, bis er dort angekommen war. Es hatte des Nebels bedurft, der Kälte und dieser schimmligen Bar. Plötzlich war er sicher, dass er bald sterben würde, und als die Tür aufgestoßen wurde, zuckte er heftig zusammen. Ein Mann betrat den kleinen Raum und brachte einen Schwall kalter, feuchter Luft mit sich.

Der Fremde trug eine wattierte Jacke mit Kapuze, die er seltsamerweise nicht vom Kopf zog. Auch ihn nahm der Wirt nur aus den Augenwinkeln zur Kenntnis, murmelte aber einen Gruß.

Er rückte ans Ende der Bartheke, schaute zu, wie er seit drei Monaten zuschaute, weil er dieses Leben um sich herum nicht wirklich verstand. Doch die Art, wie er zuschaute, hatte sich verändert, auf einmal erschienen ihm die Gesten und unverständlichen Worte nicht nur fremd, sondern bedrohlich. Er sprach zwar Italienisch, aber nicht diesen venezianischen Dialekt.

Lächerlich. Wer sollte ihn bedrohen. Niemand kannte ihn. Es gab keinen Grund. Keiner bedrohte ihn. Nur er selbst bedrohte sich. Er lachte laut auf über diesen Gedanken, und die beiden Männer drehten sich kurz nach ihm um. Betrachteten ihn aus zusammengekniffenen Augen. Ein paar Sekunden lang, dann blickten sie wieder weg. Der Fremde hatte immer noch die Kapuze auf dem Kopf.

Noch vor zwei Wochen hätte er diese Bar gemocht, als Entdeckung abseits der Touristenwege bezeichnet. Jetzt fand er sie nur widerlich, litt unter dem Schimmelgeruch, unter der Distanz, die die beiden Männer ausstrahlten. Er trank den letzten Schluck aus der kleinen braunen Tasse, legte zu viel Geld auf den Tresen und ging, obwohl es ihm vor dem Nebel graute.

Die Häuser auf der anderen Seite des Kanals konnte er nur noch erahnen, und er hatte vergessen, auf welchem der vielen Fondamenti er sich befand. Jetzt fiel ihm ein, dass er sich vorhin schon verlaufen hatte und deshalb froh gewesen war, diese Bar entdeckt zu haben. Es war egal, welche Richtung er einschlug, links oder rechts. Irgendwann würde er sicher auf eines der markanten Bauwerke stoßen oder auf eine Haltestelle des Vaporetto.

Der Nebel war seltsam. Unverhofft zerrissen die Schwaden und gaben den Blick frei auf kleine Szenen, die wie inszeniert auf ihn wirkten. Ein Kind am Ufer des Kanals, das sich um eine Laterne drehte. Und wieder Lichterketten, blau, gelb, rot, grün. Sie färbten den Nebel.

Einmal erblickte er ganz verschwommen eine Frau mit Hund. Der Hund verrichtete seine Notdurft, die Frau bückte sich, nahm das Häufchen auf, mit einem Papier oder Taschentuch, genau konnte er es nicht erkennen, und warf es in den Kanal. Er hörte den leisen Platsch und musste lachen. Zu laut, obwohl er das Gefühl hatte, nur er selbst könnte sich hören. Die Frau starrte zu ihm herüber, doch der Nebel zog den Vorhang zu und machte sie unsichtbar.

Kleine Brücken, die er nicht kannte, Durchgänge unter Gebäuden, die sich machtvoll über ihm wölbten. Nur wenige Menschen waren auf der Straße, und alle bewegten sich so vorsichtig aneinander vorbei, als ob sie sich misstrauten.

Inzwischen war es dunkel, und er wusste noch immer nicht, wo er sich befand. Einmal meinte er Vivaldi zu hören, doch es kam von weit her und wurde vom Nebel fast verschluckt. Vielleicht löste nicht er sich auf, sondern Venedig. Vielleicht versank die Stadt gerade, und es hatte nur noch keiner gemerkt, weil es im Verborgenen geschehen sollte. Deshalb der Nebel.

Als er einen der größeren Plätze betrat, jedenfalls nahm er an, dass es einer der größeren Plätze war, denn seine tastenden, ausgestreckten Arme und Hände konnten keine Mauern spüren, lief er plötzlich durch Wasser, und als er sich bückte, sehr tief, um genau zu sehen, entdeckte er einen Schwall Wasser, der sich von unten her aus einem Gulli ergoss.

Aqua alta, dachte er. Ich habe es schon dreimal erlebt in den letzten Monaten. Einfach nur Aqua alta. Keine gute Verbindung mit dem Nebel. Ein bisschen wie die ägyptischen Plagen. Giftiger Nebel, steigendes Wasser.

Als er sich wieder aufrichtete, meinte er, eine Gestalt mit Kapuze auszumachen, und erschrak. Heftiger, als er erwartet hatte. Natürlich, vermutlich der Kerl aus der Bar. Deshalb hatte er die Kapuze nicht abgenommen. Er wollte nicht erkannt werden. Dabei war es völlig logisch, dass jemand im kalten Nebel die Kapuze überzog. Wahrscheinlich liefen Dutzende Menschen mit Kapuzen durch die Gassen.

Dummes Zeug. *Fantasia nella nebbia.* Vielleicht war es doch möglich, die Atmosphäre einer versinkenden Stadt in Musik umzusetzen.

Das Wasser stieg erstaunlich schnell, und es war kalt. Er hatte keine Gummistiefel an, und seine Schuhe füllten sich bereits.

Der Mann mit der Kapuze war verschwunden. Wohin? Plötzlich fiel ihm dieser Film ein, den er einmal vor vielen Jahren gesehen hatte. Da war auch einer mit Kapuze durch Venedig gelaufen, ein Zwerg mit roter Kapuze. Und der Hauptdarsteller war ihm nachgerannt, weil er ihn für die Wiedergeburt seiner toten Tochter gehalten hatte. Aber es war nicht seine Tochter gewesen, sondern einfach ein Zwerg, und der hatte dem Hauptdarsteller dann die Kehle durchgeschnitten. Einfach so.

Das würde ihm nicht passieren. Er war auf der Hut. Niemals würde er dem Kapuzenmann folgen. Wenn der ihm folgte, dann war es sein Risiko. Dann wäre die Sache klar. Der Hauptdarsteller war ebenfalls auf der Flucht gewesen, vor dem Tod, dem eigenen Versagen.

Wie rasend quoll das Wasser aus dem Untergrund, der ganze Platz war bereits überschwemmt, und noch immer hatte er keine Ahnung, welcher Platz es sein könnte. Er erkannte nichts, kein Denkmal, keine Kirche. Niemand war unterwegs, kein vertrautes Tuckern eines Vaporetto war zu hören. Dann fiel ihm ein, dass die Wasserbusse bei dichtem Nebel den Betrieb einstellten. Er musste also den Weg zurück nach Cannaregio und zu seiner Wohnung selbst finden. Wieder meinte er, einen Schatten mit Kapuze zu sehen, und fing an zu laufen. Mit ausgestreckten Armen, um nicht gegen eine Wand zu prallen. Das Wasser reichte inzwischen bis zu seinen Knöcheln, spritzte nach allen Seiten. Es war so kalt, dass sein Kopf zu schmerzen begann. Seine Füße spürte er schon nicht mehr.

Die in Deutschland hatten natürlich längst herausgefunden, dass er in Venedig war. Davon musste er ausgehen. Sein Agent war nicht auf den Kopf gefallen, und er bezahlte ständig mit seinen EC- und Kreditkarten. Die Abrechnungen wurden in seine Hamburger Wohnung geschickt. Da mussten sie nur nachsehen, wo die Rechnungen bezahlt wurden. Es war durchaus möglich, dass sie ihn ausspionierten.

Der mit der Kapuze. Den hatten sie ihm nachgeschickt. Vermutlich wollten sie ihn umbringen. Ein toter Komponist, der verstummte, war besser als ein lebendiger, der nichts mehr zuwege brachte. Um einen toten Komponisten konnte man eine Legende erfinden, seine Werke ganz neu bewerten und vermarkten. Selbstmord in Venedig. Das klang beinahe wie *fantasia nella nebbia*. Ja, darauf waren sie aus.

Beinahe wäre er gestolpert. Es hatte keinen Sinn, zu rennen. Er musste die Sache intelligent angehen. Der andere konnte genauso wenig sehen wie er selbst. Ein wenig schien der Nebel sich zu lichten, denn jetzt tauchten Häuser auf, wie riesige Schränke, rechteckig und nach oben im Nebel zerlaufend. Und Lichterketten. Natürlich, Weihnachten. Er hatte es verdrängt. Ihm war es gleichgültig, trotz der Krippen in sämtlichen venezianischen Kirchen. Er würde nichts verschenken und auch nichts bekommen. Zum ersten Mal in seinem Leben. Auch das war eine Befreiung, obwohl er sich bei diesem Gedanken plötzlich einsam fühlte. Ganz kurz nur.

Er beschloss den Lichterketten zu folgen, gelangte in eine schmale Gasse, über eine halbrunde Brücke, erreichte ein neues Fondamento und bewegte sich mit besonderer Vorsicht, denn es war unmöglich zu sehen, wo der Kanal begann. Hier gab es auch Geschäfte, doch die meisten waren geschlossen. Schon so spät? Er warf einen Blick auf seine Armbanduhr. Nach acht. Was hatte er nur die ganze Zeit gemacht?

Endlich eine Bar. Er blieb stehen, versuchte ruhig zu atmen, schaute sich um. Nichts. Kein Kapuzenmann. Nur bunte Lichterketten, die im Nebel farbige Höfe um sich zauberten. Die Glühbirnen erschienen dadurch größer.

Entschlossen drückte er auf die Türklinke und betrat die Bar. Ihm war nicht nach Caffè, er wollte nur in seine Wohnung.

»Mi scusi. In welche Richtung muss ich gehen, wenn ich nach Cannaregio will?«

Der Barkeeper war jung und grinste freundlich. »A sinistra. Nach links! Dann immer geradeaus am Kanal entlang. Aber es ist weit. Mindestens eine halbe Stunde, wenn nicht länger.«

»Grazie.«

Er lächelte, hob grüßend den Arm, war schon wieder draußen. Nach links? Er war doch von links gekommen und absolut sicher gewesen, dass er den richtigen Weg eingeschlagen hatte. Unmöglich konnte er nach links gehen, da würde er dem Kapuzenmann direkt in die Arme laufen. Nein, er würde die nächste Brücke suchen und auf der anderen Seite des Kanals zurücklaufen. Plötzlich fürchtete er sich vor Sackgassen und Fondamenti, die am Wasser endeten. Venedig war ein Irrgarten, auch ohne Nebel.

Er ging nach rechts, folgte der Lichterkette und spürte, dass der Kapuzenmann ganz nah war. Nein, er würde sich nicht nach ihm umdrehen. Erst im letzten Augenblick, und dann würde sich alles entscheiden. Vielleicht war dies sein letzter Spaziergang durch Venedig, der letzte überhaupt. Dramatisch, wie er es sich stets gewünscht hatte. Ein dramatisches Leben. Vielleicht konnte er deshalb nicht mehr komponieren, weil sein Leben seit Jahren völlig undramatisch verlief. Er brauchte Anstöße, starke Eindrücke. Er war inzwischen einfach zu etabliert, verdiente zu viel Geld. Es war nicht gut.

Da war die Brücke, geschwungen wie alle anderen, mit Stufen. Die Luft war unerträglich. Keine Spur von Meeresdüften, reine Chemie war das. Ihm waren in den letzten Monaten viele Menschen mit schlechter Haut aufgefallen, die aussahen, als litten sie unter Chlorakne. Wieso dachte er das jetzt? Seine Haut brannte, deshalb.

Nach der Brücke bog er nach links ab, ging jetzt sehr schnell. Auch hier hing eine bunte Lichterkette, die sich im Nebel und im dunklen Wasser des Kanals spiegelte. Plötzlich wandelten sich die Lichter in Noten. Spielten in seinem Kopf. Keinen Vivaldi, sondern seine eigene Musik. Er blieb stehen, um zu lauschen. Hörte die Farben, den Nebel, das Wasser.

Der Kapuzenmann störte diese Sinfonie, stand auf einmal vor ihm, und er wusste, dass der Fremde ihm die Kehle durchschneiden würde. Vermutlich hatte auch sein Agent den Film mit dem Zwerg gesehen.

Nein, niemand würde ihm jetzt die Kehle durchschneiden. Nicht angesichts dieser Sinfonie, die gerade aus dem Nebel aufgestiegen war. Mit beiden Händen versetzte er dem Kapuzenmann einen so heftigen Stoß, dass der nach hinten taumelte. Dann trat er nach, mit dem rechten Bein.

Plötzlich war er weg, der Kapuzenmann. Über die Kante des Fondamento gefallen. Kein Schrei, wie seltsam. Neugierig beugte er sich vor. Der Unbekannte musste sofort untergegangen sein. Das Wasser war schwarz und kaum bewegt. Vielleicht hatte der Kapuzenmann sich den Kopf angeschlagen. Da unten gab es alles Mögliche ... vertäute Boote, Ketten.

Das wäre also erledigt. Jetzt musste er nur noch in seine Wohnung und die neue Sinfonie aufschreiben. Er rannte, obwohl die Luft in seinen Lungen schmerzte. Einmal sang er sogar, drehte sich wie das Kind im Nebel um einen Laternenpfahl. Er hatte sein Leben verteidigt, seine Freiheit.

Und er wusste, was er tun würde. Die Sinfonie aufschreiben, an seinen Agenten schicken und dann nach Rom umziehen oder auch nach Neapel oder Palermo. Irgendwann würden sie die Suche aufgeben und ihn gewähren lassen. Zumindest solange er neue Werke lieferte. Ansonsten würden sie ihm einen anderen Kapuzenmann schicken. Doch davor fürchtete er sich nicht länger. Es war genau die Dramatik, die er vermisst hatte.

Er dankte seinem Agenten, Strawinsky und den Lichterketten. Sogar Vivaldi, der seinen Hass zum Leben erweckt hatte. Vielleicht war genau das sein Weihnachtsgeschenk.

Sabine Kornbichler

Adventskalender

Die Aufregung hatte mich früh aufwachen lassen. Mit einem Becher Kaffee setzte ich mich auf die Fensterbank, wischte mit einem Finger vorsichtig ein paar Eisblumen von der Scheibe und sah hinunter auf die menschenleere Straße.

Nur wenige Stunden noch, dann würde es einen letzten Ansturm auf die Geschäfte geben. Erst danach würde Ruhe einkehren. Heiligabend. Ich dachte an all die Kinder, die sehnsüchtig auf das Christkind warteten, und musste lächeln. Auch ich wartete voller Sehnsucht. Auf Cornelius.

Aber diese Sehnsucht vermischte sich mit Sorge. Davor, mich noch einmal so sehr zu täuschen. So tief in einen Abgrund zu blicken. Mich mit Händen und Füßen wehren zu müssen, um nicht von ihm verschlungen zu werden. Ich sah Tom vor mir, den Mann, der mir ein Dreivierteljahr lang das Leben zur Hölle gemacht hatte. Mit seiner Eifersucht, seinem Jähzorn, seiner Unberechenbarkeit. Und seiner Faust, die ihm ausgerutscht war. Sie hatte mich das Fürchten gelehrt.

Bisher war es ihm nicht gelungen, meine neue Adresse ausfindig zu machen. Voller Angst, Spuren zu hinterlassen, hatte ich zeitweise paranoide Züge entwickelt. Nur ganz allmählich war die Anspannung der Hoffnung gewichen, ich sei ihm entkommen. Er habe endgültig das Interesse an mir verloren. Inzwischen gab es Momente, in denen ich vergaß, durch den Spion meiner Wohnungstür zu sehen, bevor ich hinausging. An manchen Tagen stieg ich aus dem Auto und stellte überrascht fest, dass ich keine Sekunde lang darauf geachtet hatte, ob mir jemand gefolgt war.

Cornelius hatte mir geholfen, meine Angst zu überwinden. Wieder Vertrauen zu entwickeln. Dabei hatte ich es ihm nicht leicht gemacht. Bisher hatte ich mich all seinen Versuchen, mich zu treffen, widersetzt. Immer wieder hatte ich angeführt, ich müsse ihn erst besser kennenlernen. Müsse mir ganz sicher sein, bevor ich mich auf eine Begegnung einließ.

Zwei Seelen hatten in meiner Brust gekämpft. Die eine hatte ihn sehen wollen – je eher, desto besser. Die andere hatte sich jedoch als stärker erwiesen, hatte gewarnt und meine letzte Erfahrung ins Feld geführt. Ich war Cornelius dankbar für sein Verständnis. Kein einziges Mal hatte er sich beklagt oder mir Vorwürfe gemacht. Dabei hätte ich es ihm nicht verübelt, wenn er die Beziehung mit mir als zu kompliziert empfunden und sich deshalb gleich wieder zurückgezogen hätte.

Ich sah hinüber zu der Kommode, auf der alle dreiundzwanzig Adventsgeschenke lagen, die er mir gemacht hatte. An der Wand darüber hatte ich mit Heftzwecken den Stadtplan befestigt, den er mir rechtzeitig zum ersten Advent geschickt hatte. Über das gesamte Stadtgebiet verteilt, hatte er darauf vierundzwanzig Punkte mit den entsprechenden Zahlen eingezeichnet. Neben jedem Punkt hatte er in einem kleinen Kästchen die notwendigen Details vermerkt, damit ich den Ort nicht verfehlen konnte, an dem er ein Adventsgeschenk für mich deponiert hatte. Eine rote Schleife war das Zeichen, wo ich zu suchen hatte. So habe er die schöne Vorstellung, mit mir an einem Ort gewesen zu sein, wenn auch nicht gleichzeitig, hatte er gesagt. Noch nicht.

Ich rutschte von der Fensterbank, nahm eine Schachtel mit Streichhölzern und entzündete alle vier Kerzen des Adventskranzes, um den herum ich die Geschenke drapiert hatte. Dreiundzwanzig kleine Überraschungen. Ein selbst verfasstes Gedicht, eine Krippenfigur aus Filz – ich hatte ihm geschrieben, dass ich Esel liebe, also hatte ich einen Esel bekommen. Eine selbst aufgenommene CD mit Weihnachtsliedern, einen kunstvoll gefalteten Schutzengel aus Geschenkpapier. Einen Gutschein für einen gemeinsamen Kinobesuch, eine Tüte mit Zimtsternen …

Lautes Türenschlagen und eine wütende Männerstimme im Hausflur ließen mich vor Schreck zusammenfahren. Auf Zehenspitzen schlich ich zur Tür und beobachtete durch den Spion, wie der Nachbar mit dem Fuß gegen die gegenüberliegende Tür trat und ein paar saftige Flüche ausstieß. Eine Minute gab ich ihm noch, wenn er sich dann nicht zurückzog, würde ich die Polizei rufen. Im Zweifel lieber einmal zu viel, hatte ich mir geschworen. Es dauerte keine dreißig Sekunden, da herrschte wieder Stille im Haus. Erleichtert lehnte ich mich gegen die Tür und versuchte, die Flut von Bildern von einem wütenden Tom zu verscheuchen.

Als es mir nicht so recht gelingen wollte, fuhr ich meinen Laptop hoch und loggte mich auf meiner Lieblingskontaktplattform im Internet ein. Hier hatten Cornelius und ich uns vor fast drei Monaten kennengelernt. Ich erinnerte mich noch genau an seine erste Mail. Er hatte mir geschrieben, weil er mich auf der Suche nach einer neuen Tanzpartnerin in der Salsa-Gruppe entdeckt hatte. Er lebte noch nicht lange in der Stadt und war darauf aus, neue Kontakte zu knüpfen. Obwohl ich ihm umgehend antwortete, dass er auf mich als Tanzpartnerin nicht zählen könne und ich außerdem zu keinem Treffen bereit sei, hatte er sich nicht abschrecken lassen.

Anfangs schrieben wir uns nur hin und wieder E-Mails. Bis seine Nachrichten schließlich zu einem sehnsüchtig erwarteten täglichen Bestandteil meines Alltags wurden. Cornelius hatte meine Zurückhaltung respektiert und mir erst einmal die Eckpunkte seines Lebens geschildert. Er sei Einzelkind, habe vor sechs Jahren seinen Vater durch einen Verkehrsunfall verloren und kümmere sich seitdem um seine Mutter. Wenn er im kommenden Jahr seine Ausbildung zum Facharzt beendet habe, wolle er sich niederlassen.

Ich klickte sein Profil an und betrachtete sein Foto, während ich in einen der Zimtsterne biss. Mindestens einmal am Tag sah ich mir dieses Gesicht an, das mir inzwischen so vertraut war, als kennte ich es schon seit langer Zeit. Es spiegelte seine Offenheit. Immer wieder hatte ich es betrachtet und mich gefragt, ob sich auch hinter einem solchen Gesicht Abgründe auftun konnten. Ich hatte meine Freundin Annabell gebeten, es kritisch unter die Lupe zu nehmen, nur um von ihr zu hören zu bekommen, sie könne nichts Bedrohliches in diesem Gesicht entdecken. Eigentlich sehe er aus wie der Traum einer jeden Schwiegermutter. Obwohl gerade die sich ja häufig als Blender erwiesen. War nur ein Scherz, hatte sie gleich darauf lachend hinterhergeschickt.

Cornelius war kein Blender. Da war ich mir sicher. Zu neunundneunzig Prozent. Durch Tom hatte ich gelernt, vorsichtig zu sein. Als ich ihm endlich entkommen war, hatte ich begriffen, wie lebenswichtig Misstrauen sein konnte. Unfair nur, dass Cornelius unter diesem Misstrauen zu leiden hatte. Das restliche Prozent – es hatte mich bewogen, ihm noch immer nicht meine Adresse preiszugeben. Den Stadtplan, meinen ganz persönlichen Adventskalender, hatte er mir an ein Postfach schicken müssen. Es war dieser letzte Rest von Angst.

Angst, dass sich hinter Cornelius Brückner aus der Meisengasse 5 doch ein ganz anderer verbergen könnte. Wer garantierte mir, dass nicht Tom dahintersteckte, der sich auf der Internetplattform eine Pseudoidentität geschaffen hatte und seit Wochen mit mir spielte?

Es hatte einige Zeit gedauert, bis ich nicht mehr jede E-Mail darauf hinterfragt hatte, ob Tom sie geschrieben haben könnte. Aber Tom fehlte es an Phantasie. Er war viel zu sehr auf sich konzentriert, um sich für einen anderen eine Lebensgeschichte auszudenken. Und er hatte mir nie so liebevolle Geschenke gemacht. Er hatte zu Überraschungen aus dem Hinterhalt geneigt – mit seiner Faust.

Ich schrieb Cornelius eine Mail und erzählte ihm, wie aufgeregt ich sei. Wie sehr ich mich auf die Begegnung mit ihm freue. Wie dankbar ich ihm dafür sei, dass er so viel Geduld bewiesen habe. Mein Puls beschleunigte sich, als ich fast umgehend eine Antwort bekam. Er war also auch schon wach.

Liebste Jana, schrieb er. Dankbarkeit ist völlig fehl am Platz. Nachdem ich mich einmal darauf eingelassen hatte, ist mir bewusst geworden, wie außergewöhnlich es ist, sich einem anderen Menschen behutsam zu nähern. Sich Zeit zu lassen. Verzeih mir den Vergleich, aber für mich ist es wie ein ausgedehntes Vorspiel. So bin ich überhaupt auf die Idee mit dem Adventskalender gekommen. Ich habe jede Überraschung für dich in dem Bewusstsein deponiert, dass ich mich dir mit jeder Tür nähere. Schade nur, dass das letzte Türchen keine Überraschung mehr birgt. Ganz besonders heute, an Heiligabend, hätte ich dich gerne überrascht. Aber ich möchte, dass du voller Vorfreude zu mir ins Auto steigst – ohne irgendeinen Gedanken an diesen verdammten Tom. Sollte ich ihm jemals begegnen, müsste ich mich sehr zusammenreißen. Was er dir angetan hat, tut mir in der Seele weh. Ich hoffe, dass ich einiges davon wiedergutmachen kann. Cornelius.

Ich schickte ihm einen Kuss und schrieb, dass ich es kaum erwarten könne, ihn zu sehen. Die Zeit bis vierzehn Uhr würde quälend langsam vergehen.

Das sind die Geister, die du selbst gerufen hast, schrieb er zurück. Jetzt ist es an dir, geduldig zu sein. In diesem Fall habe ich kein Mitleid. Diesem letzten Satz folgte eine Reihe von Herzen und Smileys.

Ein zartes Glücksgefühl ließ mich einen Moment innehalten. Dann schob ich seine Weihnachts-CD in den Player und öffnete meinen Kleiderschrank. Zur Stimme von Pavarotti probierte ich einiges durch, bis ich mich für eine schwarze Jeans und einen schwarzen Pulli entschied. Ums Handgelenk würde ich mir eine seiner roten Schleifen binden. Ich bereitete mir einen weiteren Kaffee und ließ ein Schaumbad ein.

Mit geschlossenen Augen lauschte ich der Musik. Meine Gedanken verselbständigten sich und eilten voraus. Ich hatte von dem Restaurant gehört, in dem Cornelius für uns einen Tisch bestellt hatte. Es sollte nur wenige Plätze haben und wie ein gemütliches Wohnzimmer gestaltet sein. Cornelius hatte vorgeschlagen, warme Stiefel mitzunehmen, damit wir anschließend einen Spaziergang durch den Schnee machen konnten. Und danach?

Das Klingeln des Telefons riss mich aus meinen Träumereien. Annabell meldete sich am anderen Ende, um mir frohe Weihnachten und einen wundervollen Tag mit Cornelius zu wünschen.

»Wo und wann trefft ihr euch überhaupt?«, fragte sie.

Ich beschrieb ihr den Ort, an dem ich um vierzehn Uhr Cornelius zum ersten Mal leibhaftig begegnen würde. »Was, wenn er gar nicht auftaucht?«, fasste ich meine letzten Zweifel in Worte.

»Er wird da sein, Jana, glaub mir. Kein Mann, der so lange wartet, springt kurz vor dem Ziel vom Zug.«

»Und wenn doch Tom hinter all dem steckt?« Ich glaubte längst nicht mehr wirklich daran, aber ich musste es noch einmal von Annabell hören.

»Ausschließen lässt sich so etwas nie zu hundert Prozent. Aber ich kann es mir beim besten Willen nicht vorstellen. Du hast mir Cornelius' Mails zu lesen gegeben. Sie sind sehr einfühlsam und differenziert. Keine einzige davon hätte Tom schreiben können. Es wird mir auf ewig ein Rätsel bleiben, wie du auf ihn hast hereinfallen können«, sagte sie.

»Am Anfang hatte er sich noch im Griff«, entgegnete ich. »Außerdem hat mir seine Eifersucht geschmeichelt.« Ich rieb mir über die Stirn. »Heute kann ich mir das nicht mehr vorstellen, aber …«

»Mach drei Kreuze, dass du ihn los bist.«

»Wenn ich mir da nur so sicher sein könnte wie du. Ich habe immer noch Sorge, er lauert mir irgendwo auf oder ich laufe ihm ganz zufällig über den Weg.« Ich dachte nach. »Weißt du, was mich wundert? Dass er nie versucht hat, über dich herauszufinden, wo ich jetzt wohne.«

Annabell schwieg eine Sekunde zu lang.

»Warum hast du mir nichts davon erzählt?«, fragte ich alarmiert.

»Ich wollte dich nicht beunruhigen«, antwortete sie. »Außerdem hat sein Telefonterror in dem Moment aufgehört, als ich ihm mit der Polizei gedroht habe. Seit zwei Monaten habe ich nichts mehr von ihm gehört. Wahrscheinlich hat er sich inzwischen ein neues Opfer gesucht.«

»Die Frau kann einem leidtun. Ich hoffe, sie erkennt schneller als ich, mit wem sie es zu tun hat.«

»Und ich hoffe, du vergisst Tom jetzt mal für die nächsten Stunden«, sagte Annabell. »Heute ist Weihnachten, das Fest der Liebe.«

Ich drehte den Wasserhahn auf und ließ heißes Wasser nachlaufen. Auf dem Rand der Wanne hatte ich eine Duftkerze aufgestellt, die ich am sechzehnten Dezember an der Lehne einer Parkbank hinter dem Rathaus gefunden hatte. Sie war mit einer roten Schleife versehen. »Fest der Liebe klingt schön«, sagte ich versonnen und verpasste der Kerze mit dem großen Zeh kleine Schaumtupfer.

»Wenn ihr es gebührend gefeiert habt, würde ich diesen Schwiegermüttertraum doch gerne mal kennenlernen«, meinte Annabell trocken. »Ich weiß ja nun, dass er Einzelkind ist, aber vielleicht lässt sich noch ein Cousin mit ähnlichen Genen auftun.« Mit einem Lachen verabschiedete sie sich und überließ mich meiner Vorfreude.

Ich genoss noch eine Weile das wohlig warme Wasser, zog mich schließlich an und begann, das Geschenk für Cornelius zu verpacken. Ich wollte gar nicht erst versuchen, es mit seinem ausgefallenen Adventskalender aufzunehmen. Deshalb hatte ich mich für einen Reiseführer über Griechenland entschieden. In einer seiner Mails hatte er erwähnt, dass er dort liebend gerne einmal Urlaub machen würde.

Mit dem Geschenk in der Hand verließ ich das Haus – nicht ohne links und rechts nach Toms Auto Ausschau zu halten. Den Stadtplan hatte ich in meiner Wohnung gelassen. Ich brauchte ihn nicht, um zu der verabredeten Stelle zu finden. Fünf Minuten vor der Zeit stand ich an der Laterne mit den pinkfarbenen Graffiti. Fast augenblicklich kroch die Kälte meine Beine hinauf, ich trat von einem Fuß auf den anderen und zog meinen Schal fester um den Hals. Während ich wartete, verfluchte ich Tom, dem es gelungen war, mir so nachhaltig Angst einzujagen. Sollte doch er in dem Auto sitzen, würde ich rennen.

Ein kurzes Hupen riss mich aus meinen Überlegungen. Direkt neben mir hielt ein Wagen. Der Griff der Beifahrertür war mit einer roten Schleife geschmückt. Mein verhaltenes Lächeln erstarb beim Anblick des Fremden, der einen Arm ausgestreckt hatte, um die Tür zu öffnen. Er interpretierte meinen Gesichtsausdruck richtig und machte eine beschwichtigende Geste. »Cornelius meinte, eine kleine Überraschung müsse einfach sein. Zwei Kilometer weiter hat er eine Installation vorbereitet. Ich soll Sie dorthin bringen. Sie sind doch Jana, oder?« Er runzelte fragend die Stirn.

Ich nickte und trat einen Schritt vom Auto zurück. »Wer sind Sie?«

Als Antwort streckte er den Arm aus und reichte mir einen Brief.

Ich entfaltete ihn und las: Liebste Jana, es hat mir keine Ruhe gelassen, dass das letzte Türchen meines Adventskalenders keine Überraschung für dich bereithalten soll. Deshalb habe ich meinen Kollegen gebeten, dich abzuholen. Es ist nur ein kleiner Umweg. Du kannst unbesorgt zu ihm in den Wagen steigen. Ich erwarte dich voller Vorfreude. Cornelius.

Ich fand mein Lächeln wieder, verwahrte den Brief in meiner Umhängetasche und stieg ein. Im Wagen war es warm. Ich löste meinen Schal, zog die Handschuhe aus und öffnete meinen Mantel, bevor ich mich anschnallte.

Während der Kollege sich in den laufenden Verkehr einfädelte, versuchte ich, ihm zu entlocken, wohin er mich bringen solle. An den Rand des Stadtparks, mehr dürfe er nicht verraten. Das habe er versprochen. Er hob eine Hand wie zum Schwur.

Wir waren noch keine zwei Minuten gefahren, als er aus dem Seitenfach seiner Tür ein kleines, mit einer roten Schleife versehenes Päckchen hervorholte. Er reichte es mir mit Grüßen von Cornelius. Als ich danach griff, rutschte es ihm aus der Hand und fiel zwischen die Sitze.

»Oje«, hörte ich ihn sagen, während ich mich nach vorne

beugte, um unter meinen Sitz zu schauen, »hoffentlich ist nichts Zerbrechliches darin, Cornelius wird mich steinigen. Warten Sie, ich halte besser mal an.« Er hielt am Straßenrand.

Ich beugte mich tiefer und tastete unter den Sitz. Meine Fingerspitzen berührten etwas. Und dann spürte ich seine Hand im Nacken, die mich hinunterdrückte, während seine andere mir etwas gegen Mund und Nase presste. Ich bekam keine Luft mehr. Panisch versuchte ich, seine Hand aus meinem Gesicht zu zerren, aber sie war kräftig wie ein Schraubstock. Mir wurde schwindelig, in meinem Kopf rauschte es. Während ich meine Nägel in seine Hände krallte, sprach er von der Überraschung, die auf mich warte, davon, dass er sich königlich mit mir amüsiert habe. Er schwärmte, welche Möglichkeiten das Internet Männern wie ihm bot. Welche Unmenge von Identitäten. Der sensible, einfühlsame Cornelius Brückner aus der Meisengasse 5 sei seine Paraderolle. Gelungen, oder?

Und seine Idee mit dem Adventskalender – so ein ausgedehntes Vorspiel habe er noch nie genossen. Mit jedem Tag und jedem Türchen hätte ich mich ihm ein Stück mehr ausgeliefert. Als er etwas von der letzten Tür in mein Ohr flüsterte, ließ Panik mich erstarren. Und ich hatte mich vor Tom gefürchtet.

Der Schmerzensschrei, den der Mann ausstieß, kam von weit her. Bis er lauter wurde, durchdringender. Und sich sein Griff löste. Dann spürte ich eine zweite Hand – an meinem Arm. Eine Hand, die mich aus dem Auto zerrte. Arme, die mich hielten. Und ein Gesicht, in dem sich mein Entsetzen spiegelte.

»Annabell …« Meine Stimme gehorchte mir nicht.

»Das letzte Türchen dieses Adventskalenders«, sagte sie, während sie mir die Tränen aus dem Gesicht strich, »es bekam mit einem Mal etwas so Endgültiges. Als würde diese Tür für immer hinter dir zuschlagen. Da habe ich beschlossen, Schutzengel zu spielen. Nur für den Fall …«

Thomas Kastura

Mistelzweig

Siebenundsiebzig Meter über dem Rhein blies eine steife Brise.
Die Ministerin für Schule und Weiterbildung kauerte, an Händen und Füßen gefesselt, auf dem Pylon der Severinsbrücke. Sie
wollte um Hilfe rufen. Mit einem Knebel im Mund war das
schwierig.

»H-f!«, würgte sie hervor.

Die Frau war blond, doch King Kong hatte woanders zu tun.
Stattdessen rückte die Kölner Polizei an, mit Hubschraubern,
Streifenbooten, gepanzerten Mannschaftswagen. Von weitem sah
es aus wie im Playmobilland.

Die Medien berichteten live, Fernsehreporter überschlugen
sich an den Mikrofonen und trieben ihre Kamerateams zum Äußersten. Sie konnten ihr Glück kaum fassen. Einen solchen Aufreger am Wochenende vor Weihnachten, einen vom Himmel gefallenen Quotenhit.

Suchscheinwerfer durchschnitten die Nacht und nahmen die
Spitze des Brückenpfeilers ins Visier, Scharfschützen vom BKA
brachten ihre Gewehre in Anschlag. Gerade wurde ein riesiger
Bungee-Kran durch die verstopften Zufahrtsstraßen bugsiert,
damit die Polizei in luftiger Höhe Verhandlungen aufnehmen
konnte.

Kommissar Broer war dieses Jahr die Aufgabe zugefallen, Geschenke für die Kollegen zu verteilen und eine launige Ansprache zu halten: Ob auch alle brav gewesen seien? Während der Weihnachtsfeier hatte eine Streife dann den ominösen Mistelzweig entdeckt und die Zentrale verständigt. Broer war in voller Verkleidung losgeprescht. Nur die lächerliche Mütze hatte er abgenommen.

»Schert euch zum Teufel, ihr Sesselpuper!«, brüllte er und meinte damit die Kollegen vom BKA, die ihm ins Handwerk pfuschen wollten. »Das ist meine Stadt!«

Dann spähte er wieder durch sein Fernglas. »Verdammt viel Scheiße auf einem Haufen.« Broer fluchte gern. Er hatte schon einen guten Liter Punsch intus.

Auf der abgeflachten Spitze des Pfeilers befanden sich zwei Personen. Die Ministerin fror in ihrem cremefarbenen Chanel-Twinset wie ein Schneider. Allein ihre helmartige Lehrerinnenfrisur trotzte den Elementen.

Neben ihr, in schwindelnder Höhe über dem Rhein, stand Tin-Tun, fest wie ein Eisberg. Kälte machte dieser Tochter des Polarmeeres nichts aus. Ihr pechschwarzes Haar berührte die Sterne.

Die junge Profikillerin war dabei, einen ihrer schwierigsten Aufträge zum Abschluss zu bringen. Es war der letzte Akt einer beispiellosen Mordserie, das furiose Finale. Der Medienrummel gehörte zwingend dazu, so war es mit den Kunden vereinbart.

»Geben Sie auf!«, schallte es aus einem Megaphon weit unter ihr. »Sie sind umstellt!«

Der Wind trug die Worte des Weihnachtsmanns davon.

Auch Tin-Tun war maskiert. Sie verbarg das Gesicht hinter einer Pippi-Langstrumpf-Maske, damit ihre biometrischen Daten nicht bei Interpol landeten. Unverändert hielt sie der Ministerin eine 10-mm-Glock an die Schläfe. Es würde eine hübsche Sauerei geben, wenn sie abdrückte.

Broer betrachtete wieder den Mistelzweig. Das Ding war mit Klebeband an dem Pylon befestigt, in Augenhöhe, ein anonymer Hinweis hatte die Polizei zu der Stelle geführt. An dem Zweig hing eine einzelne Beere, weißlich, fahl, leicht durchscheinend – die Farbe des Todes.

Ein Assistent versorgte den Kommissar mit Informationen: In England und den USA gehörte es zu den Weihnachtsbräuchen, Misteln von Birken oder Obstbäumen abzuschneiden und als Dekoration in der Wohnung aufzuhängen. Man durfte ein Mädchen unter einem Mistelzweig ungefragt küssen, das brachte Glück.

Dem kugelförmigen, immergrünen Busch wurden noch allerlei andere Wunderwirkungen nachgesagt. In den vergangenen Tagen hatte er jedoch neue Bedeutung erlangt. Er war zum Erkennungszeichen des Mistelmörders geworden.

Der Alptraum hatte damit begonnen, dass einer dieser verfluchten Zweige neben Leiche Nummer eins zurückgelassen worden war. Ein Gruß des Mörders, eine Art Visitenkarte, aber auch ein Hinweis. Denn es hatte weitere Leichen gegeben. Und weitere Mistelzweige. Am Anfang waren noch genau sieben Beeren an dem Zweig gehangen. Pro Leiche fehlte dann jedes Mal eine.

Schnell gelang es der Polizei, diesen makabren Countdown zu durchschauen. Ursprünglich waren es acht Beeren gewesen. Acht Beeren, acht Opfer. Doch niemand konnte einen Zusammenhang zwischen den Zielpersonen herstellen. Ihre einzige Gemeinsamkeit bestand darin, dass alle unbeliebt gewesen waren. Politiker, Professoren, Lehrer, Verwaltungsbeamte. Sie stammten aus dem ganzen Bundesgebiet, vorwiegend aus Nordrhein-Westfalen und Bayern.

Endlich brachte das Technische Hilfswerk den Kran in die richtige Position. Broer stieg in den Absprungkorb und fuhr nach oben. Es war ihm ein Rätsel, was er in dieser Situation ausrichten sollte. Irgendwelche Forderungen entgegennehmen? Mit Pippi Langstrumpf über deren schwierige Kindheit reden? Sie ablenken, damit die Scharfschützen zum Schuss kamen?

»Probleme?«, fragte Doktor Phi, die vertraute Stimme in Tin-Tuns Headset.

»Nein, alles läuft bestens.«

Doktor Adrian Phoenix: Mentor, Geschäfts- und Gefechtspartner, Freund. Seine geheime Kommandostation befand sich diesmal in einem Coca-Cola-Truck. Über eine abhörsichere Verbindung koordinierte er den Einsatz. Seine Monitore zeigten das Geschehen aus allen Perspektiven. Diesmal musste er keinen NASA-Satelliten anzapfen, die Fernsehbilder waren gestochen scharf.

»Steht unsere Exitstrategie noch?«, fragte Tin-Tun.

Doktor Phi warf einen Blick auf den Radarschirm. »Positiv, wie ich vermutet habe. Im Netz der Bullen klafft ein hübsches großes Loch.«

»Ich wollte immer schon ein Seeadler sein.« Geboren auf der Tschuktschenhalbinsel im äußersten Nordosten Sibiriens, entstammte Tin-Tun einem Volk von Jägern und Fischern. Die Raubtiere der Arktis waren ihr vertraut, Eisbären, Polarwölfe, Killerwale. Doktor Phi hatte sie einst ausgebildet, jede ihrer Kampftechniken war einem anderen Bewohner des Eises und der Finsternis nachempfunden. Bei ihren ersten Schießübungen hatten sie Misteln von den Bäumen geholt, mit dem alten Karabiner, den Tin-Tuns verstorbener Vater für die Robbenjagd benutzt hatte. Das war besser gewesen, als sich in der Schule zu langweilen. Als der vorweihnachtliche Auftrag hereingekommen war, hatte sie sofort an das Training mit den Misteln denken müssen. Manchmal neigte Tin-Tun zur Nostalgie.

»Momentan bist du noch Pippi Langstrumpf.« Doktor Phi lachte. »Hast du den Rucksack sorgfältig überprüft?«

»Sicher.« Sie schaute wieder über den Rand des Pylons. »Siehst du, was ich sehe? Diesen Weihnachtsmann auf dem Kran? Nicht zu fassen.«

»Köln ist bekannt für seinen Karneval. Die hiesige Polizei hat Sinn für Humor.«

»Halt!«, rief Tin-Tun. »Das ist nahe genug.«

Der Kommissar stoppte den Absprungkorb wenige Meter unter der Pfeilerspitze und hielt sich am Gestänge fest. Der Kran schwankte im Wind, Broer war kurz davor, sich zu übergeben. Seine Laune wurde noch schlechter.

»Was soll diese Show?«, begann er. »Wollen Sie uns verarschen?«

»Passen Sie auf, was Sie sagen.« Tin-Tun wies auf ein Mikrofon, das sie zusammen mit einem kleinen Sender auf dem Pylon installiert hatte. »Unsere Unterhaltung wird direkt an die Medien übertragen.« Eines von Doktor Phis kleinen Wunderwerken haftete an ihrem Kehlkopf und verzerrte ihr Stimmmuster.

»Dann darf ich wohl keine Schimpfwörter benutzen. Echt schade, Pippi.« Zweifelnd fügte Broer hinzu: »Du bist doch 'ne Frau, oder?«

»Haben Sie einen Sehfehler?«, ärgerte sich Tin-Tun. Wie konnte dieser Kerl ihre festen tschuktschischen Brüste übersehen? Sie zeichneten sich doch deutlich unter dem hautengen Orca-Anzug ab. Orca wie der Killerwal. »Lassen Sie uns nicht lange rumquatschen. Kommen wir zur Sache.«

»Schön. Was haben Sie mit der Ministerin vor?«

»Nichts Besonderes. Das hier sollen nur möglichst viele Leute mitkriegen. Daher der ganze Zauber.«

»Aber warum?«

»Warum? Keine Ahnung, warum ihr Deutschen euer Schulsystem immer weiter ruiniert, das müsst ihr schon selber wissen. Eure Politiker scheinen jedenfalls keinen blassen Schimmer von Bildung zu haben. Und das gefällt gewissen Leuten ganz und gar nicht.«

Tin-Tun hatte sich diesen Vortrag einprägen müssen, das gehörte zu diesem Job. Ihre Wortwahl war allerdings etwas frei.

»G8, so heißt das doch bei euch?«, fuhr sie fort. »Vorhölle trifft's wohl mehr. Die Schüler schuften wie die Sklaven und werden dabei um ihre Kindheit betrogen. Und die Lehrer machen bei diesem schäbigen Spiel mit, zumindest die meisten. Deshalb mussten jetzt einige den Dienst für immer quittieren. Kleines Weihnachtsgeschenk an die Bevölkerung.«

Broer war auf vieles gefasst gewesen, doch das kam ihm wie ein schlechter Witz vor. »Der Mistelmörder, das bist du?«

»Kann man so sagen.«

Langsam dämmerte es dem Kommissar. Die G8-Reform – deswegen gab es bislang sieben Opfer. Die Ministerin würde das achte sein, wenn er es nicht verhinderte. Er holte einen Flachmann hervor, benutzte seinen roten Mantel als Sichtschutz und stärkte sich mit einem Schluck Wacholder.

»Soll ich Ihrem Gedächtnis auf die Sprünge helfen?« Tin-Tun behielt weiter die geknebelte Frau im Auge. »Es fing ganz harmlos an, mit einem vergifteten Lebkuchen.«

Broer schlug sein zerfleddertes Notizbuch auf. »Der Lehrer aus Mettmann.«

»Im Unterricht ein harter Hund, beim Schulamt ein Speichellecker. Und ein Vielfraß, der hat alles gefuttert, was ihm hingestellt wurde, sogar die Haschkekse, die ihm mal ein paar Schüler in der Pause untergejubelt haben. War ganz leicht, ihm die Lebkuchen ins Fach zu schmuggeln.«

»Und einen Mistelzweig.«

»Misteln sind Schmarotzerpflanzen. Verstehen Sie die Anspielung?«

»Das ist doch krank.«

»Sie sehen auch nicht gerade gesund aus«, gab Tin-Tun zurück.

Der Kommissar verkniff sich ein Lächeln. Er bekam hier ein lupenreines Geständnis serviert. »Dann passierte die Sache mit dem tödlichen Overhead-Projektor.«

»Den hab ich präpariert. Manchmal riechen diese Geräte seltsam. Stromschlag, und das war's.«

»Die Rektorin, die es dabei erwischte, hatte ein schwaches Herz.«

»Sie hatte gar keins«, meinte Tin-Tun. »Genauso wie der Vorsitzende des Philologenverbands.«

»Der erste Prominente.«

»Ein Grund, sich etwas Mühe zu geben.«

»Mit einer Grammatik guillotiniert«, las Broer ab.

»Man klebt die Seiten zusammen, härtet das Buch mit einer Harzmischung aus und schärft es dann wie ein Henkersbeil. Ging durch die Halswirbel wie durch Butter.«

»Bisschen aufdringlich, diese Symbolik.«

»Damit es jeder kapiert«, erklärte Tin-Tun. »Außerdem soll mir keiner nachsagen, ich hätte keine Phantasie.«

Der Kommissar blätterte weiter. »Was haben wir noch? Der bayerische Staatssekretär ...«

»... wurde bei einer Schulbesichtigung von einer Statue des Kunst-Leistungskurses erschlagen. Am Sockel angesägt. Mit einer winzigen Sprengladung bringt man so ein Monstrum im richtigen Moment zu Fall. Es war ein wenig Glück dabei. Als er den Mistelzweig bemerkte, wurde er stutzig.«

»Das wären vier.«

»Der Rest ging ausführlich durch die Boulevardpresse«, sagte

Tin-Tun. »Mit dem Zeigestab im Kartenraum aufgespießt. Von den Ringen in der Turnhalle stranguliert. Im Chemiesaal in die Luft gejagt.«

»Wozu der ganze Aufwand?«

»Die Mordserie sollte wie eine dieser vertrackten Aufgaben aussehen, mit denen die Schüler gequält werden. Die armen Kids zermartern sich die Köpfe, aber nur die Lehrer wissen, worauf sie hinauswollen. Normale Menschen kapieren das nicht mehr.«

»Ich hab's begriffen«, antwortete Broer. »Aber was kann die Ministerin dafür?«

»Die Frau musste früher mal eine Klasse wiederholen. Aber bei dieser G8-Reform führt sie sich auf wie eine Streberin – dabei verbockt sie so ziemlich alles, was ihr in die Finger gerät. Die Welt soll sehen, wie schwer Selbstgerechtigkeit zu ertragen ist.« Das war wieder ein Satz, den Tin-Tuns Auftraggeber diktiert hatten. »Wie bei Fräulein Prüsselius«, setzte sie hinzu. »Die will Pippi Langstrumpf eine ordentliche Erziehung verschaffen und ins Heim schicken. Pippi lässt das nicht mit sich machen.«

»Aber Pippi fuchtelt nicht mit einer Riesenwumme herum«, gab Broer zu bedenken.

»Sie wollen Gnade?« Tin-Tun war jetzt fertig mit dem Gesülze für die Öffentlichkeit. Sie entfernte den Knebel der Ministerin.

Die Frau hustete und rang nach Luft.

»Kann's losgehen?«, flüsterte die Killerin in ihr Headset.

Doktor Phi checkte den Radarschirm. »Go!«

Die Ministerin fand ihre Sprache wieder. Sie setzte zu einer Schimpftirade an. »Weißt du, was ich mit dir machen werde, du …«

Doch dann bemerkte sie das Mikrofon und die Kameras, die von ferne auf sie gerichtet waren. Als Politikerin und ehemalige Lehrerin verfiel sie wie von selbst in ihre letzte Rede:

»Die Adventszeit ist für mich alles andere als beschaulich. Aber ich kann Ihnen eine erfreuliche Mitteilung machen: Die Lernstandserhebungen der vergangenen Wochen haben ergeben, dass unsere Schüler erheblich belastbarer sind, als so genannte Experten uns glauben machen wollen. Natürlich sind auch die Eltern gefragt —«

Tin-Tun drückte ab.

Im selben Moment erloschen die Suchscheinwerfer. Doktor Phi hatte sie mit einem elektronischen Impuls lahmgelegt. Die Polizei war blind. Die Hubschrauber wurden durch ein Störsignal zum Abdrehen gezwungen.

Kommissar Broer schlotterte inzwischen vor Kälte. Er ließ den Wacholder durch seine Kehle gluckern, jetzt, wo es niemand mehr sah. Mitleid mit Politikern war nicht mal dem Weihnachtsmann zuzumuten.

Tin-Tun befand sich zu diesem Zeitpunkt schon im freien Fall. Die Kugeln der Scharfschützen pfiffen weit über ihr durch die Dunkelheit.

Mit ausgebreiteten Armen schoss sie dem Rhein entgegen. Der arktische Engel hatte eine Verabredung mit dem Schicksal. Siebenundsiebzig Meter.

Auf Höhe der Brücke wurde es kritisch. Sie legte die Arme an wie ein Seeadler seine Schwingen, stürzte pfeilschnell.

Die BKA-Leute zielten schlecht. Die lernten es nie.

Jetzt den Mini-Fallschirm auslösen. Wupp!

Bremswirkung setzte ein, die Gurte schnitten ihr in die Schultern. Dann klinkte sie den Fallschirm aus, verlagerte das Gewicht nach vorn und tauchte tief ins Wasser. Elegant, ohne einen Spritzer.

Doktor Phi hatte die Sprungkurve genau berechnet. Auf seinen Monitoren verfolgte er, wie sich die Boote der Wasserschutzpolizei näherten.

Lichtbalken bestrichen die Wellen, nahmen die Eintauchstelle ins Visier, leckten über die Oberfläche des stetig fließenden Stromes.

Und blieben plötzlich am Bug eines Frachters hängen. In der Kürze der Zeit war es unmöglich gewesen, den Rhein für den Schiffsverkehr zu sperren. Das Loch im Netz der Polizei.

Tin-Tun hatte das Gefühl, ihr Kopf würde platzen. Sie drehte die kleine Sauerstoffflasche auf, die sie unter dem Fallschirm getragen hatte, tastete nach dem Mundstück. Ihre Lungen füllten sich wieder mit Luft.

Dann aktivierte sie die Magneten in ihrem Anzug und schwamm Richtung Fahrrinne. Spürte den mächtigen Schiffsrumpf, wie Doc Phi es geplant hatte. Heftete sich an die stählerne Bordwand, mit perfektem Timing, sonst wäre ihr der Sog der Schiffsschraube zum Verhängnis geworden. Wie ein Pilotfisch klebte sie an dem Frachter. Ihre Fahrkarte in die Freiheit.

Die Wasserschutzpolizei forderte das Schiff zum Anhalten auf. Das zog sich kilometerlang hin. Tin-Tun hatte genug Zeit, sich unbemerkt durch die Fluten davonzustehlen.

Am Stammheimer Ufer tauchte sie auf, stieg in den bereitstehenden Porsche Cayman und brauste los. Doktor Phi startete den Truck und fuhr in die entgegengesetzte Richtung. Auftrag ausgeführt.

Der Schatzmeister einer zahlungskräftigen bundesweiten Elterninitiative überwies die vereinbarte Summe auf ein Nummernkonto. Mit dem Vermerk: Fröhliche Weihnachten.

Kommissar Broer gab keine Interviews und schwankte schnurstracks in seine Stammkneipe.

Die Pippi-Langstrumpf-Maske trieb rheinabwärts.

Beate Sauer

Nikolaus

Immer wieder sucht mich diese Erinnerung heim: Geduckt spähe ich um das Regal mit den Edelstahltöpfen. Mein Herz hämmert, und ich frage mich, ob es mir gelungen ist, meine beiden Verfolger abzuhängen. In der Geschirrabteilung des Baden-Badener Kaufhauses herrscht das übliche vorweihnachtliche Gedränge. Mit prallen Tüten beladene Menschen schieben sich zwischen den Auslagen hindurch. Ein blondes Mädchen zerrt an der Hand seiner Mutter und quengelt. An einem Tisch preist ein junger, pickeliger Verkäufer Messer aus gehärteter Keramik an. Ich will schon aufatmen, als ich hinter einem Regal voller Backformen die zwei stiernackigen Russen bemerke. Wachsam, die dunklen Brauen drohend gerunzelt, observieren sie den Raum.

Ich taste über den Rauschebart meines Nikolauskostüms. Ja, er bedeckt mein Gesicht vollständig. Die beiden Männer können unmöglich mitbekommen haben, dass ich die Verkleidung wenige Minuten vorher entwendet habe. *Ich bin unsichtbar, völlig unsichtbar ...*, sage ich mir in Gedanken beschwörend vor, während ich mich auf den Ausgang zubewege. Ich befinde mich in einem Alptraum. Einem nur zu realen Alptraum allerdings. Begonnen hat er im Advent des vergangenen Jahres.

Damals wohnte ich in der Kaiser-Wilhelm-Straße, am Rande des Kurviertels. Für Menschen, die Baden-Baden nicht kennen, muss ich wahrscheinlich hinzufügen, dass dieses Viertel so etwas wie die Champs-Elysées, die Mall oder Unter den Linden der Stadt darstellt. Es besteht aus Prachtstraßen, die sich von der Trinkhalle bis zur Gönner Anlage erstrecken. Helle klassizistische Gebäude und Gründerzeitvillen mit Gärten reihen sich aneinander. Das Kurviertel stand für Geisteskultur, Adel und großbürgerlichen Reichtum – bis die Russen kamen.

Nein, ich verwahre mich entschieden gegen den Vorwurf, ausländerfeindliche Klischees zu bedienen. Ich schätze die slawische Seele, die melancholische Spitzfindigkeit eines Tschechow oder die Abgründigkeit eines Dostojewski, und ich bin mir der Verbundenheit Baden-Badens mit der russischen Literatur sehr wohl bewusst. Aber ich verachte jede Form von Proletentum. Ja, es verursacht mir körperliches Unbehagen. Doch leider – um es vorsichtig auszudrücken – hat ein nicht geringer Teil jener Russen, die sich in den letzten Jahren in Baden-Baden und vor allem im Kurviertel angesiedelt haben, wenig gemein mit den einstigen Geistesgrößen ihres Volkes.

An einem Vormittag Ende Oktober des vergangenen Jahres war es wieder so weit. Während ich an meinem original Bauhaus-Schreibtisch saß und an einer Thomas-Mann-Übersetzung von »Der Erwählte« ins Isländische arbeitete, hielten vor dem Haus gegenüber drei riesige Umzugswagen. Die Möbel, die die Träger durch das schmiedeeiserne Gartentor schleppten, waren geschmackloser Protz der übelsten Sorte. Weiße Ledersofas, Goldtischchen und -stühlchen … Von den überdimensionierten Flachbildschirmen gar nicht zu reden.

Einige Stunden später fuhren vier Mercedes der S-Klasse mit schwarz getönten Scheiben vor. Goldketten und schwere Armbanduhren blitzten, während sich eine Entourage von Männern um einen hünenhaften, kahlköpfigen Russen Mitte vierzig und seine mindestens zwanzig Jahre jüngere magersüchtige Begleiterin scharten.

Ich rechnete mit dem Schlimmsten. Doch in den nächsten Wochen blieb alles ruhig. Abgesehen von den schweren Wagen mit den dunklen Scheiben, die regelmäßig in die Einfahrt einbogen. Dann aber, an einem Morgen zu Beginn des Advent, als ich mich eben an meinem Schreibtisch niederlassen wollte, sah ich ihn. Den ungefähr drei Meter großen, knallroten Nikolaus aus aufblasbarem Plastik, der an der denkmalgeschützten Fassade hing. Den Mund zu einem dümmlichen Lächeln verzogen, die glubschartigen Augen weit aufgerissen, schwankte er leicht im Wind.

Ich versuchte, mich auf meine Arbeit zu konzentrieren. Doch das knallrote Monstrum drängte sich in meine Gedanken. Ich zog die Vorhänge zu. Vergebens. Ich packte meinen Laptop und das Manuskript, wanderte in mein Schlafzimmer auf der entgegengesetzten Seite der Wohnung und ließ mich dort an einem kleinen Tisch nieder. Aber die Plastik-Scheußlichkeit verfolgte mich. Sie machte sich zwischen meinen ausgesuchten Möbeln, den modernen Gemälden und Skulpturen breit, quetschte sich zwischen Thomas Manns Worte und brachte sie durcheinander, bis die eleganten Satzgefüge zu einem einzigen Kauderwelsch geronnen.

Am Nachmittag kapitulierte ich. Ich ging hinüber zum Nachbarhaus und klingelte. Ein Russe, über dessen breiter Brust ein Butlersmoking spannte, öffnete mir. Ich erklärte ihm, dass ich den Hausherrn zu sprechen wünschte.

»Nix da.«

Wann er zurückkäme?

»Nicht wissen.« Gelangweilt hob er die Schultern.

Ich deutete auf den Nikolaus, der sich über mir sachte bewegte. »Abmachen ... Sie müssen dieses Ding sofort abmachen!« Ich konnte nicht verhindern, dass ich schrie. Der Butler starrte mich nur stoisch an, ehe er mir die Tür vor der Nase zuschlug.

Am nächsten Morgen, nach einer Nacht, in der mich das Monstrum bis in meine Träume verfolgt hatte, wählte ich die Nummer des Amtes für Denkmalschutz. Ein überdimensionierter Plastik-Nikolaus an einer klassizistischen Fassade … Eine Verunstaltung, ein Schandfleck, erläuterte ich.

Eine desinteressierte Männerstimme erklärte mir, dass es sich bei dem Nikolaus um einen temporären Schmuck handele. Erst wenn er sich nach Ablauf der Weihnachtszeit – nach dem sechsten Januar also – immer noch an der geschützten Fassade befände, würde man sich von Seiten des Amtes der Sache annehmen.

Sein Vorgesetzter sagte das Gleiche. Und überhaupt, fügte er noch in vertraulichem Tonfall hinzu, was ich denn gegen Fassaden-Nikoläuse einzuwenden hätte? Er selbst fände sie sehr schön. An seiner eigenen Hauswand hinge auch einer.

Ich zog mit Laptop und Manuskript in die Stadtbibliothek. Aber auch hier lugte das rote Scheusal phantomgleich um die Regale und grinste mich an. Kaum eine Fassade in der Stadt, an der nicht einer seiner Brüder prangte. Groß, klein, mit Leitern und Geschenkpaketen oder ohne. Aus aufblasbarem Kunststoff oder festem Plastik. Kam ich nach Hause, erwartete mich wieder das Ur-Monstrum. Meine Arbeit und mein Schlaf wurden immer schlechter.

Dann, in der zweiten Adventswoche, besuchte ich meinen Kurs Japanisches Bogenschießen. Die ersten Pfeilschüsse misslangen – zu aufgewühlt war ich. Aber nach und nach entfalteten die vertrauten Griffe ihre Wirkung. Ich spannte den Bogen, legte den Pfeil an die Sehne und fixierte das kreisrunde Ziel am anderen Ende der Halle. Ruhe breitete sich über meine Seele. Der Pfeil und ich wurden eins – und schon traf die Spitze mitten ins Schwarze.

Immer noch von Ruhe und Frieden erfüllt, begab ich mich auf den Heimweg. Die Nacht war kalt. Der fast volle Mond trieb, umgeben von einem regenbogenfarbigen Hof, in einem Wolkenmeer. Caspar-David-Friedrich-Bilder und Gedichte von Eichendorff und Claudius kamen mir in den Sinn. Der Fassaden-Nikolaus war mir gleichgültig. Sollten die russischen Proleten doch an ihre Hauswand hängen, was sie wollten. Nein, ich würde dem Monstrum keinerlei Aufmerksamkeit schenken.

Ich blieb stehen und schaute zum Nachbarhaus. Der Schein der Straßenlaterne reichte nicht bis dorthin. Doch hinter den Zweigen einer alten Linde, umflossen vom Mondlicht, war die feiste Scheußlichkeit nur allzu deutlich zu erkennen. Und darunter – nein, ich täuschte mich nicht – hing ein zweiter, kleinerer Nikolaus.

Das war zu viel! In einer einzigen geschmeidigen Bewegung stand ich am schmiedeeisernen Gitter, zog Pfeil und Bogen aus der Schutzhülle und zielte auf den Neuankömmling. Der Pfeil und ich wurden wieder eins.

Im nächsten Moment ertönte ein markerschütternder menschlicher Schrei, und etwas Schweres krachte zu Boden.

Ohne zu wissen, wie ich dorthin gekommen war, fand ich mich in meiner Wohnung wieder und spähte vom zweiten Stockwerk aus in den Vorgarten des Nachbarhauses. Ein breiter Mondstrahl fiel auf das Wurzelgeflecht der Linde. Nein, nichts Dunkles, Unförmiges, was auf einen herabgestürzten Körper hingedeutet hätte, lag dort. Kein Fenster wurde aufgestoßen. Kein aufgeschreckter Mitbürger beugte sich heraus und horchte. Nur der Nikolaus bewegte sich leicht im Wind. Hatte er mich genarrt und ich mir den Schrei nur eingebildet?

Ein plötzliches, heftiges Fieber ergriff mich. Die nächsten Tage verbrachte ich im Bett. Alpträume plagten mich, in denen mich Plastik-Nikoläuse durch das Kurviertel hetzten und mich schließlich vor Brenners Parkhotel verhafteten. Erst nach einer halben Woche war ich wieder imstande, die Wohnung zu verlassen. Auf der Straße stellte mich Frau Wegner, eine neureiche, höchst gewöhnliche Witwe um die sechzig.

»Haben Sie schon gehört?« Sie fasste sich affektiert ins lila getönte Haar. »Die Polizei war da …«

»Was …« Mein Herz schlug schneller. Hatte ich doch einen Menschen schwer verletzt, vielleicht sogar getötet? Der Pfeil musste in meinem Opfer stecken geblieben sein … Japanisches Bogenschießen war kein Sport, den die Allgemeinheit ausübte …

»Die sollen zur Russen-Mafia gehört haben.« Frau Wegner deutete auf das Nachbarhaus und senkte ihre Stimme. »Sind aber ausgeflogen, bevor die Polizei gekommen ist.«

Mein Blick wanderte zu dem Fassaden-Nikolaus. Er schien schlaffer geworden zu sein.

Tatsächlich, sei es, dass die Krankheit eine kathartische Wirkung auf mich ausgeübt, oder sei es, dass die Flucht der Hausbewohner dem Monstrum Kraft entzogen hatte – es hatte seine Macht über mich eingebüßt.

Während ich wieder an meinem Schreibtisch arbeitete, verlor der Nikolaus mehr und mehr an Luft. Schließlich, am Mittag des zwanzigsten Dezember, baumelte nur mehr eine Plastikhülle von der Fassade. Auch die Brüder meines Feindes schienen auf wundersame Weise weniger geworden zu sein. Meine Übersetzung hatte ich bis auf wenige Seiten fertiggestellt. Bis zum Abend würde ich sie ganz beendet haben. Anlass genug, mir ein Stück Baumkuchen aus dem Café König zu gönnen.

Mit dem Kuchenpäckchen in der Hand begab ich mich auf den Heimweg. Im zarten Schein der Wintersonne wirkte die Kaiser-Wilhelm-Straße zeitlos schön. An der Fassade des Nachbarhauses lehnte eine hohe Stahlleiter. Ein Mann im Arbeitsoverall stand darauf und band die rote Kunststoffhülle los.

Schlapp und kümmerlich hing sie zwischen seinen Händen. Das Scheusal war endgültig besiegt!

Ich kramte eben meinen Hausschlüssel aus der Manteltasche, als Frau Wegner auf mich zueilte. »Nun, gibt es Neuigkeiten von unseren früheren russischen Nachbarn?«, fragte ich gut gelaunt.

»Ja, stellen Sie sich vor, die sollen nicht einfach ausgezogen, sondern geflohen sein. Vor einer rivalisierenden Mafia-Gruppe. Die sollen geplant haben, ins Haus einzubrechen und sie umzubringen.«

Ich dachte noch, wie albern sich »rivalisierende Mafia-Gruppe« aus dem Mund der ältlichen Witwe anhörte, als sich eine Erkenntnis in mir regte. Ehe ich sie zu Ende denken konnte, fuhr Frau Wegner schon fort: »Übrigens haben sich vorhin zwei Russen nach Ihnen erkundigt. Ob Sie mit Pfeil und Bogen schießen würden. Ich habe denen natürlich nichts gesagt. Oh …« Pikiert zog sie die zu einer dünnen Linie gezupften Brauen zusammen. Ich wandte mich um. Zwei stiernackige Männer in dunklen Mänteln kamen auf mich zu.

»Rufen Sie die Polizei!« Ich ließ das Kuchenpäckchen fallen und rannte los – die beiden Russen hinter mir her. Sie waren eindeutig schneller als ich.

Ich hätte nicht die geringste Chance gehabt, ihnen zu entkommen. Doch dank einer glücklichen Fügung kehrte just in diesem Moment mein Nachbar, der Bank-Generaldirektor im Ruhestand Holger Curtius, von seiner täglichen Trainingsrunde zurück und lehnte sein Luxus-Mountainbike gegen das Gartengitter. Ich schnappte mir das Rad und schwang mich in den Sattel.

Es gelang mir, etwa fünfzig Meter Abstand zwischen mich und meine Verfolger zu bringen. Abhängen konnte ich sie jedoch nicht, denn meine hochhackigen Schuhe und der enge Mantel behinderten mich. Die Schritte der Russen im Rücken, schlingerte ich in den Kurgarten.

Bei einer kahlen Rosenrabatte kam mir eine Gruppe gepfleg-
ter älterer Damen entgegen. Ich verlangsamte meine Fahrt. »Die
beiden – sie wollen mich umbringen!« Hektisch deutete ich
über die Schulter. Aus den Augenwinkeln bemerkte ich, dass die
Männer stehen geblieben waren und ihre Hände unter die Re-
vers ihrer Mäntel schoben. Ich legte keinen Wert darauf zu sehen, was sie zum Vorschein bringen würden, und trat wieder in
die Pedalen.

In der Fußgängerzone herrschte dichtes Gedränge. Ich ließ das
Rad fallen und stürzte mich zwischen die Menschen. Einige Sekunden lang dachte ich, ich wäre den beiden Russen entkommen, aber da erblickte ich sie schon wieder in dem Gewimmel.
Der Eingang eines Kaufhauses tat sich vor mir auf. Ich hetzte hinein und zur nächstbesten Rolltreppe. Im ersten Stock sah ich
das Nikolauskostüm an einem Ständer hängen. Ich riss es herunter und zog es mir über. Mit der Maske wagte ich mich zurück ins Erdgeschoss.

*Unter dem Kostüm bin ich für meine Verfolger unsichtbar. Ich bin un-
sichtbar ... Unsichtbar ...* Zwanzig Meter entfernt taten sich die
Glastüren zur Fußgängerzone auf. Dank der Verkleidung würden
mich die Russen in dem Getriebe nicht mehr entdecken. Zur
nächsten Polizeistation war es nicht weit. Ich lugte zu den beiden hinüber. Sie hatten sich abgewendet und blickten zu einer
Frau, die wie ich lange Haare hatte und einen ähnlichen Mantel
trug. Ich hatte das quengelnde Mädchen passiert, das an der
Hand seiner Mutter zerrte, und befand mich nun dicht vor dem
Messerstand. Nur noch zehn Meter bis zum Ausgang.

Eine schwere Hand legte sich auf meine Schulter. Eine Stimme
mit russischem Akzent zischte in mein Ohr: »Sie jetzt sofort mit
mir kommen!« Etwas Hartes bohrte sich in meinen Rücken. *Ein
Pistolenlauf ...*

Ich stolperte einen Schritt vorwärts. Aus den Lautsprechern

klang »Oh, du fröhliche …«. Elektrisches Licht brach sich in den durchsichtigen Plastik-Rentieren, die von der Decke hingen, und traf auf die Keramikmesser. Ich streckte meinen Arm aus. Der Messergriff fühlte sich kühl und gut an. Eine schnelle halbe Drehung. Dann stieß ich das Messer in den Körper des Mannes hinter mir.

Inzwischen ist es wieder Advent geworden. Vor acht Monaten wurde ich wegen versuchten Mordes verurteilt. Der Russen-Mafioso entpuppte sich als der in Wladiwostok geborene und aufgewachsene Kaufhausdetektiv – er hatte mich wegen des gestohlenen Nikolauskostüms festnehmen wollen – und der Pistolenlauf als die Antenne seines Funkgeräts. Meinen Beteuerungen, dass ich überzeugt gewesen war, in Notwehr zu handeln, da mich zwei Auftragskiller verfolgt hätten, schenkte niemand Glauben. Frau Wegner und Holger Curtius konnten sich an keine Verfolgungsjagd erinnern. Angeblich haben beide mittlerweile Baden-Baden verlassen und Luxusvillen auf Mallorca erworben.

Meine Zelle ist acht Quadratmeter groß. Das schmale vergitterte Fenster geht auf den Gefängnishof hinaus. Jenseits der Mauer befindet sich ein Bürohaus. An seiner verglasten Fassade ist ein ungefähr drei Meter hoher Nikolaus aus aufblasbarem Plastik befestigt und grinst zu mir herüber. Er könnte der Zwilling des Nikolauses sein, der vergangenen Advent an meinem Nachbarhaus hing. Aber immer öfter glaube ich, es handelt sich um keinen Zwilling. Ich glaube, das Ur-Monstrum ist zurückgekommen. Und nun … Eine Leiter wird an der Fassade hochgefahren. Ein Arbeiter steht darauf – in seinen Händen ein zweiter, kleinerer Nikolaus aus aufblasbarem Plastik.

Christa von Bernuth

Mandelkern

»Sehen Sie«, sagte die Frau und machte eine Armbewegung, die mehr oder weniger den gesamten Marienplatz umfasste.

»Was meinen Sie?«, fragte ich. Die Frau hatte sich mir gegenüber gesetzt, ohne auch nur um Erlaubnis zu fragen, dabei gab es genügend freie Tische.

»Es geht wieder aufwärts«, fuhr die Frau fort und lächelte auf eine unangenehm schwärmerische Weise.

Ich wandte mich dem weiß beschürzten Kellner zu, um zu zahlen und diese Unterhaltung zu beenden. »Bin gleich bei Ihnen«, rief er und rannte mit einem Tablett voller Getränke an mir vorbei. »Prada hat neu eröffnet«, sagte die Frau jetzt, wieder mit dieser unangemessenen Begeisterung und völlig unempfindlich für mein offensichtliches Desinteresse.

Andererseits gab es tatsächlich einige Anzeichen der Erholung. Wo einen noch vor Monaten leere, verstaubte, teilweise zerschmetterte Schaufenster angähnten, hatten neue Geschäfte eröffnet, erste zaghafte Vorboten, dass sich nach vier langen, bitteren Jahren die Krise ihrem Ende zuneigte. Auch dieses Café hatte es im Sommer noch nicht gegeben. Und jetzt, kurz vor Weihnachten, saßen hier Menschen in mehrfach gestopften Mänteln und genossen ihren Cappuccino in der bleichen Wintersonne, als sei es nie anders gewesen. In den nächsten Tagen, hieß es, würde es sogar wieder einen Weihnachtsmarkt geben.

»Sehen Sie diese Tasche?«, fragte die Frau.

»Ja«, antwortete ich. Sie hielt mir die Tasche aus braunem, narbigem Leder unter die Nase, das dreieckige, schwarzsilberne Prada-Emblem war deutlich zu erkennen.

»Schön«, sagte ich und sah die Frau zum ersten Mal richtig an. Sie hatte ein schmales, langes Gesicht mit ausgeprägter Kinnpartie. Ihre Haut war glatt und feinporig, trotzdem schätzte ich sie auf mindestens Mitte vierzig. Das lag vielleicht an ihrer extremen, ungesunden Blässe. Sie sah aus wie jemand, der monatelang in einem Keller gelebt hatte.

Die Frau nahm ihre Trophäe wieder auf den Schoß, streichelte sie liebevoll wie ein Kind. »2002«, sagte sie.

»Wie bitte?«, fragte ich, aber ich hatte schon verstanden: Die Tasche war elf Jahre alt.

»Ich habe sie in Mailand gekauft, im Corso Como. Vierzig Prozent Ermäßigung«, sagte die Frau. »Damals war ich Lifestyle-Journalistin. Freelance. Für *Vogue*, *Elle*, später kamen noch *Amica*, *Park Avenue* und *Vanity Fair* dazu.«

»Oh«, sagte ich. Die letzten drei Zeitschriften gab es schon lange nicht mehr.

»Ich war sehr erfolgreich«, erklärte die Frau und bedachte mich gleichzeitig mit einem strengen Blick, als würde ich daran zweifeln. Und das tat ich in gewisser Weise auch. Es war alles so weit weg, dieses hysterische Getue um Stil und Hipness, um Models und Marken, um drogensüchtige Stars und glamouröse Entzugskliniken.

»Ich war mittendrin im Zirkus, verstehen Sie? Fashionweek in New York, London und Berlin, die Prêt-à-porters in Paris, Mailand …« Die Stimme der Frau klang atemlos, sehnsüchtig, sie löste Mitleid in mir aus und eine diffuse Nervosität.

»Ja«, sagte ich, weil sie offensichtlich eine Antwort erwartete. Der Kellner schien mich endlich bemerkt zu haben und steuerte unseren Tisch an. Ich hatte aufgegeben, die Frau loswerden zu wollen, und bestellte Glühwein für sie und mich. Der Kellner sah mich fragend an, schließlich hatte ich eben noch zahlen wollen, aber ich sagte: »Danke, es ist alles in Ordnung.«

Sie schien es nicht einmal zu bemerken, so tief drin war sie in ihrer triumphalen Vergangenheit.

»Dann wurde alles anders«, sagte sie.

»Ich weiß«, erwiderte ich müde. »Die Krise.«

Es gab ein Leben vor und ein Leben in der Krise, und beide hatten nichts miteinander zu tun. Aber die Frau schüttelte den Kopf, als hätte ich es mir zu einfach gemacht. »Das hat ja alles schon viel früher begonnen«, sagte sie und unterbrach sich, als der Kellner zwei dicke Henkeltassen mit Glühwein servierte. Sie blies sachte auf das dampfende Getränk, nahm einen kleinen Schluck, blies wieder. »Haben Sie geerbt?«, fragte sie. »Ich kann das jedenfalls nicht bezahlen.«

»Müssen Sie auch nicht. Was hat schon früher begonnen?«

Sie sah mich verwirrt an. Vielleicht war sie Alkohol nicht mehr gewöhnt. Möglicherweise brachte sie schon diese winzige Menge aus dem Gleichgewicht. Ich nahm ihr die Tasse sachte aus der Hand und stellte sie auf den Tisch. »Was hat schon viel früher begonnen?«

Die Frau schien zu zögern. Sie fuhr sich mit der rechten Hand von oben nach unten über das Gesicht, eine vermutlich unbewusste Geste, die mir vorkam, als wollte sie eine Maske abnehmen. Dann sagte sie: »Sie wissen vielleicht, was mit Mandelkern gemeint ist.«

Ich sah sie ratlos an. »Theodor Storm, das Knecht-Ruprecht-Gedicht«, sagte ich. »Apfel, Nuss und Mandelkern fressen alle Kinder gern.« Das Wort fressen in Verbindung mit Kindern hatte ich immer seltsam gefunden, wahrscheinlich hatte ich mir deshalb ausgerechnet diese Zeile gemerkt.

»Ach was!«, rief sie so empört, als wäre das die mit Abstand dümmste Äußerung gewesen, die sie je gehört hatte. In diesem Moment eilte ein Mann in einem notdürftig geflickten Nikolauskostüm am Café vorbei, und mir fiel ein, dass heute ja der sechste Dezember war. Und dass es irgendwo Kinder gab, denen der Weihnachtsmann noch Geschenke brachte.

»Ich meine die Amygdala«, erklärte die Frau, wieder etwas ruhiger. »Schon in den Jahren vor der Krise war sie aktiver denn je, das beweisen alle Forschungen. Die Amygdala hat geahnt, was auf uns zukommt.«

Warum hatte ich mich nur auf dieses sinnlose Gespräch eingelassen? Ich war dabei, einen ganzen Vormittag zu verschwenden, kostbare Lebenszeit, die mir niemand zurückgeben würde.

»Die Amygdala? Was für ein Blödsinn!«, sagte ich.

»Sie verstehen mich nicht«, konterte sie. »Vielleicht sind Sie einfach nicht auf meinem Level.«

Jetzt musste ich doch lachen. Das war wirklich zu dreist.

»Die Amygdala«, belehrte ich sie, »wird auch Mandelkern genannt. Sie befindet sich im limbischen System, dem Bereich des Gehirns, der für Gefühle wie Angst, Liebe, Mitleid zuständig ist.«

»Was reden Sie denn da? Glauben Sie, ich weiß das nicht? Ich habe das Interview mit dem Neurologen geführt, ich lag in der Röhre, und mir hat er erklärt, dass meine Amygdala ungewöhnlich aktiv ist. Zu aktiv.«

Wir starrten uns schweigend an, feindselig. War es vielleicht wirklich so, dass unsere Gefühle – die Gefühle aller Menschen – das Böse geahnt hatten, bevor es über uns gekommen war? Trotz des Glühweins und obwohl ich dick genug angezogen war, begann ich zu frieren. Die Sonne hatte sich hinter einem dunstigen

Schleier verkrochen, eine leichte, aber eisige Brise ließ mich von innen heraus frösteln.

»Wer sind Sie eigentlich?«, fragte ich, obwohl jetzt eine wirklich gute Gelegenheit gewesen wäre, zu zahlen und zu gehen.

Es gab eine Pause, in der wir uns weiter fixierten. Ich hielt ihren Blick aus. Ihre Augen, stellte ich fest, waren so dunkel, dass man ihre Pupillen nicht erkennen konnte. Sie wirkte fast wie eine Blinde. Vielleicht war sie es ja auch, vielleicht orientierte sie sich nur am Ton meiner Stimme.

Sie konnte alles sein.

»Sind Sie verheiratet?«, fragte sie schließlich zurück.

»Nein. Sie?«

Sie lächelte, ein hübsches Lächeln übrigens, das sie gleich um Jahre jünger aussehen ließ. Oder hätte aussehen lassen, wären nicht ihre gelben, schadhaften Zähne gewesen. Viele Menschen hatten jetzt solche Zähne, manche hatten auch Lücken, weil Zahnarztbehandlungen von der Kasse nur noch bezahlt wurden, wenn man teure Zusatzversicherungen abschloss.

»Ich war mit jemandem zusammen«, sagte sie knapp, aber nicht so, als wollte sie grundsätzlich nicht über dieses Thema reden, eher so, als wartete sie auf die richtigen Fragen.

Ich tat ihr den Gefallen. Warum auch nicht, zu Hause wartete niemand auf mich, ich hatte keinen Beruf mehr und kaum noch Kontakte. Jeder hatte sich in der Krise verkrochen, leckte einsam oder in öder Zweisamkeit seine Wunden, lebte von einem Tag zum nächsten. Freundschaft kostete Geld, zumindest aber Lebensmittel. Es machte keinen Spaß, Gäste zu haben, denen man nur noch Reis, Kartoffeln, Kohl und Rüben anbieten konnte.

Ein Bettler kam an unseren Tisch, wir gaben ihm je eine kleine Münze und sahen uns in seltenem Einverständnis an: Keine von uns war obdachlos, und das war in diesen Zeiten als Erfolg zu werten.

Mandelkern

»Warum sind Sie es nicht mehr? Mit ihm zusammen, meine ich.«

Die Frau lächelte wieder, aber diesmal mit geschlossenen Lippen, als hätte sie vorhin meinen Blick bemerkt. »Er ist tot«, sagte sie.

Seltsam, diese Antwort wunderte mich überhaupt nicht. »Wie ist es passiert?«

»Haben Sie ein bisschen Zeit?«, fragte sie zurück, was absurd war, wenn man bedachte, wie lange sie mich schon mit Beschlag belegte.

»Sicher«, sagte ich.

»Mein Freund nannte sich Gu«, sagte sie.

»Gu? War das sein Spitzname?«

»Nein, nein. Nachdem er seinen Job verloren hatte, hatte er sich einer Sekte angeschlossen. Fragen Sie mich bitte nicht, wie die hieß, ›Wiedergefundene Christen‹, ›Neue Buddhisten‹ oder so ähnlich. Ich hatte damals keine Zeit, mich damit zu beschäftigen.«

»Es ist ja auch nicht wichtig.«

»Nein. Oder doch, eigentlich schon. Sehen Sie, wir haben uns immer weiter voneinander entfernt. Wenn gerade keine Schauen waren, war ich in New York, Bali und ich weiß nicht wo unterwegs. 2008 liefen die Geschäfte ja noch, ich hätte jeden meiner Artikel dreimal verkaufen können.«

»Und davon konnten Sie leben?«

»Ja, das war das Problem, nicht so gut, wie man als Außenstehender meinen konnte. Die Zeitschriften zahlten schon damals nicht mehr besonders. Und diese Reisen kosteten ja Zeit …«

»Ich verstehe.«

»Ich glaube nicht, dass Sie das verstehen. Man übernachtete in 5-Sterne-Resorts mit Designer-Spa, feierte die Nächte mit den Kollegen durch auf Kosten der Veranstalter, kostete das süße Leben aus, und dann kam man wieder nach Hause, und da saß dann der Mann, der einen unterstützen sollte, mit Leuten zusammen, die man noch nie gesehen hatte, die Wohnung ein einziges Chaos …«

Unwillkürlich hob ich die Hände, als wollte ich sie segnen. »Ich kann mir vorstellen, wie Ihnen zumute war.« Das sollte beschwichtigend klingen, denn ihre Stimme war zum Schluss immer lauter geworden, so schrill, dass die Leute von den Nebentischen herüberschauten. Und ich kann es nicht ausstehen, von Menschen angestarrt zu werden.

Sie dagegen schien es kaum zu bemerken, redete einfach weiter, als hätte ich gar nichts gesagt, wie ein Zug, der in seinem Gleisbett rollt und rollt. »Ja, und an diesem einen Abend kam ich aus Seoul zurück. Miuccia Prada hatte eingeladen, es ging um die Installation von Rem Koolhaas und eine Modenschau von ihr, Sie haben sicher davon gehört, alle haben damals darüber geschrieben, eine Sensation, die ultimative Verschmelzung von Kunst, Architektur und Mode …«

Ich war nicht interessiert an einer längeren Erklärung, also nickte ich. »… ein Stahlgerüst aus unterschiedlichen geometrischen Formen, ummantelt von einer organischen Membran, das sich drehen und kippen lässt, und dann wiederum zu einem neuen Kunstwerk wird, in dessen Inneren die unterschiedlichsten Veranstaltungen möglich werden. Genial. Absolut genial!«

»Das hört sich hochinteressant an«, sagte ich vorsichtig. Es ging jetzt nur noch darum, sie zu beruhigen. Der Kellner legte mir unverlangt die Rechnung auf den Tisch und blieb stehen, damit ich gleich zahlen konnte. Er wollte, dass wir verschwanden, das war klar. Ich zahlte, blieb aber sitzen. Wenn ich jetzt mit ihr zusammen wegginge, würde ich sie nie wieder loswerden. Sie würde sich an meine Schritte heften, mich bis zu meiner Wohnung verfolgen und sich bei mir einnisten. Sie gehörte zu den Leuten, die so etwas taten, Leute, die in der Krise alle Hemmungen verloren hatten, die sich einfach nahmen, was sich ihnen bot.

»Ich komme also nach Hause, Gu sitzt mit seinen Freunden in unserer Wohnung, deren Raten ich in den letzten Monaten allein abstottern musste, sie essen die Sachen auf, die ich eingekauft hatte, und sie sehen mich an, als wäre ich ein Eindringling. Was hätten Sie getan?«

»Keine Ahnung«, sagte ich.

»Sie müssen verstehen, ich hatte damals schon diese Panikattacken, wie eine Vorahnung all dessen, was in den nächsten Monaten auf uns zukommen würde. Ich war nicht sehr … belastbar.« Die letzten Worte murmelte sie nur noch.

»Nicht«, sagte ich. Ich wollte, dass sie aufhörte zu reden. Stattdessen nahm sie meine Hand, versenkte ihren Blick in meinen.

»Sie wissen doch, was jetzt kommt, nicht wahr?«

Widerwillig nickte ich. Es gab ein Rezept, in dem man die Menge Bittermandeln verarbeiten konnte, die ausreichte, um einen Menschen zu töten. Bittermandeln bekam man problemlos über das Internet, und etwa fünfzig Stück davon befördern einen wegen der enthaltenen Blausäure zuverlässig über den Jordan, vorausgesetzt, man erhitzt sie nicht. Ein selbst gemachtes Mandeleis besteht aus zweihundert Gramm gemahlenen Mandeln. Sechzig Gramm konnte man durch die Bittervariante ersetzen und die angegebene Zuckermenge erhöhen, um den unangenehmen Geschmack zu überdecken, voilà.

Sie lächelte. »Er hat Eis geliebt. Plätzchen mochte er nicht. Nicht mal zum Advent. Aber Eis. Er konnte ganze Kübel davon essen.«

Die Umgebung verschwamm vor meinen Augen, aber ihre Stimme hörte ich immer noch, sie durchdrang meinen Körper, hallte in meinen Ohren.

»Ich wollte doch nur, dass er verschwindet. Ich konnte nicht länger uns beide ernähren und gleichzeitig die Wohnung halten. Aber er ist nicht gegangen. Alles stürzte rasant dem Abgrund entgegen, und Leute wie er spürten das. Er wollte sein warmes Plätzchen behalten.«

Ja. So war Gu gewesen. Ich war dankbar, dass sie es aussprach. Man hatte keine Chance gegen ihn gehabt.

»Ich musste kurz vor Weihnachten fünf Tage nach Bali, in ein Luxusresort für einen Bericht in der *Park Avenue*. Ich habe vorher Eis zubereitet, massenhaft Eis, und in die Tiefkühltruhe gestellt. Ich habe ihm noch gesagt, warte, bis ich zurück bin, dann essen wir es gemeinsam. Ich habe ihm eine Chance gegeben. Hätte er gewartet, hätte ich das Zeug in den Müll geworfen. Aber er war einfach zu gierig. Er hat alles aufgegessen. Als ich am Dreiundzwanzigsten zurückkam, lag er auf dem Boden, total verkrümmt. Kein schöner Anblick.«

Gierig, ganz genau, dachte ich. Wie die armseligen Zocker, die erst sich, dann uns in den Ruin gewirtschaftet hatten, weil sie überzeugt davon waren, dass ihnen das Leben immer noch etwas schuldig sei, obwohl sie doch schon alles aus ihm herausgepresst hatten. Ich stand auf, erleichtert darüber, dass es nicht meine Schuld gewesen war. Ich hatte nur versucht, meine Existenz zu retten. Nicht ich, die Gier hatte Gu getötet. Die Fremde hatte es mir bestätigt.

Ein bisschen unsicher drängte ich mich zwischen den Tischen durch. Hörte unseren Kellner mit gedämpfter Stimme zu seinem Kollegen sagen: »Die ist jeden Tag hier, trinkt zwei Glühwein und redet mit sich selbst. Irgendwann schreit sie rum, dann beruhigt sie sich wieder. Nach einer Stunde bringt man ihr die Rechnung. Harmlos.«

Haha, dachte ich. Wie man's nimmt.

Ich stolperte über den brüchigen Asphalt. Niemand hatte Gu

vermisst. Seine Eltern waren gestorben, mit den Geschwistern hatte er sich zerstritten, und seine ehemaligen Kollegen waren in alle Winde zerstreut. Jedem, den es hätte interessieren können, erzählte ich, dass er mich wegen einer anderen verlassen hätte. Niemand war erstaunt. Gu biss sich fest wie eine Zecke an jede sich anbietende Wirtin.

Ich dachte an kerngesunde Unternehmen, die von Hedgefonds ausgesaugt und leergefressen wurden, so wie Gu und andere Männer mich benutzt und fallengelassen hatten, ein Leben lang. Eigentlich hatte ich ihm einen Riesengefallen getan. Die Zeiten waren schlecht geworden, für Investoren und andere Schnorrer. Die meisten Firmen waren pleite, die Banken geizig, und die wenigen Leute, die noch etwas zu geben hatten, lebten in streng bewachten Refugien, die jemand wie ich nur vom Hörensagen kannte. Wen hätte Gu noch ausnehmen können?

Ich kramte den Schlüssel aus meiner geliebten Prada-Tasche, dem unverwüstlichen Relikt aus meinen guten Jahren.

Meine Kellerwohnung maß etwa zwölf Quadratmeter. Anderthalb davon nahm die Kühltruhe ein, die der Staat einer Bedürftigen wie mir gnädig überlassen hatte. Wie jeden Tag öffnete ich sie und begrüßte Gus Kopf, strich zärtlich über sein mit dickem Reif bedecktes Haar, berührte seine steifgefrorenen Lippen, die immer noch ein bisschen verzerrt waren vom Todeskampf.

Es war der sechste Dezember. Bald würden wir zusammen Weihnachten feiern, und er würde mir beim Essen zusehen und dabei sein übliches Pfützchen Schmelzwasser produzieren.

Wie jedes Jahr. Ich freute mich schon sehr darauf.

Beatrix Kramlovsky

Engel

Drasar, der in seinen Kreisen nur der Bsoffene Drascha hieß, strich bedächtig an der Fassade entlang und musterte die Mäntel über den wasserdichten Stiefeln. Schwefelgelb schien ihm die Sternenbeleuchtung am Kohlmarkt vor der Wiener Hofburg, erholsam hingegen das kühle Licht aus Tausenden winziger Lampen, das den Graben bis hin zum Stephansdom in einen hellen Barocksaal unter freiem Himmel verwandelte.

»Acht Euronen für einen verzuckerten Glüh!«, murmelte er entgeistert und fragte sich zum wiederholten Mal, was reiche Bürger antrieb, sich in Eiseskälte mit überteuertem Alkohol für einen sozialen Zweck abzufüllen. Hinter dem Punschstand des Lions Clubs reihten sich Vier Pfoten, Unicef und die Rotarier. Feine Zirkelbrüder im Weingeist. Drasar wusste, hier fand sich für ihn kein Tropfen zum Abstauben. Er zwängte sich durch, genoss den kurzen Augenblick, eingekeilt zwischen Pelzmänteln, die Wärme der Wohlsituierten, bis er das bemühte Wegrücken spürte. Den Kopf gesenkt, um den Blicken nicht standhalten zu müssen, näherte er sich dem Dom. Es roch nach Zimt, Nelken, schweren Parfüms, Bratwurst, kaltem Kieselstaub, und über allem waberte der freundliche Duft erwärmten Fusels. Freitagabend. In zehn Tagen würde Drasar mit dem Sechserpack Weihnachten feiern, er war richtig eingeladen worden, ein Halleluja auf Flötensusi, die ihn der Bande vorgestellt hatte.

Ein Junge stolperte direkt vor ihm, der Obdachlose streckte die Hand aus, intuitiv. Eine Frau schob sich vor, packte den Buben, zog ihn weg, ihr erschreckter Blick galt weniger dem Kind als dem streng riechenden Mann. Drasar verzog den Mund. Von wegen *Ihr Kinderlein kommet*. Es war immer dasselbe. Da konnte auch der künstlerisch aufgepeppte Krippencontainer vor dem Rathaus nichts daran ändern, Landstreicher und Säufer gehörten nicht zur Wunschumgebung, weder beim saturierten Bürgertum noch bei den Arbeitern.

Im Domportal stand die durchsichtige Sammelbox für die Turmsanierung. Drasar schätzte die Höhe der eingeworfenen Münzen ab, zählte die sichtbaren Scheine. Gar nicht auszudenken, wie viele Schnäpse und Doppler das waren. *In dulci jubilo*. Wenn er den richtigen Zeitpunkt erwischte, konnte er nach dem Abendgebet einen der geistlichen Herren auf dem Weg hinüber ins bischöfliche Palais abfangen. Den Dompfarrer vielleicht. Engagiert, freundlich, ungemein fesch und trotzdem nicht schwul. Nie sagte er zu ihm »Du Bsoffener« oder »Drascha«, mit diesem harten Zischen, das an kalten Wasserstrahl und aufgebrachte Hornissen erinnerte. Ob er sich Engel so vorstellen sollte wie diesen Priester? Noch nicht verführt, noch nicht gefallen, noch strahlend in der sicheren Weite des Himmels. Tranken Engel? Jedenfalls sangen sie immerzu. Hosianna und Halleluja, ein beständiges Musizieren, wie ihm im Kindesalter die Eltern und dann die Chorleiterin weisgemacht hatten. Damals war er mit einer Engelstimme gesegnet gewesen, himmelstürmend. Jetzt war er ein Sandler. Drasar trat aus dem Windschatten. Ein Mann stand suchend in seiner Nähe, in den Händen zwei rauchend heiße Becher, rief:

»Wo iss er denn?«

Drasar blieb stehen.

»Hearst, Burli, wo bist denn?«

Leute schauten her, aber niemand Bestimmter löste sich von den dunklen Mantelknäueln. Der Mann fluchte, hob einen Becher und trank, verbrannte sich die Zunge, zuckte hoch, aus beiden Bechern schwappte es auf die polierten Schuhe und das eisglitzernde Pflaster.

Drasar setzte sich in Bewegung. »Kann ich helfen, der Herr?« Ein bisschen devot, ein bisschen zu nahe. Der Mann wich zurück, hektisch blickte er nun von links nach rechts, bemüht, dem Sandler nicht ins Gesicht zu starren. Dann streckte er den einen Becher von sich. »Nehmens, bevors kalt wird. Mein Trottel von Freund ist weg.«

O du fröhliche! Drasar griff zu, bevor es sich der andere nochmals überlegte, schlürfte und saugte, *nun trinke und sei froh*, brachte summend das Häferl zurück zum nächsten Stand, kassierte den Einsatz. *Dona nobis* einen unerwarteten Euro! Das schien ein richtig guter Abend zu werden. Die längst vergessen geglaubten Liedtexte wurde er heute wohl gar nicht mehr los. Bevor nun der Dompfarrer fällig für eine kleine Spende war, sollte er hinüber Richtung Blutgasse schauen, dorthin verirrten sich selten Kollegen, obwohl in den feinen Lokalen manch anständiger Sous-Chef einen Blick für echten Hunger hatte.

Er ließ die feinen Punschstände hinter sich, schlich an den eleganten Boutiquen vorbei, keinen Blick hatte er für die aufwendige Dekoration in den Fenstern, die in Szene gesetzten Stücke mit den schlichten Preisschildern und der Zahlenkalligraphie darauf. Beppo würde ein weiches Herz und warmes Essen für ihn haben, da war er ganz sicher. Beppo hieß eigentlich Luitpold, Spezialität Saucen und Desserts, außerdem hatte er einen serbischen Schwager und eine tschechische Mutter. So etwas verband, wenn man Drasar hieß und seit langem weg vom Fenster war. Beppo träumte von ferrariroten Cabrios und hatte eine

Schwäche fürs Pokern, eine Mischung, die nur gefährlich klang, solange man den Koch nicht kannte. Dass er Sandlern immer wieder Leckerbissen zukommen ließ, lag jedoch nicht am goldenen Wiener Gemüt, das war Drasar klar. Beppo bekämpfte die eigenen Dämonen damit, wie jeder Mensch seine private Vorhölle von persönlichen Engeln bewachen ließ. Drasar kicherte hörbar. Keine Nachthemdträger mit wallendem Haar, die Hänsel und Gretel über morsche Brücken führten, bevölkerten seine Phantasie, auch keine pausbäckigen Engelchen mit Spatzenschwingen, die Blumengirlanden über Jesuleins Krippe hielten. Es hieß doch das himmlische Heer, ein schützender Verband von Soldaten mit Flammenrädern, Adlern mit säbelbewehrten Fängen. Ein geflügelter Hüter mit dem Schwert, wer hatte sich das bloß als Türsteher fürs Paradies ausgedacht!

Vor einem mittelalterlichen Haus, das im Barock überschwänglich restauriert worden war, blieb er kurz stehen. Im Hofdurchgang schimmerten die Eichentrittsteine silbern, nur matt hoben sich die Jahresringe ab. Hübsch sah das aus, befand Drasar und schob seine Füße in den ausgelatschten Stiefeln vorwärts. Er konnte einen Mann hören. Wie dumm von ihm, in diesem Moment mitten in die Kochvorbereitungen oder Lieferungen zu geraten. Beppo hatte es gar nicht gern, vor Zeugen den barmherzigen Samariter zu geben. Die Stimme klang hoch, wie eine blecherne Trompete, nun fiel der vertraute Bariton Beppos ein, hektisch, nervös, gepresst, als wäre zu wenig Raum, zu wenig Luft in der Kehle. Nicht seine Angelegenheit, entschied Drasar, Partei ergreifende Zuschauer waren Obdachlose schon aus Prinzip nicht. Auf der Straße lernte man schnell, sich nicht einzumischen, die Gehege der Ordentlichen lieber zu umrunden, als Zäune einzureißen. Strawanzer, Hallodri, Lumpengesindel. Schön wie Vogelgezwitscher summten sich diese Namen! Fast so schön wie Cherubim und Serafim.

Drasar wusste, wo der Schlüssel für das Kellertorgitter lag, griff hinter die steinerne Schnecke am Fuß des Treppengeländers, gut geölt drehte sich Metall an Metall, und das eiserne Schmiedegatter schwang auf. Drasar verschwand die dunklen Stufen hinunter. Er kannte sich hier aus, besser, als Beppo vielleicht lieb war. Auf dem ersten Treppenabsatz befand sich eine Holztüre, die hinüber ins Lager des Lokals führte. Sie war immer versperrt. Drasar kletterte weiter. Am zweiten Absatz war über Putz eine Leitung verlegt, die zu einer Fassung mit jämmerlich schwacher Glühbirne führte. Drasar schaltete ein.

Geschickt war er den auf den Stufen abgestellten Eimern mit dem alten Frittieröl ausgewichen. Rattenfallen hießen sie, denn immer wieder fielen die hungrigen Tiere hinein, versanken im stockenden Fett und erstickten, bevor sie darin ertrinken konnten. Manchmal schauten des Morgens drei, vier Schwänze aus der weißgelben Pampe. Das Küchenpersonal entfernte dann befriedigt die reiche Ernte.

Unten im dritten Kellergeschoss, zwölf Meter unter dem Straßenniveau und gleichauf mit den obersten Katakomben unterm Dom, hatte sich Drasar auf den unglasierten Siegelziegeln aus der kaiserlich-königlichen Monarchie ein Notquartier geschaffen: Jutesäcke und Zeitungen, eine alte Decke, ein Beutel mit seinem »Sommergewand«, Jesuslatschen und drei Bücher, die er seit geraumer Zeit mit sich schleppte: eine Bibel, die ihm der Dompfarrer geschenkt hatte, ein alter Katalog aus dem kunsthistorischen Museum zur Sonderausstellung »Der menschliche Akt« und ein rotes Bändchen, Worte des Vorsitzenden Mao Tsetung. Drasar ließ sich auf seinem Lager nieder. Ächzte. Die Kälte saß in den Gelenken, es wurde mit jedem Monat schlimmer. Geknickte Flügel und die Staupe, fand Drasar, nichts war mehr übrig vom vielversprechenden Goldkopfengelchen der toten Mutter, ihren Träumen vom Sänger, vom erfolgreichen Mann, dem

Sohn, auf den sie stolz gewesen war vor allzu langer Zeit. Er schloss die Augen, zog die Decke über sich. *Advent, Advent, ein Lichtlein brennt.* Er musste für das Fest des Sechserpacks noch etwas organisieren. Vielleicht konnte er Beppo weichklopfen. Ein sanft-mildes Dessert, das Flötensusis malträtiertem Gebiss schmeichelte. Zabaione. Weinchadeau. Die Buchstaben fühlten sich an wie Geigenmusik. Erst vor zwei Tagen hatte er sich in ein Konzert in die Ruprechtskirche eingeschlichen, keiner der zahlenden Gäste hatte gewagt, ihn hinauszuekeln. Bach, aber nicht das jauchzende Frohlocken, das er noch aus besseren Zeiten kannte, sondern eine Kantate mit kleiner Besetzung. *Ich habe genug.* Das bittere Lachen hatte er nicht stoppen können. Wie immer war der Frieden schnell über ihn gekommen. Musik und Schnaps, seine spezielle Heilskombination, sein Schutzengelpaar.

Weihnachten dieses Jahr also mit den neuen Freunden von der Straße, und nicht alleine, im besten Fall als menschliche Garnierung bei Armenspeisungen Barmherziger. Richtig eingeladen! Er musste sich erkenntlich zeigen. Mousse au Chocolat. Mohr im Hemd. Süffiger Teig ohne harte Krusten, Schlagobers, das sich wie kühle Seide an den Gaumen drückte. Ein Freudenfest. *O du fröhliche!* Liedfetzen, Melodien, die im Kopf tanzten, als müssten sie die öffentliche Jingle-Bells-Beschallung überbieten, musikalische Erinnerungen aus der Kindheit, die sich in seine Gegenwart schmuggelten. So süß im Wegdriften aus dem Tag. Der Schulchor beim Adventsingen im Altersheim, er in der vorletzten Reihe, ein mühelos auch hohe Töne haltender Alt. *Es hat sich halt eröffnet das himmlische Tor.* Er tauchte in warmem Lagunenwasser, *die Engelan, die purzeln*, blau lockte der Schlaf.

Da war etwas.

Drasar schreckte hoch. Kein Traum. Erstickte Stimmen, ein Kollern, Klirren, Rasseln. Vorsichtig schob er sich hoch, stieg leise die Stufen hinauf, aus dem dumpfen Dunkel hin zu dem diffusen Licht im oberen Keller. Er verharrte. Die Angst wuchs. Im Stockwerk über sich hörte er nun nur noch eine Stimme, geifernd, und ein geradezu kindliches Wimmern. Ein Gerangel, Stoff zerriss, Keuchen, ein Schlag. Stille. Es trug ihn hinauf wie von selbst. Über einen Körper beugte sich ein Mann, in der Rechten hielt er einen Knüppel.

Drasar sprang. Mit aller Kraft, die er noch hatte, mit dem Wissen, den anderen völlig zu überraschen und im Recht zu sein. Er sprang und schleuderte den Mann gegen die Wand. Etwas knackste. Drasar fiel zu Boden.

Das Opfer bewegte sich stöhnend, drehte ihm das Gesicht zu, zerschlagen und blutig. Beppo. Der Angreifer lag immer noch still. Drasar half dem Koch hoch.

»Schau ihn net an.«

»Der Oasch, dem verpass i an Einlauf mit Glasscherbn!«

»Du musst ins Lokal, die Gäst kommen.«

»Bist du mei Wauwau?«

»Auffi mit dir!«

»I kann so net arbeiten.«

Drasar schob Beppo die Stufen hinauf, zur Lagertür, die jetzt offenstand, redete auf ihn ein, ein beruhigendes Wiederholen, eine Litanei der Vernunft. Er solle in die Küche, er solle aus dem Keller verschwinden. Er solle arbeiten, sichtbar sein, sich um seine Pflichten kümmern und nicht um das, was da unten im Finsteren lag. Beppo brauche sich nicht den Kopf zu zerbrechen, er solle lieber überlegen, warum das passiert war und welche Polizeifragen er in naher Zukunft wie beantworten wolle. »Die Kieberer, du weißt!«

Beppo ließ sich in die Küche stoßen, die Frau an der Abwasch schrie, eine Pfanne schepperte. Alltagslärm, der so viel Leben verriet, und für Drasar in Zukunft gekoppelt war mit Gewalt und Schrecken über sich. Noch bevor Beppo sich umdrehen, mit seinem Retter reden oder ihm auch nur danken konnte, war die Tür ins Schloss gefallen.

Drasar lief die Treppe wieder hinunter. Der Mann lag nicht mehr verdreht da, mühsam richtete er sich gerade auf, tastete wie blind herum. Der Knüppel lag in Reichweite. Wieder brandete Angst in Drasar hoch. Einen Moment noch kreuzten vernünftige Gedanken, ein Prüfen aller verbliebenen Möglichkeiten, die nun wild wirbelnden Puzzleteile nicht zusammenhängender Liedzeilen in seinem Kopf und bildeten eine brüllende Kakophonie. Dann schlug Drasar zu, von oben, beugte sich herunter und hievte den Oberkörper des Unbekannten hoch, legte den Kopf über den Rand des Fetteimers, der dort immer noch stand, und drückte ihn hinein. Rattenpack.

Wenig später hatte er sein Bündel geschnürt, eine leichte Übung für Obdachlose, und verließ das Haus und die Gasse. Drüben auf dem Graben drängten sich im Licht der riesigen Weihnachtsluster Punschtrinker und Flaneure. Die Fenster in der fast schwarzen Domfront leuchteten mild. Eine Familie kreuzte Drasars Weg, der Vater trug einen Baum. *Inmitten der Nacht*, was hatte er da getan? *Als Hirten erwacht*, hatte er nicht ein Leben gerettet? *Da hörte man klingen und Gloria singen*, Beppos Schutzengel war er gewesen, zur rechten Zeit am richtigen Ort. *Ein himmlische Schar* – und der Fremde? Wer war dessen Engel gewesen, ein Dämon? Drasar zitterte.

»Ach, immer diese Betrunkenen!« Eine alte Frau zerstach mit knochigem Zeigefinger die Luft und drehte sich von den Punschständen weg, fast wankte sie in ihn hinein. Drasar hielt einen Moment den mageren Körper der Alten, ging dann einen Schritt zurück, erschrocken, als wäre es zu viel Nähe für ihn, nicht auszuhalten.

Die Füße trugen ihn automatisch hin zum Dom. Eine Freistatt für alle, hatte es der Mann genannt, der ihm die Bibel in die Manteltasche geschoben hatte. Drasar stellte sich neben die verschlossene Sakristeitür. Oh dieses Rauschen in seinem Kopf, kreisende Flügelschwingen vor den Augen. Gleich, gleich würde drinnen die Andacht enden, und gleich würden die Herren heraustreten, schwarze Hüter des Friedens. Drasar hockte sich nieder, ein dunkler Klotz an der dunklen Mauer. Von drinnen klang die Orgel, Gläubige sangen. *Oh Heiland reiß die Himmel auf.* Drasar wühlte in seinem Sack, holte die Flasche mit dem letzten Rest, der eisernen Reserve, und setzte sie an die Lippen. *Brich Schloss und Riegel, tritt hervor.* Was war nur aus ihm geworden! Verdammnis auf ewig.

Die Tür ging auf. Ein Priester stolperte über den weinenden Mann, zögerte, bückte sich. Dann berührte er ihn. Engel sahen zu.

Dominosteine

Ich höre das Motorengeräusch in der Einfahrt. Es ist der silberne Mercedes. Ich kann unsere Autos an ihren Geräuschen erkennen. Der Silberne schnurrt wie eine Katze. Es ist Papas Wagen. Mit dem fährt er jetzt immer zur Arbeit. Früher ist er mit dem schwarzen Bentley ins Büro. Der hat sich angehört wie ein Igel, der durch den Garten raschelt. Aber den ist Papa nicht selbst gefahren, sondern Herr Nauber. Herr Nauber hat Papa auch abends wieder nach Hause gebracht. Er hat ihm die Tür aufgehalten. Dann ist Papa ausgestiegen. Und Herr Nauber hat die Hand an seine Kappe gelegt und »Einen schönen Feierabend, Herr Direktor« gesagt, und Papa hat ihm geantwortet: »Ja, den wünsche ich Ihnen auch.«

Herr Nauber war in Ordnung. Wenn er mich sah, zwinkerte er mir zu und fragte: »Na, min Jong, alles im Lack?«

»Alles im Lack, Herr Nauber«, sagte ich dann, und er freute sich.

Wenn Papa mal Zeit hat, werd ich ihn fragen, was Herr Nauber jetzt macht. Aber Papa hat selten Zeit. Und vielleicht vergesse ich auch zu fragen.

Ich nehme mir einen Dominostein, lege ihn auf die Zunge und lutsche, bis die Schokolade ganz weich wird. Dann beiße ich mit den Zähnen hinein und kaue. Ich weiß nicht, warum, aber Dominosteine mag ich total. Schade, dass es die nicht das ganze Jahr durch gibt. Heute hat Mama die ersten mitgebracht und, weil sie weiß, dass ich die so gerne esse, eine Schale davon in mein Zimmer gestellt. Vor dem Abendessen darf ich eigentlich nichts Süßes naschen. Meist halte ich mich da auch dran. Mama zuliebe. Heute ist ein Sonderfall. Die ersten Dominosteine nach Monaten. Da kann ich mal eine Ausnahme machen. Ich muss es Mama ja nicht erzählen.

Dafür putze ich mir die Zähne anschließend ganz ordentlich. Mama sagt, wenn ich mir jedes Mal nach dem Essen ordentlich die Zähne putze, muss der Zahnarzt weniger bohren, und es tut weniger weh.

Ich höre den Gong. Ich muss mich beeilen, wenn ich pünktlich beim Abendessen sein will. Mama findet es wichtig, dass wir abends warm essen, mit Papa zusammen. Sie macht sich Sorgen, dass er tagsüber vor lauter Arbeit das Essen vergisst.

Ich gehe mir kurz noch einmal mit der Bürste durch die Haare und wasche mir die Hände. Man setzt sich nur mit frisch gewaschenen Händen an den Esstisch, sagt Mama.

»Hallo Papa«, sage ich, als ich zu meinem Stuhl am Esstisch gehe.

»Dann können wir ja endlich anfangen«, sagt Papa. »Guten Abend.«

Sein linkes Auge zuckt. Das tut es immer, wenn er zu viel gearbeitet hat oder sich ärgert. Das linke Auge von Papa zuckt oft in der letzten Zeit. Eigentlich immer.

»Na, wie findet ihr den Seeteufel?«, fragt Mama.

Ich probiere. Gar nicht übel. »Lecker«, sage ich.

Papa kaut, als hätte er Gummi zwischen den Zähnen. Hört gar nicht auf.

»Oje«, jammert Mama. »Hast du etwa ein zähes Stück erwischt, Frank?«

Papa spült den Mund mit einem kräftigen Schluck Wein aus.

»Es ist schon in Ordnung, Nina.« Er greift nach Mamas Hand und drückt sie. »Seeteufel ist immer etwas fest. Wenn er einen Moment zu lange gegart wird, geht's in die Hose.«

»Meiner ist lecker, Papa. Willst du den?« Ich halte meinen Teller hoch.

»Du kannst auch meinen haben, Frank«, sagt Mama. »Der ist in Ordnung.«

Papa schüttelt den Kopf. »Lasst nur. Es ist ja schön, dass euer Fisch schmeckt.«

»Lass liegen, was du nicht magst«, meint Mama. »Wir haben ja noch den Käse. Ich war auf dem Markt.«

Papa stochert noch ein wenig auf seinem Teller herum. Dann hört er auf. Mir sagt Mama immer, dass man seinen Teller leer essen soll, aber Papa muss das nicht.

Ich helfe Mama dabei, die Teller in die Küche zu tragen. Tagsüber haben wir Britta, die Mama bei allem hilft. Aber abends ist sie nicht mehr da. Dann helfe ich.

Als wir mit dem Käse kommen, guckt Papa aus dem Fenster. Das ist komisch. Im Garten ist kein Licht an. Es ist dunkel. Er kann gar nichts sehen.

»Probier mal den hier.« Mama deutet mit dem Käsemesser auf einen fetten runden Käse. »Ein Rohmilchkäse aus Frankreich.«

Papas Blick wandert vom Fenster auf den Tisch. Aber ich glaube, er sieht den Käse nicht. Er guckt so komisch, und sein linkes Auge zuckt.

»Frank.« Mama nimmt Papa seinen Teller weg. »Ich fülle dir einfach ein bisschen von allem auf. Ist das recht?«

Papa greift nach seinem Glas Wein und nickt.

Mama stellt Papa seinen Käseteller hin und reicht ihm das Weißbrot. Papa fängt an, mit dem Messer Käse abzuschneiden und auf das Weißbrot zu legen.

Ich angle mir ein Stück von dem dicken weißen Käse, den Mama gebracht hat. Er ist ganz weich. Wenn ich nicht schon so viele Dominosteine gegessen hätte, würde ich noch mehr davon nehmen.

Papa scheint der Käse zu schmecken. Er isst den Teller ratzfatz leer.

Mama lächelt. Zum ersten Mal heute Abend.

Papa habe ich noch nie lächeln gesehen. Er guckt immer ernst. »Ich bin nun mal kein Spaßvogel«, sagt Papa von sich. Und: »Das Leben ist nicht lustig, mein Sohn. Wirklich nicht.«

»Lass mich ruhig allein abräumen.« Mama stoppt mich, als ich die Teller zusammenstellen will. »Ich mach das schon. Bleib du mal bei Papa. So oft hast du ihn ja nicht.«

Als Mama zur Tür raus ist, wird es still. Man hört gar nichts. So eine Stille mag ich nicht. Ich überlege, worüber ich mit Papa reden kann.

»Wie war's heute in der Schule?«, fragt er. »Kommst du zurecht?«

Einen Moment überlege ich, ob ich ihm erzählen soll, dass ich die Mathearbeit verhauen habe, trotz der Nachhilfe. Aber dann lasse ich es lieber. »Männer dürfen alles essen, aber nicht alles wissen«, sagt Mama.

»Irgendwelche Probleme?« Papas linkes Auge zuckt.

»Keine Probleme«, sage ich. »Alles im Lack.«

»So was hör ich gern.« Papa greift nach der Flasche Wein und gießt sich ein Glas ein. »Abgesehen davon, dass du dich besser ausdrücken solltest.«

»Was würdest du sagen anstelle von ›alles im Lack‹?«, frage ich.

Papa überlegt. »Alles in Ordnung, wie wär's damit?«

»Lack gefällt mir besser, das ist lustiger«, verteidige ich mich.

»Wir leben in keiner Spaßgesellschaft«, weist Papa mich zurecht.

Mama kommt mit dem Kaffeetablett. »Überraschung, Überraschung«, lächelt sie. »Die ersten Dominosteine, frisch aus dem Laden.«

Dominosteine als Nachtisch. Was für eine klasse Idee. Mir läuft das Wasser im Mund zusammen. Ich habe gedacht, ich wäre satt und könnte nichts mehr essen. Aber für einen Dominostein ist immer noch Platz in meinem Magen.

Was ist denn mit Papa? Er wird knallrot im Gesicht, nimmt die Schale mit den Dominosteinen vom Tablett, schreit laut: »Dominosteine, verfluchte Dominosteine« und wirft sie an die Wand. Es klirrt, und die Scherben fliegen zusammen mit den Dominosteinen auf den Boden.

Soll ich unter den Tisch tauchen und loskriechen und die Steine vom Teppich aufsammeln? Sonst tritt vielleicht noch einer rein, und die schönen Dominosteine werden Matsche.

»Frank, was soll das?« Mamas Stimme klingt gefährlich leise. So redet sie nur, wenn sie wirklich böse ist.

Papa ist immer noch knallrot im Gesicht. Er hält sich an der Tischkante fest. Dann fällt er in den Stuhl zurück. »Dominosteine. Ausgerechnet.« Er greift nach der Flasche Wein und setzt sie an den Mund. Warum sagt Mama nichts? Man darf nicht aus der Flasche trinken. Keine Cola, keine Milch, kein Wasser. Erst recht keinen Wein.

»Tommy, komm sofort zu mir.«

Mama steht jetzt ein paar Schritte entfernt vom Tisch. Da, wo die Dominosteine liegen müssen. Ich sehe zu Papa. Er hält immer noch die Flasche umklammert.

»Lauf nur zu ihr. Lauft alle weg. Die Ratten verlassen das sinkende Schiff.«

Papas Gesicht ist nach wie vor knallrot. Roter noch als vorher. Seine Augen blinken. So kenne ich Papa nicht.

Vorsichtig stehe ich auf und gehe Schritt für Schritt zu Mama hin. Immer einen Blick auf Papa gerichtet und ab und zu einen auf den Boden, damit ich nicht aus Versehen auf einen Dominostein trete, falls da einer hingefallen ist.

Mama stellt sich hinter mich, legt die Arme fest um mich. Hat sie Angst, so wie ich?

Papa wirft die Weinflasche an die Wand. Es scheppert. Glassplitter rieseln auf den Teppich. Hoffentlich nicht auf die Dominosteine, denke ich.

»Frank, nimm dich zusammen.« Mama redet jetzt lauter. »Sag endlich, was los ist.«

»Dominosteine«, schreit er. »Dominosteine. Alle reden nur noch von diesen gottverdammten Dominosteinen.«

Das ist ja auch kein Wunder, denke ich. Wo sie gerade wieder frisch zu kaufen sind.

»Wer redet nur noch von Dominosteinen?«, fragt Mama.

»Ein Dominostein fällt«, Papa beschreibt einen Kreis in der Luft und haut auf den Tisch. »Und klack, klack, klack, klack, klack, fallen die nächsten.«

Papa redet gar nicht von meinen Schokosteinen, denke ich, er redet von den anderen. Denen aus Holz.

»Eine Kettenreaktion.« Papa ist wieder weniger rot im Gesicht. Er kriegt sich bestimmt bald ein, hoffe ich. »Alles fällt um. Nur weil irgendwo auf der Welt ein Dominostein wegbricht.«

Es stimmt, was er sagt. Im Fernsehen habe ich gesehen, wie ein klitzekleiner Dominostein ganz, ganz viele andere und zuletzt einen drei Meter großen Stein umgekippt hat.

»In Amerika geht eine Bank pleite und pock, pock, pock …«, Papas Zeigefinger wandert über den Tisch, »… wackeln die Banken überall auf der Welt und fallen um. Dominoeffekt nennt man das.«

»Es ist die Krise, die dir so zusetzt.« Mama lockert die Arme.

Ich nutze die Chance und tauche ab auf den Boden, um die

Dominosteine zu suchen. Mama kümmert sich nicht um mich und geht zurück an den Tisch.

»Es muss schlimm stehen um die Firma, wenn du so außer dir bist.«

»Es steht nicht schlimm. Es ist das Ende.«

Papas Stimme hört sich nicht mehr wütend, sondern nur noch müde an. Ich puste mir einen Dominostein sauber, den ich auf dem Teppich gefunden habe, und stecke ihn mir in den Mund.

»Ich bin seit drei Wochen nicht mehr liquide, die Leute warten auf ihr Geld.«

»Wir können das Haus verkaufen«, schlägt Mama vor.

»Nein«, sagt Papa. »Das gehört eh schon den Banken.«

Ich lutsche so wie immer. Aber die Schokolade schmeckt komisch, und als ich in den Dominostein beiße, finde ich ihn irgendwie zu süß.

»Unsere Notgroschen in der Schweiz, gibt es die noch?«, will Mama wissen.

Papa schüttelt den Kopf. »Ich habe gedacht, mit dem Geld könnte ich die Firma retten.«

»Das ist gegen die Abmachungen«, tobt Mama. »Das Geld war für die Familie vorgesehen.«

»Es tut mir leid, Nina. Mir blieb keine andere Wahl.«

»Und jetzt willst du mich und Tommy in den finanziellen Abgrund reißen«, kreischt Mama. Höher und schriller, als Papa das kann.

»Wir werden schon nicht verhungern.« Papa klingt normal laut und vernünftig. »Es wird hart, aber verhungern werden wir nicht.«

»Sind wir überhaupt noch versichert? Oder hast du unsere Versicherungen auch für die Firma verkauft?« Mama ist so was von wütend. »Dürfen wir krank werden oder müssen wir uns gleich den Strick nehmen?«

»Die Versicherungen habe ich nicht angetastet, Nina. Die und nicht das Geld in der Schweiz waren für mich der Notnagel für die Familie.«

Mama greift sich an den Kopf. So wie an den Tagen, wo sie Migräne hat. »Korrigier mich, wenn ich was falsch verstanden habe. Das Geld in der Schweiz ist futsch. Dieses Haus hier gehört der Bank, die Firma ist pleite, du bist mit den Gehältern im Rückstand.«

Mama schweigt, und Papa sagt auch nichts.

»Wir werden nicht verhungern, weil in diesem Land niemand verhungern muss, und wir dürfen krank werden. Wo steht der Champagner, um das zu feiern?« Mama lacht. Ein komisches lautes Lachen.

»Sarkasmus hilft uns nicht weiter, Nina.«

Das klingt schon wieder ganz nach dem Papa, den ich kenne. Dem Papa, der Mama sagt, was sie zu tun und zu lassen hat.

»Du hast mir etwas anderes versprochen, als wir geheiratet haben, Frank.«

»Mein Gott, Nina. Hör auf mit diesen alten Geschichten.«

»Alte Geschichten?«

»Wir waren jung. Das ist lange her. Wir haben uns geliebt und uns alles Mögliche versprochen.«

»Da täuschst du dich, Frank. Ich habe dich nicht geliebt.« Mama lacht. Dieses komische laute Lachen, das ein wenig irre klingt. »Ich habe dich geheiratet, weil ich geglaubt habe, du wärst der Mann, der meinem Kind der beste Vater sein würde.«

Ich sitze unter dem Tisch und habe Angst. So hat meine Mama noch nie geredet, so hat sie noch nie gelacht.

»Ich verstehe, dass du verletzt bist, Nina. Und enttäuscht. Aber ich liebe dich, und ich habe immer nur das Beste für uns gewollt.«

»Du hast dich nicht an unsere Abmachungen gehalten, also

halte ich mich auch nicht mehr daran. Ich werde dich verlassen. Mitsamt dem Jungen.«

»Nina, das kannst du nicht ernst meinen. Ich liebe dich. Ich brauche dich.« Papas Stimme klingt rau, als würde er gleich husten oder bräuchte ein Taschentuch. »Du darfst mich nicht verlassen.«

»Ich habe meinen Teil der Abmachungen eingehalten«, sagt Mama. »Ich war dir eine gute Ehefrau. Solange du auch ein guter Ehemann und Vater warst. Aber du hast unseren Notgroschen verspielt und uns für deine Firma verraten.«

»Nina.« Papas Stimme klingt komisch. Weint er etwa?

»Tommy. Komm.« Mamas Stimme klingt fest. »Wir fahren zu Oma. Der Rest findet sich.«

»Nina, Ni-na.« Papa weint nicht, Papa schluchzt. »Geh nicht.«

Mama läuft mit mir nach oben zum Packen. Ich stopfe eine saubere Jeans und ein frisch gewaschenes T-Shirt und die Zahnpasta samt Bürste in meine Sporttasche. Einen Moment lang überlege ich, die Dominosteine in meinem Zimmer einzusammeln und mitzunehmen. Doch dann fällt mir ein, dass Oma bestimmt auch ein paar zu Hause hat. Und falls nein, kauft sie bestimmt schnell welche, wenn sie weiß, wir kommen.

Wir fahren mit Mamas gelbem Porsche zu Oma. Er knurrt wie ein wütender Puma, eh er anspringt. Aber auf gerader Strecke läuft er so schnell und lautlos wie ein Gepard.

Mama parkt den Porsche bei Oma im Hof. Unter einer Laterne. Bevor wir aussteigen, nimmt sie mich in den Arm. Ganz fest. Sie hält mich mit beiden Armen und sagt: »Egal, was passiert, Tommy. Denk immer daran. Ich liebe dich über alles.«

Oma verwöhnt uns richtig. Mir bringt sie Dominosteine ans Bett. Für Mama macht sie jeden Morgen ein Müsli mit einem Apfel, so wie Mama es mag.

Wir sind noch nicht lange bei Oma, als zwei Polizisten zu uns kommen. Mich schicken sie aus dem Zimmer. Ich weiß gleich, dass irgendwas Schlimmes mit Papa passiert sein muss.

Als die Polizisten wieder weg sind, nehmen Mama und Oma mich in ihre Mitte auf der Couch. Mama drückt mir eine Tasse mit heißem Kakao in die Hand, und Oma hält mir eine Schale mit Dominosteinen hin.

»Du musst jetzt sehr stark sein, Tommy«, sagt Mama.

Ich lege mir einen Dominostein auf die Zunge. Irgendwie weiß ich, dass ich nichts Angenehmes hören werde.

»Papa ist tot«, sagt Mama. »Er ist in einem Feuer umgekommen, bei dem unser Haus abgebrannt ist.«

»Dein Papa war ein tapferer, ehrenwerter Mann«, sagt Oma.

Ich denke daran, was für ein tolles großes Zimmer ich gehabt habe. Wie schön wir gelebt haben, Mama, Papa und ich. Bei Oma ist alles viel enger. Es gibt keinen Kamin im Wohnzimmer und keinen Whirlpool und keine Garage und keine fünf Autos. Nur noch den Porsche von Mama, aber den will sie verkaufen.

Eigentlich ist alles ganz okay. Weihnachten werden wir nach Österreich fahren. Mama, Oma und ich. In ein Hotel, wo es einen Kamin gibt und einen großen Whirlpool. Mama hat mir die Fotos gezeigt. Oma hat versprochen, mir einen Kuchen aus Dominosteinen zu backen. Wenn wir wieder zurückkommen aus dem Urlaub, wird Mama für uns ein neues Haus suchen. Da werden wir dann zu dritt einziehen. Mama, Oma und ich. Mama sagt, dass die Versicherungen für das abgebrannte Haus zahlen werden und wir genug Geld bekommen, um ein neues Leben anzufangen.

Es wäre gelogen, wenn ich sagte, ich würde Papa vermissen. So oft war er ja gar nicht zu Hause. Ich freue mich, dass ich Herrn Nauber jetzt wieder öfter sehe. Er kommt Mama besuchen. Die Autos haben den Brand überstanden, und Herr Nauber hilft Mama, den Mercedes und den Ferrari und den Citroën zu verkaufen.

Dominosteine

Wenn Herr Nauber mich sieht, zwinkert er mir zu und fragt: »Na, alles im Lack, min Jong?«

Und ich antworte: »Alles im Lack.«

Und Herr Nauber lacht und Mama lacht und ich lache. Und ich spendiere uns dreien Dominosteine. Und ich denke, dass alles weitergeht. Auch wenn es nach Weihnachten keine Dominosteine mehr geben wird.

Klack, klack, klack, manchmal fällt alles ein und nichts bleibt mehr von dem, was einmal war. »Dominoeffekt« hat Papa das genannt. Aber es heißt nicht, dass es schlecht ist, wenn alles zusammenfällt und alles noch einmal von vorne beginnt, denke ich.

Es schellt, und ich renne zur Tür.

»Na, min Jong, alles im Lack?«, fragt Herr Nauber.

Zum ersten Mal traue ich mich, ehrlich zu sein.

»Gar nichts ist im Lack, ich habe die letzte Mathearbeit in den Sand gesetzt. Und jetzt habe ich keine Schule und keine Nachhilfe, und bestimmt schreibe ich nur noch Fünfen, wenn ich nach den Ferien zurück in der Schule bin.«

Er zwinkert mir zu und sagt: »Dat wird schon, min Jong. Dat wird. Auch bei mir hat alles nicht gleich beim ersten Anlauf geklappt.«

Oma hat mir erzählt, dass Mama Herrn Nauber schon seit der Grundschule kennt. Heute habe ich gesehen, dass er gleich über dem linken Auge am Anfang der Brauen genauso einen kleinen Halbmond hat, wie ich ihn auch habe. An der gleichen Stelle.

Mama sagt, verwandte Seelen finden sich immer. Bestimmt hat sie recht.

Harfe

»Nun singt mal schön«, sagte Knecht Ruprecht;
»ich streiche den Takt dazu.« SM-Weihnachtsmärchen

Gehen Sie mir weg mit Weihnachten. Machen Sie mir lieber noch 'n Kölsch. Und, hören Sie, was Sie da eben erzählt haben, also, das ist noch gar nichts. Von wegen Kreuzotter im abgepackten Weihnachtsbaum. Obwohl ... wer 'nen Baum abgepackt kauft, der hat's nicht anders verdient.

Tja, also, das war 'n paar Tage vor Weihnachten, letzten Dezember. Was? Ja, ha ha ha, die Engel und die Harfen kommen immer im Dezember, weiß ich doch. Jedenfalls, da, wo ich wohne, da ist an der Ecke ... bitte? Ach so, ja, Nordstadt. Also, an der Ecke gibt's 'nen kleinen Musikladen. Ist immer knapp vor der Pleite, bei dem unmusikalischen Gesocks hier. Und der Besitzer, tja, sollte lieber 'nen Bastelladen aufmachen, basteln und tüfteln und so; kann er nämlich gut. Obwohl, nützt ihm natürlich auch im Laden, er repariert nämlich Instrumente. Und da gibt's alles, was man so braucht, wenn man so was braucht. Noten, Notenständer, Klavierhocker, Blockflöten, Klampfen, Mundharmonikas. Hat sogar noch 'ne kleine Auswahl an Schallplatten. Richtig alte, Vinyl, genau. Und, klar, Adressen von Musiklehrern, wie das im Viertel so ist.

Hm? Ja, doch, macht der Bäcker auch, Aushänge und so was. Katze entlaufen, Wohnung zu vermieten, Oma abzugeben, wer hat meinen Alligator gestriegelt, und Plakate und überhaupt.

Also, den Laden hab ich versichert. Na ja, nee, nicht ich, die Versicherung, für die ich ... Aber das wissen Sie ja. Eh dass ich jetzt weiter von dem Musikladen erzähl, muss ich erst noch meinen Nachbarn erwähnen. Meines Nachbarns Erwähnung tun, oder wie hat das der Dings, uh, Außenminister neulich gesagt? Egal.

Was der Nachbar mit dem Musikladen zu tun hat? Das sind doch Vettern, die beiden, der Nachbar und der Mann vom Laden. Vettern, jawollo, und können sich nicht riechen. Reden nicht mal miteinander. Keine Ahnung, warum. Vielleicht, weil der eine musikalisch ist und der andere fromm? Irgendwer hat mal gesagt: »Bei Schnaps und Zigaretten finden die schlimmsten Feinde zueinander, sogar Verwandte.« Aber der Nachbar, der betet ja immer bloß, trinkt nicht und qualmt nicht.

Irgendwann hat der vom Musikladen mir mal was erzählt; da waren wir aber beide schon ziemlich breit, ich weiß nicht mehr viel. Ich meine, da wär was mit der Tante von ihm gewesen, der Mutter vom Nachbarn. Die hat der Neffe wohl gemocht, und der Sohn hat sie totgebetet, oder so. Oder zu Weihnachten totgeharft, was weiß ich. Hat mir bei der Gelegenheit, so beim elften oder zwölften Bier, 'nen Schlüssel gezeigt und gesagt, wo sie doch schon in der gleichen Ecke wohnen, hätten sie vor Jahren mal Schlüssel ausgetauscht, damit der eine, wenn dem andern was passiert oder so. Will aber nix mehr mit dem Vetter zu tun haben, würd ihn, hat er gesagt, am liebsten abmurksen, und Schlüssel zurückgeben wär schon zu viel Aufwand. Kann sein, dass das auch irgendwas mit Knete zu tun hatte – der eine krebst mit seinem Laden rum, der andere ist Beamter und will ihm nix leihen, irgendwas in der Art.

Egal, also jedenfalls: mein Nachbar, das ist ein ganz Frommer. Furchtbar. Hat meine selige Oma immer schon gesagt: Alles mit »zu« ist ungesund – zu dick, zu dünn, zu teuer, zu billig. Auch zu fromm.

Nee, nix gegen bisschen fromm, klar, waren wir doch alle mal, früher, als Kinder, eh wir rausgekriegt haben, dass der Kaplan auch keine direkte Leitung nach oben hat und deswegen lieber mal bei den kleinen Jungs unten hinfasst.

Aber weiter. Der Nachbar ... ich weiß gar nicht, wo der hingehört, von wegen fromm. Evangelisch? Glaub ich nicht, die sind irgendwie anders fromm. So, wie soll ich sagen, ohne Deko, ja? Kerzen und Heiligenbildchen und so, haben die ja nicht, sind aber trotzdem Menschen wie du und ich.

Was? Sie sind evangelisch? Na gut, dann also Menschen wie Sie und ich. Okay? Also, der Nachbar. Gibt's da nicht was von Goethe oder dem anderen, Dings, na Sie wissen schon? Es kann der Beste nicht in Frieden leben, wenn es dem frommen Nachbarn nicht gefällt? Irgendwie so. So ist das jedenfalls mit dem Nachbarn. Furchtbar fromm. Erzählt einem immer, was man lieber nicht tun, sondern besser nicht lassen soll. Die Welt vor der Sünde retten, alle Plakate mit nackten Frauen überkleben.

Aber das machen die Emanzen ja auch. Komisch, oder? Früher hat man keine nackten Frauen anpappen dürfen, war nicht fromm; heut darf man nicht, weil, ist nicht korrekt.

Der Nachbar. Welt retten, Bäume pflanzen, Müll trennen, hast du zur Nacht gebetet, Ludwig – nee, heißt nicht so, so heißt der nicht, ist mir bloß so eingefallen. Neulich hab ich ihn gesehen, wie er aus dem Laden da neben der Kirche kommt, schräg gegenüber von der Bäckerei. Sie wissen schon, dieser Laden, hach, wie heißt das? Devotionen?

Devotionalien? Ja, danke, das hab ich gemeint. Ist ja für jeden was anderes, ne? Was, um davor fromm zu sein. Davor oder dabei oder daneben. Hauptsächlich daneben. Dem einen seine Eule ist dem andern sein Spatz in der Hand oder die Taube im Bett, was auch immer. Ich kenn welche, die haben früher jeden Abend vor 'nem Che-Guevara-Plakat um die Revolution gebetet. Und heut singen sie Litaneien gegen Globalisierung. Da gibt's bestimmt bald 'nen eigenen Rosenkranz für.

Jedenfalls, der Nachbar kommt da aus dem Devotenladen. Ich sag: »Was haben Sie denn Schönes gekauft?«

Er wird 'n bisschen rot, dann zeigt er mir, was er in der Tasche hat. Jute, klar, nix Plastik. Und zwar 'n paar dicke Kerzen, alle mindestens 'nen Arm lang und voll mit roten Kreuzen und Herzjesulein und so.

»Stromausfall bei Ihnen?«, sag ich.

Sagt er: »Nee, für meinen Hausaltar.«

Ich sag: »Haben Sie so was? Muss schön sein.«

Er sagt: »Kommen Sie mal vorbei, dann zeig ich Ihnen den.«

Ja, danke, denk ich; beziehungsweise nee, danke. Zweimal war ich bei ihm drin, und muss ich nicht nochmal haben. Das erste Mal, das war, als ich ihm 'ne Lebensversicherung verkauft hab. Jahre her, und da war schon alles bei ihm voll von Kreuzen und Heiligenbildchen und so, und eigentlich wollt er lieber übers Jenseits reden als über Versicherungen fürs Diesseits. Hat mich so irritiert, dass ich beinah die Extrabestimmungen vergessen hätt.

Das zweite Mal, das war, als er mich vorm Aufzug angehauen hat, ob ich ihm bei 'ner Lampe helfen kann. Klar, mach ich – und was war? Lampe hat an der Wand gewackelt, ist verdübelt, muss man bloß die Schraube wieder reindrehen, und das kann er nicht allein, sagt er, hat nicht mal 'nen Schraubenzieher. Und ein Durcheinander! Wochenlang nicht gespült und so. Also, lieber kuck ich mir bei allen Anwohnern die Mülltonnen an. Ach so, darf man ja jetzt nicht mehr sagen, wie? Bei allen Anwohnerinnen und Anwohnern. Eigentümern und Eigentümerinnen. Das sind die mit den Anwohnerinnen- und Anwohnerparkplätzen und -tzinnen. Bei denen in die Mülltonnen und Mülltonner kucken.

Nee, ich weiß wirklich nicht, wozu der gehört. Muss wohl irgendwas Katholisches sein. Aber nicht so richtig, eher so in

Richtung Sekte. Piusbrüder oder Opus. Opus Dei. Kennen Sie nicht? Also, das ist was wie, Mensch, wie hieß der noch mal? Der dicke Inder mit Bart bis auf die Käsefüße … Bhagwan, den mein ich, oder die Scientologen. Gehirnwäsche, bloß auf Katholisch, mit Weihrauch und Harfen und Zimbeln und Teutonen. Hat mir sogar mal was vorgejammert, von wegen, bei all den Sünden in der Welt würd er sich gern geißeln, kann er aber nicht, ist nämlich Bluter.

Ja, klar, noch 'n Kölsch. Stimmt auch, da haben Sie recht. Manche Leute kriegen den Hals nicht voll, ich nicht mit Kölsch, der nicht mit fromm. Bluter allein reicht nicht, muss auch noch fromm sein. Wobei, auch wenn er kein Bluter wär, würd er sich wahrscheinlich nicht geißeln. Hat zwei linke Hände und zehn Daumen, der Mann. Kriegt keinen Nagel in die Wand, hab ich ja schon erzählt, und mit 'ner Geißel würd er wahrscheinlich nicht seinen Rücken treffen, sondern die Lampe wieder von der Wand hauen.

Ah, von wegen Bluter. Das war ja wichtig, dass ich das weiß, von wegen Extrabestimmungen bei der Lebensversicherung. Tod durch Verbluten haben wir ausgeschlossen bei ihm; war er auch mit einverstanden.

Mist, Feuerzeug ist leer. Haben Sie mal 'n Streichholz? Danke. Gut, dass man hier noch darf, sonst müsst ich zu Hause trinken. Aber weiter im Text. Wo waren wir? Weihnachten? Gehen Sie mir weg mit Weihnachten. Ah, der Nachbar, ja. Der Nachbar ist jetzt so weit sortiert, oder? Doch, wohnt bei mir im Haus, selbe Etage, andere Seite.

Der Musikladen, wissen Sie noch? Gut. Also, paar Tage vor Weihnachten ist bei dem nachts eingebrochen worden. So 'n kleiner Laden hat natürlich keine riesige Alarmanlage. Ich mein, wer klaut schon Noten? Ständer, okay, hätt jeder gern 'nen richtigen, aber Noten und Blockflöten? Jedenfalls hat irgendwer die

Scheibe eingedrückt ... Ja, nee, nicht die große vom Schaufenster, die kleine in der Ladentür. Richtig rücksichtsvoll, könnt man sagen.

Was die geklaut haben? Das isses ja. Schmitter – das ist der Besitzer –, Schmitter und die Polizei haben alles durchgekuckt. Und wissen Sie, was gefehlt hat? Was in der Kasse gewesen war, klar, und der hat 'ne kleine Notapotheke im Laden, so Aspirin und Pflaster und Beruhigungsmittel, falls ihn ein Kunde mal tierisch aufregt, aber sonst? Paar Schallplatten, und zwar alle mit Weihnachtsliedern. Ein oder zwei Musikbücher, auch mit Weihnachtsliedern. 'ne Flöte, 'ne billige Fiedel, 'ne billige Quetschkommode, so was für Kinder, zum Lernen, 'ne Mundharmonika. Und 'ne Harfe, und das war das einzig Teure.

Ja, komisch, was? Wie kommt 'ne Harfe in so 'nen kleinen Laden? War 'ne kleine Harfe, muss man dazu sagen. Irgendwas Indisches? Nee, indianisch. Indianische Glasharfe. Südamerika – Paraguay, glaub ich.

Woher der Schmitter die hatte? Die hat er mal 'nem armen Musiker abgekauft, aus reiner Gutheit. Wissen Sie, die Jungs, die auf dem Markt rumstehen, mit Poncho und Jesuslatschen, und dieses Dings pfeifen, ich kann's nicht mehr hören, wie heißt es noch? Kondorpasta oder so. Mit Trommeln und diesen komischen Zehnfachflöten, und manchmal ist einer dabei, der hat 'ne tote Schildkröte ... nee, stimmt, Gürteltier, 'ne Art Klampfe aus 'nem Gürteltierpanzer, und da war eben auch einer mit dieser Harfe bei, und der ist krank geworden und wollte nach Hause und hatte kein Geld, und da hat er zugesehen, ob er das Dings, diese Glasharfe, ob er die irgendwo verscherbeln kann. Und Schmitter, wie gesagt, vor Gutheit nix wert, Schmitter hat sie ihm abgekauft. Seitdem steht die ... stand die da im Laden rum.

Tja. Wer klaut so was? Musiker, schätz ich mal, aber Weihnachtslieder und Quetschkommode und Glasharfe? Komisch, wie? Jedenfalls, Schmitter sagt, ist 'n Versicherungsschaden, alles in allem nicht viel mehr wie 'n Tausender. Und außerdem natürlich Anzeige gegen unbekannt.

Repariert hat er alles selber, der Schmitter – wie gesagt, prima Bastler. Wir, also die Versicherung, wir haben ihm bloß die Materialkosten ersetzen müssen. Ziemlich kulant von ihm, oder? Was das alles mit Weihnachten zu tun hat? Tun Sie mir noch 'n Kölsch, dann sag ich's Ihnen.

Also, Weihnachten. Ich bin ja kein Familientyp, an Heiligabend häng ich lieber in einer von den zwei offenen Kneipen rum oder spiel mit andern Heimatlosen Skat. War früher mal anders, aber die Kinder sind aus dem Haus und die Frau ist futsch … Selbstverwirklichung, so nennt sie's. Ist mir recht. Hauptsache futsch, war schon lange nix mehr los mit uns. Na ja. Jedenfalls geh ich Weihnachten lieber ins Lokal; wozu soll ich für mich allein 'nen Baum kaufen, Kreuzotter hin oder her, und auch noch schmücken? Mir allein ein paar Liedchen singen, so unmusikalisch, wie ich bin? Ach nee, Mann, lieber nicht.

Andere sehen so was anders, klar. Schmitter, der vom Musikladen, zum Beispiel. Ist ja nicht verheiratet, und seine … seine Lebensabschnittsgefährtin ist bei ihrer Familie für die Tage, und wie ich morgens noch 'n paar Einkäufe mach, fragt er, ob ich 'nen Moment auf den Laden aufpassen kann, er müsste schnell nebenan was besorgen. Klar, mach ich, und nach 'n paar Minuten isser wieder da, mit 'ner Flasche Schampus.

Heiligabend nachmittags, Klock vier, an Bord ist alles wohl. Musik dröhnt durchs Haus, lauter Harfen und Hornissen, aber niemand rührt sich, alles schmückt Bäume und kocht für den Abend, und wenn da jetzt 'ne Horde Hunnen ins Haus schleicht, würd keiner was merken, weil alle in den Wohnungen hocken. Draußen isses schon fast dunkel, da fällt mir ein, ich hab kein Bier mehr im Kühlschrank. Abends in die Kneipe, schön und gut, aber so ganz ohne Vorräte – was ist, wenn ich nachts nach Hause komm und hab noch Durst? Eben, nix ist, also doof.

Ich geh runter, Aufzug war mal wieder woanders und besetzt. Ab in den Keller, paar Flaschen aus dem vorletzten Kasten geholt, Aufzug gedrückt, er kommt, und ich fahr hoch. War mir lieber – nicht noch mal durchs Treppenhaus, wissen Sie. Überall riecht's nach Plätzchen und Weihnachtsgans oder Karpfen oder was auch immer, Heiligabend heißt ja deshalb so, weil man da so viel frisst, dass man hinterher nix Böses mehr tun kann und ganz heilig ist. Und überall wird Weihnachtsmusik gespielt, furchtbar. Dieser ganze Kram, der Hebammenmarsch »Ihr Kinderlein kommet« und »Süßer die Socken nie wringen« und so. Fehlt bloß noch »O Kannenschaum«.

Jedenfalls fahr ich rauf, und wie ich aus dem Aufzug komm, kuck ich zufällig rüber zur Wohnungstür von meinem Nachbarn. Dem, der immer so fromm ist. Und die Tür ist angelehnt. Sieht wenigstens angelehnt aus. Weihnachtslieder von drinnen. Und aus der Wohnung qualmt's entsetzlich. Riecht wie Weihrauch und Schnipsel von Zehennägeln und 'ne gebrauchte Nahkampfsocke oder zwei.

Ich sag mir, entweder isses echt, oder bei dem brennt's. Anders gesagt: Weihnachten oder 'ne andere Katastrophe? Ich bring schnell die paar Flaschen zu mir rein, tu sie in den Kühlschrank, und dann geh ich zu ihm rüber, mal kucken, ob's brennt oder doch nicht.

Hilfsbereit? Klar bin ich hilfsbereit. Wenn's nicht viel kostet. In dem Fall war's aber ja ganz einfach so, dass, wenn's bei dem brennt, ich auch bald dran bin, von wegen selbe Etage, und das muss ich nicht haben.

Wie ich also zu seiner Tür komm, seh ich, die ist nicht nur angelehnt, die ist angekratzt, als ob jemand die aufgebrochen hätte. Nix kaputt, aber eben Kratzer überall. Kann er natürlich selber gemacht haben – wie gesagt, zehn Daumen, wahrscheinlich kriegt er öfter den Schlüssel nicht ins Schloss und kratzt dann länger rum.

Na, ich geh rein, vorsichtig, und vorsichtshalber ruf ich was wie: »Hallo? He holla he? Jemand da?« Keine Antwort, bloß dies Qualmen und die Musik. Und jetzt hör ich, was es ist: »Vom Himmel hoch da, vom Himmel hoch da … vom Himmel hoch da … vom Himmel hoch da« und so weiter. Schallplatte, hängengeblieben. Ich denk mir noch, ich hatt ja keine Ahnung, dass der so altmodisch ist, hat 'nen Plattenspieler, dabei, so ungeschickt, wie der mit den Fingern ist, wären für den CDs wirklich einfacher.

Ich werf 'nen Blick in die Küche – Durcheinander, wie damals, als ich die Lampe festgeschraubt hab. Ach ja, fällt mir grad ein, da, bei der Gelegenheit, als ich ihm gezeigt und erklärt hab, was los ist, kuckt er mich groß an und sagt: »Ach, *so* macht man das? Ich habe nicht gewusst, dass es das gibt – und *das* sind also Dübel?«

Dübel oder nicht, in der Küche stinkt's zwar, aber es brennt nicht. Ich taper vorsichtig weiter, Wohnzimmer – klar weiß ich, wo das ist; die Wohnungen sind doch alle gleich geschnitten. Seine ist wie meine, bloß spiegelverkehrt, andere Seite vom Haus.

Ich komm ins Wohnzimmer. Und mich trifft beinah der Schlag. Der Hausaltar – kennen Sie noch die Schrankwände aus den Fuffzigern? Gelsenkirchener Barock? Dinger, in die der Lkw passt, mit dem sie transportiert werden sollen? Also, sein Altar ist fast so groß. Die ganze Kopfseite vom Wohnzimmer. So 'n aufgeklapptes Ding mit zwei Flügeln, in der Mitte Kreuzigung und das ganze Tamtam, daneben Mutter mit totem Sohn auf dem Schoß und auf der anderen Seite 'ne Himmelfahrt. Und davor – Kerzen, ein Wald aus dicken Kerzen, und alle brennen und flackern und blaken und qualmen. Dazwischen ein Weihrauchkessel, qualmt und stinkt auch. Ich weiß wirklich nicht, was jemand gegen Zigaretten hat, solange …

Toll? Warten Sie's ab, das Tollste kommt erst noch. Vor dem Altar ist nämlich 'ne Krippe aufgebaut, auf dem Boden – Hütte und Figuren und Engel und alles. Und noch mehr Kerzen. Und davor sitzen – halten Sie sich fest – Plüschtiere. Ein Teddybär mit Quetschkommode. Ein Krokodil mit Blockflöte im Schnabel. Noch 'n Teddy, die Arme hoch und zwischen den Pfoten 'ne Mundharmonika. Ein Plüschkänguru mit Fiedel im Beutel. Und die Glasharfe, und zwischen den Saiten klemmt ein Klammeraffe. Auch Plüsch.

Und wie ich so weit bin, merk ich, dass es unter mir immer quaaatsch, quaaatsch macht, wenn ich gehe. Und wie ich runterkucke, wate ich durch 'ne Lache. Dunkel. Ich bück mich und steck 'nen Finger rein, und es ist Blut.

Kommt von 'ner Holzliege – so was wie 'n Deckstuhl, aber ganz flach. Ich sag doch, der war fromm, und Fromme haben ja manchmal so 'nen Fimmel, nix darf bequem sein, das Leben ist Schweiß und alles, also bitte kein bequemes Sofa, man könnte ja sonst nicht so schön leiden. Fromm? Von wegen; alles maso, sag ich.

Jedenfalls – Holzliege, und von der kommt das Blut. Beziehungsweise von dem, was drauf liegt, nämlich mein Nachbar. Nackt und blutüberströmt, und es trieft und tröpfelt munter weiter.

Und neben der Liege – also, wie ich reinkomm, davor, aber da hab ich zuerst mal nicht drauf geachtet – neben der Liege stehen zwei komische Maschinen. Sie sind ja nicht alt genug, um das noch zu kennen, aber das war so was wie alte Waschmaschinen, aus der Zeit, wo die sich noch nicht – also, nicht die Maschinen, die Trommeln – wo die sich noch nicht gedreht haben, sondern immer vor und zurück sind, schwipp schwapp schwipp schwapp. Sind aber bloß die Unterteile, ohne Verkleidung, und da drauf diese Art, na ja, Ventilator oder so, der immer vor und zurück geht. Schwipp schwapp. Zwei uralte demontierte Waschmaschinen, eingestöpselt in 'ner Steckdosenleiste. Und die machen schwipp schwapp, und an den Drehteilen, diesen Ventilatoren, sind Bindfäden festgemacht, die auch immer vor und zurück gehen. Schwipp schwapp. Und die Fäden hängen am Ende von Rutenbündeln, und die Ruten sind festgeklemmt zwischen Krummhölzern, und die Krummhölzer stecken in Drehlagern, und die sind festgeschraubt auf Stuhllehnen. Und immer bei schwipp heben sich die Ruten und bei schwapp klatschen sie auf den Nachbarn. Ein Bündel bestreicht den Rücken, eins den Hintern und die halben Oberschenkel.

Und an der Spitze von den Ruten sind Nägel.

Tja, er hat sich immer geißeln gewollt, und an Heiligabend hat er's geschafft. Und unter der Liege, mitten in der Blutlache, steht so 'n großes Sektglas, schätzungsweise Rest Sekt mit Blut gemischt.

Aber wissen Sie, das Beste, das Größte, das war die Harfe. Bei dem Lärm, den die Ruten machen und die hängengebliebene Plattenspielernadel, hab ich das zuerst gar nicht gehört. Der Klammeraffe zwischen den Saiten, der hat da nicht bloß gesteckt, und zwar senkrecht, nee, der hängt mit Händen und Füßen auch an Fäden und hat da Reißzwecken im Plüsch. Und die Fäden hängen auch an den Waschmaschinen. Und der Affe reißt bei jedem schwipp und schwapp eine Saite an. Vier – das heißt, nee, es waren bloß drei; der erste und der dritte Ton sind ja gleich, aber da hat er zwischen Hand und Fuß gewechselt. Welche Töne? Na, die ersten vier von »Sti-hil-le Nacht«. Scharfe Nummer, was?

Ich? Na, ich hab natürlich die Polizei angerufen. Die haben den

Notarzt mitgebracht. Der Nachbar war noch nicht ganz tot, ist aber auf dem Weg ins Krankenhaus hopsgegangen. Hat Raumtemperatur angenommen, wie man so schön sagt. Verblutet, der Bluter.

Na klar haben die alles untersucht. Ihn auch. Hatte offenbar 'ne Riesendosis Schlaftabletten genommen. Und alle anderen im Haus haben gesagt, der wär zuletzt so depri gewesen, und dann Weihnachten und er allein und depri und der Altar und die Kerzen, und da haben sie eben beschlossen, es wär ein komplizierter Selbstmord aus Niedergeschlagenheit oder so. Und Schmitter, der mit dem Musikladen, ist ja sein Vetter, und andere Verwandte gibt's nicht, und Schmitter erbt. Nicht viel, aber immerhin. Lebensversicherung zahlt nicht, hab ich ja schon gesagt, von wegen verblutet, aber die Eigentumswohnung und irgendwas auf der Bank.

Nee, wozu? Hören Sie, ich war mit dem nicht befreundet, er ist mir auf den Sack gegangen mit seiner ewigen Frömmelei – fort mit Schaden, wie man so sagt. Wozu soll ich den grünen Jungs erzählen, dass mein Nachbar keinen Alkohol trinkt und keine Schraube festdrehen kann, von Maschinenbasteln nicht zu reden, und dass Schmitter Schampus gekauft hat und ein klasse Tüftler ist? Ich sag also nix, und paar Wochen später, wie alles vorbei ist, sortiert, Wohnung verkauft und alles, hat Schmitter mir 'nen Umschlag gegeben. Bisschen dicker. Keine Ahnung, was drin ist; den mach ich an meinem Geburtstag auf und lass mich überraschen.

Aber, jedenfalls, das fällt mir jetzt immer wieder ein, wenn jemand was von Weihnachten erzählt. Besonders der Affe in der Harfe, Jesses! Also gehn Sie mir weg mit Weihnachten. Und machen Sie mir noch 'n Kölsch, ja?

Ulla Lessmann

Blockflötenkonzert

»Paula, Finn, Jakob und Ole ernähren wir ohne Fleisch und Fisch, ohne Zucker, aber mit viel Getreide.«

So sehen sie aus, die vier kleinen verhärmten Wesen, findet Lisa Schweitzer, kritisch auf die Kinder am Nebentisch blickend: farblos und verschreckt, wie sie da um ihre Mama herum auf den harten Plastikstühlen in der Schulmensa hocken und mit großen Augen in ihre Tassen mit hellgrünem Tee starren. Zweimal Zwillinge und höchstens ein Jahr auseinander, denkt Lisa, das ist ja widerlich.

Ob einmal in der Woche Fleisch etwas Farbe in ihre blassen Kinderwangen zaubern würde? Die Mama wirkt auf Lisa schwabbelig, blässlich, übergewichtig und hat strähnige Haare. Was will sie ihrer Umgebung damit sagen? Ich arme gestresste Mutterkuh säugte meine vier Kinder, fütterte sie mit staubigem Getreide, beschützte sie mit meinem untrainierten, aber gebärfreudigen Leibe vor Fisch und Fleisch, Lebkuchen und Marzipan und werde sie so zu Höchstleistungen auf der Blockflöte treiben?

Lisa Schweitzer hofft vor allem, dass die einseitige und reizlose Kost die womöglich vorhandenen musikalischen Talente der Kinder ihrer Tischnachbarin an jeder Entfaltung gehindert hat.

Sie will, dass außer Fanny Clara kein anderes Kind in dieser Schule auch nur einen Funken Musikalität besitzt. Sie will der Welt zeigen, dass eine alleinerziehende Mutter ein musikalisches Ausnahmetalent behutsam aufbauen, dass sie nicht verhärmt und abgehetzt, sondern attraktiv und gelassen ein unneurotisches Kind aufziehen kann.

Er wird nicht kommen. Das wird er Fanny Clara nicht antun.

Fanny Clara hat, davon ist Lisa überzeugt, ein überdurchschnittliches musikalisches Talent und die für eine Achtjährige ganz ungewöhnliche Fähigkeit, die Blockflöte wirklich zu blasen und nicht in sie hineinzupusten, was neunzig Prozent aller Kinder tun.

Fanny Clara Schweitzer tut das nicht. Von Anfang an nicht, denn sie ist nicht nur außergewöhnlich begabt, sondern hat zudem das Glück, in Lisa eine zwar systematisch fördernde, aber keineswegs verbissen ehrgeizige Mutter zu haben. Lisa hasst diese sogenannten Eislaufmütter, die von ihren Kindern erwarten, dass die die beruflichen Frustrationen, unglücklichen Ehen und verpassten Chancen ihrer Eltern wiedergutmachen. Auch die Unbegabtesten unter ihnen werden gnadenlos von einem teuren Workshop für musikalische Früherziehung in den nächsten geschickt, weil ihre Mütter kein Gefühl und kein Gehör für die vollkommene Unfähigkeit ihrer Kinder besitzen, einen perfekten runden Blockflötenton zu erzeugen, geschweige denn ein sauberes Fis zu blasen, weil sie mit der Kuppe ihres kleinen Fingers das rechtsseitige Loch nicht rundum abdecken können und quietschend knapp am Fis vorbei jeden Hörgenuss verderben.

Fanny Clara kann sowohl ein sauberes Fis produzieren als auch exakte, gut artikulierte und fehlerfrei perlende Läufe spielen, ein glockenreines B intonieren und sowohl »Leise rieselt der Schnee« als auch »Ihr Kinderlein, kommet« und »Kommet, ihr Hirten« auswendig spielen. Außerschulische musikalische Früherziehung kann eine geschiedene Arzthelferin sich nicht leisten, muss sie auch nicht, denn ihre Tochter ist nicht nur begabt, sondern auch fleißig. Lisa Schweitzer hat Fanny Clara erklärt, dass man, wenn man öffentlich auftritt, besonders gut und absolut fehlerfrei spielen muss, weil die Zuhörer sonst beleidigt sind und vielleicht pfeifen und johlen und den Saal noch während des Weihnachtskonzerts verlassen. Natürlich hat sie ihr auch gesagt, dass Mama sie weiterhin lieb hat, wenn Fanny Clara vor dem Weihnachtsblockflötenkonzert nicht jeden Tag zwei bis drei Stunden übt, obwohl Mama natürlich traurig wäre, wenn die teure Flöte ungespielt in ihrem Futteral läge, und dass man die Begabungen, die einem der liebe Gott geschenkt hat, nicht ungenutzt lassen darf, sondern sie gut behandeln und pflegen muss, denn dann hat einen nicht nur die Mama lieb, sondern auch der liebe Gott, ganz besonders zu Weihnachten. Und sie hat ihr erzählt, dass Mama leider keine Chance hatte, ihr eigenes ungewöhnliches musikalisches Talent zu nutzen, weil sie eben keiner gefördert hat, und dass Mama zu Weihnachten immer nur ein Gedicht aufsagen durfte, anstatt ein schönes Blockflötenkonzert zu geben, bei dem kleine Mädchen von allen lieb gehabt werden. Und kleine Mädchen, die keinen Papa haben, müssen ganz besonders fein spielen, damit alle Leute merken, dass man überhaupt keinen Papa braucht, um besser zu sein als andere Kinder.

Lisa merkt, dass sie vor sich hin lächelt. Sie ist wirklich gesegnet mit ihrem musikalischen kleinen Mädchen. Worte wie »gesegnet« benutzt sie normalerweise nicht, aber heute ist der zehnte Dezember. In einer halben Stunde beginnt das Weihnachtskonzert der Blockflötengruppe der Gemeinschaftsgrundschule Robert-Schumann-Straße. Die Flötenkinder blasen sich schon seit einer halben Stunde mit ihrer Lehrerin in dem Räumchen hinter der Aulabühne ein. Die besondere weihnachtliche Stimmung spürt Lisa trotz blasser Getreidekinder, schwabbeliger Urmütter und dem feinen Ziehen im Bauch, das ihre ängstliche Erwartung begleitet, und deshalb fällt ihr das Wort »gesegnet« ein.

Er wird nicht kommen. Bestimmt nicht. Wenn er kommt, wird Fanny Clara es nicht merken. Sie hat ihn jahrelang nicht gesehen. Sie wird ganz in ihr Spiel versunken sein.

Wenn das noch erlaubt wäre, würde Lisa sich jetzt eine Zigarette anzünden, obwohl sie nicht raucht, nur um den entsetzten Schrei der Getreidemutter, die panikartige Flucht der fassungslosen Kinder, das wahrscheinliche Auftauchen von Polizei, Krankenwagen und Notarzt zu provozieren. Sie hat das Bedürfnis, ihrer schmerzhaft wachsenden Aufregung andere Gründe zu geben als das Konzert mit Fanny Claras erstem Soloauftritt und ihrer eigenen Angst vor dem Erscheinen jenes Mannes.

Wie viele Kinder hat denn die graue Getreidemutter noch, die sich jetzt hinter der Bühne mit ihrer Fanny Clara einblasen? Oder ist die ganze Familie nur gekommen, um sich anzuhören, wie andere Kinder Blockflöte spielen, solche, die Fleisch, Fisch und zu Weihnachten sogar Zimtsterne zu essen bekommen?

Lisa selbst achtet auf eine ausgewogene Ernährung ihres kleinen Wunderkindes und käme nie auf die Idee, sie mit Körnern zu quälen, denn hübsches Aussehen ist für eine Karriere genauso wichtig wie Ausnahmetalent, und deshalb darf Fanny Clara in der Adventszeit täglich einen Zimtstern essen. So bleibt sie schlank und zart. Lisa hasst dicke Kinder genauso wie Mütter mit strähnigem Haar, ganz zu schweigen von unmusikalischen Kindern mit reichen Eltern.

Sie ruckelt ein wenig auf ihrem Stuhl herum, um zu sehen, wem die Getreidemutter ihre Fütterungsgrundsätze anvertraut hat. Isolde Bayer sitzt da mit ihrer schicken, teuren Föhnfrisur. Sie trägt einen ihrer edlen Hosenanzüge und wirkt fitnessgestählt wie immer. Sie ist die Mutter dieses peinlich unmusikalischen Anton, der jedes Mal, wenn Lisa ihre Fanny Clara von der Flötenstunde abholt, heult, weil die Flötenlehrerin ihn ermahnen musste, doch ein einziges Mal mit den anderen gemeinsam den ersten Ton zu blasen und wenigstens ein einziges Mal mit den anderen gemeinsam ein Stück zu beenden, anstatt ständig zu spät anzufangen oder mit den letzten Tönen hinterherzuklappern. Anderenfalls müsse er leider beim Weihnachtskonzert zuhören.

Lisa kann nicht verstehen, warum Isolde Bayer ihr überfordertes Kind Blockflöte lernen lässt, vielleicht wäre eine Trommel seinen beschränkten Fähigkeiten und seiner offenbar stockenden Entwicklung angemessener. Es ist ungerecht, dass musikalische und feinmotorisch fortgeschrittene Kinder wie Fanny Clara durch unbegabte Trampel wie Anton Bayer gebremst werden, und deshalb hat sie schon häufiger mit der Flötenlehrerin gesprochen, nachdem der heulende Anton von seiner Mutter in ihren Geländewagen gezerrt wurde. Die Flötenlehrerin hält viel von Fanny Clara und hat angedeutet, dass man es bei ihr im nächsten oder übernächsten Jahr vielleicht schon mit Alt-Flöte versuchen könne, und mit Querflöte dürfe man auch nicht zu spät beginnen.

Lisa hat sehr wenig Geld, keinen Geländewagen und keine teuren Hosenanzüge, und die Kosten einer Querflöte liegen völlig außerhalb ihres Budgets.

Lisa Schweitzer besitzt Fanny Clara und zwei sehr teure Blockflöten.

Er wird nicht kommen. Es kann auch einmal etwas gutgehen im Leben. Gerade zu Weihnachten. Er hat die Ankündigung gar nicht gelesen.

Paula oder Finn oder Jakob oder Ole, jedenfalls eines dieser fünf- oder sechsjährigen getreidegefütterten Würmchen aus der Schulmensa, darf fünfzehn Minuten später das Weihnachtskonzert in der Aula mit einem Blockflötensolo eröffnen und tut dies fehlerfrei, obwohl es sich nicht eingeblasen, sondern grünen Tee getrunken hat. »Ihr Kinderlein, kommet«. Na ja, denkt Lisa missmutig und nervös, nun in der ersten Reihe zwischen der Mutterkuh und Isolde Bayer sitzend, das ist das Minimum. Wahrscheinlich hat diese schwabbelige Übermutter oder ihr offenbar abwesender Schwängerer vier Notenpulte gespendet. Lisa Schweitzer hat kein einziges Notenpult gespendet, das kann sie sich nicht leisten, wenn Fanny Clara eine exzellente Ausbildung bekommen soll, und außerdem hat ihre Tochter es nicht nötig, sich ihren Soloauftritt mittels gespendeter Notenpulte zu erschleimen.

Hinter dem kleinen Solisten sitzen die Kinder in braver Stuhlreihe auf der Bühne, die bunt bestrumpfhosten oder behosten Beinchen verdreht und verknotet. Die Flöten in den schweißnassen Händchen, kauen sie auf ihren Unterlippen herum, knäueln lange Haarsträhnen um ihre Zeigefinger, bis sie weiß werden. Ein echter Weihnachtsbaum am Bühnenrand spendet mildes Licht aus künstlichen Kerzen.

»Mildes Licht«. Lisa spürt weihnachtliche Sentimentalität im Bauch, in dem das Ziehen stärker wird, und betrachtet gerührt ihre Tochter mit dem hübschen, schon jetzt ganz konzentrierten Gesichtchen, dem langen blonden Haar. Fanny Clara wickelt keine Haarsträhnen um den Finger und stellt ihre Füße ordentlich nebeneinander, während Paula oder Finn oder Jakob oder

Ole übertrieben enthusiastischen Beifall für die simple, einigermaßen ordentlich geflötete Melodie einheimst, worauf er oder sie vor Freude errötet, was seine oder ihre grundsätzliche Blässe grotesk hervorhebt.

Die Rektorin tritt an den Bühnenrand und hält eine Rede, von der Lisa nichts mitbekommt, weil sie sich mit inzwischen laut pochendem Herzen auf Fanny Clara konzentriert, die als Zweite dran ist, mit »Kommet, ihr Hirten«. Die Melodie hat rhythmische Tücken bei »Kommähät ihier Hirtähän, ihier Männäher uhund Fraun«, und bei »geboren« nach »Christus der Herr ist heute« führt sie zum tiefen C hinunter, das alle Finger fordert, das schwankend zwischen Cis und H so rasch ins quietschend Grelle abgleiten kann, und dann ist alles verdorben. Geschätzte achtzigtausend Mal hat Fanny Clara diese Stelle geübt, und etwa 79 652 Mal hat sie es geschafft, hat mit der Kuppe ihres kleinen Fingers komplett auch das letzte Loch umschlossen, den Ton behutsam mit der Zunge angestoßen und ihn fließen lassen und außerdem nicht vergessen, dass sie in diesem Lied ein B statt eines H greifen muss.

Lisas Herz poltert, in ihrem Bauch tobt es, von ferne kündigt sich ein schriller Ton in ihrem Kopf an, noch ganz zart, vielleicht bleibt der Ton fern und zart, vielleicht erscheint er heute nicht.

Alles wird gutgehen. Alles muss gutgehen. Er wird nicht kommen.

Fanny Clara wird mit ihrem vierstrophigen Solo einen überwältigenden Eindruck machen, die weihnachtlich gestimmten Zuhörer zu Tränen rühren, sich als zweite Stimme bei »O du fröhliche« als Ensemblespielerin profilieren und sich dann in den Chor der Flötenkinder bei »Am Weihnachtsbaume« harmonisch, aber stimmführend einfügen. Dann wird die Flötenlehrerin für den Alt-Flötenunterricht eine Freistelle auf der Musikschule empfehlen, und niemand wird mehr auf die Idee kommen, Lisa Schweitzer sei keine großartige Mutter.

Fanny Clara steht auf, geht an den Bühnenrand, steht einen Moment still, das milde Licht der Kerzen im blonden Haar. Sie sammelt sich, denkt Lisa glücklich, wie besonnen sie ist für eine Achtjährige. Der erste Ton kommt, fließt rund und warm. Ein sauberes, strahlendes C.

Plötzlich zerbirst ein extrem hohes Kreischen die andächtige Stille, die Fanny Claras bislang einwandfreies Spiel begleitet hat. Der schreckliche Ton aus ihrer Flöte quietscht wütend auf, bleibt grell und zitternd über dem Weihnachtsbaum stehen und bricht mit einem kläglichen Winseln zusammen.

Atemlose Stille.

In Lisas Kopf kreischt der Ton weiter. Ihr Kopf ist ein einziger kreischender Ton, ein Schrei in unhörbar hoher Frequenz. Diesen Ton hat sie selber vor zweiunddreißig Jahren produziert, er kreischt aus der Vergangenheit heraus in ihren Kopf hinein. Ein B war auch ihr Ton, ein übergeschlagenes B. Zu viel Luft, viel zu viel Luft hat sie in das heikle, empfindliche B gepresst. »Denk immer daran, Lisa, die Zunge hinter die Zähne wie beim d von du.« Hunderttausend Mal. Die Zunge wie beim d von du, behutsam sein, Lisa, behutsam sein.

Sekunden später wendet sie in der anhaltend entsetzten Stille ihren Kopf, sieht den Mann durch den Mittelgang laufen, den Mann, den auch Fanny Clara trotz ihrer hohen Konzentration bemerkt hat, der ihren Vortrag zerstört, der Lisas Hoffnung und Fanny Claras Zukunft zunichtegemacht hat.

Isolde Bayer dreht sich um, die Mutterkuh dreht sich um, alle drehen sich um. Alle blicken den Mann an, einen großen Mann im Mantel, der mit einem leichten entschuldigenden Lächeln durch den Mittelgang eilt, in die erste Reihe abbiegt, an Isolde Bayer, Lisa Schweitzer und der Vierlingsmutter vorbeigeht und sich auf den letzten freien Platz in der ersten Reihe setzt.

Lisa öffnet mühsam ihre zur Faust verkrampfte Hand, achtet nicht auf die blutigen Einkerbungen, die ihre Fingernägel in ihren Handinnenflächen hinterlassen haben. Alle Köpfe drehen sich wieder nach vorne, schauen wohlwollend auf das im Kerzenglanz stehende kleine Mädchen mit den cremeweißen Wangen: Fanny Clara, die mit nun gesenktem Kopf immer noch dort steht, die Flöte nicht mehr in Spielhaltung, sondern mit beiden Händen umklammernd.

Die Flötenlehrerin, die neben den anderen Kindern gesessen hat, erhebt sich, legt Fanny Clara die Hand auf die Schulter, beugt sich hinunter, murmelt etwas, schiebt das steifbeinige Kind sanft zu den Stühlen zurück, flüstert mit einem der Getreidekinder, das nun errötend an den Bühnenrand tritt, mit einem ansatzlos geblasenen, glockenreinen C »Kommet, ihr Hirten« intoniert und das Lied ruhig und fehlerlos zu Ende spielt. Während sich alle Kinder außer der verstörten Fanny Clara erheben und gemeinsam »O du fröhliche« zu blasen beginnen, versucht Lisa zu atmen. Ihr Herzschlag will sich nicht verlangsamen, ihre Handinnenflächen brennen, während sie schluckt, um nicht weinen zu müssen.

Die Kinder flöten ohne Fanny Clara fröhlich scheppernd »Am Weihnachtsbaume«.

Dieses Weihnachtskonzert sollte Lisa Schweitzers Triumph werden, ihre Siegesfeier im Angesicht der Skeptiker und Abwiegler, ihr Weihnachtsgeschenk an eine Welt, die glaubt, sie sei übereerzig, eine vom überschätzten Talent ihrer Tochter besessene Mutter, die das überforderte, mittelmäßig begabte Kind zu unerreichbaren Leistungen treiben will. Fanny Claras erster

Soloauftritt als Beweis ihrer überragenden Begabung, der Stipendien, Preise, exzellente Lehrer nach sich ziehen sollte, wird zerstört von ihrem gewissenlosen Vater.

Er ist gekommen. Das ist die Rache, weil er das Sorgerecht nicht erhalten hat. Jetzt hat er bewiesen, dass dieses Kind unmusikalisch ist, dass es beim ersten Härtetest versagt, genauso wie die Mutter vor zweiunddreißig Jahren.

Lisa weiß nicht, wohin mit ihrer rasenden Wut und ihrer maßlosen Enttäuschung. Alles war umsonst; es wird keinen Altflöten-Unterricht für Fanny Clara geben, keine kostenlose Querflöte, keine Freistelle, keine Bewunderung für die Mutter. Weihnachten, das Fest der Liebe, das Fest der Familie. Das Fest der Katastrophen.

Lisa umklammert die Piccoloflöte in ihrer Jackentasche, ihr Weihnachtsgeschenk für ihr begabtes Kind, mühsam über Jahre zusammengespart.

Nur um recht zu behalten hat er sein Kind so grauenhaft blamiert. Ihr Leben lang wird Fanny Clara unter diesem Weihnachtskonzerttrauma leiden, nie wird sie unbefangen auf einer Bühne stehen können, immer wird sie, wenn sie ein B blasen will, das Licht vom Weihnachtsbaum sehen, den eisigen Schrecken spüren, der erst in ihre Finger fuhr, dann ihren Atem unkontrolliert in die Flöte presste, als sie ihren Vater durch die Aula kommen sah, diesen Vater, der nie an ihr Talent glaubte, das sie ab jetzt nicht mehr haben wird.

Fanny Clara sitzt großäugig zwischen den anderen Kindern, die sich nach dem tosenden Applaus wieder hingesetzt haben. Blass und starr wirkt sie, während eine Lehrerin an das Klavier geht, »Macht hoch die Tür« intoniert und das Publikum zum Mitsingen auffordert.

Isolde Bayer raunt Lisa Schweitzer zu: »So hätte unser Anton das übrigens niemals versaut«, bevor sie laut und falsch bei »derhalben jauchzt, mit Freuden singt« in den Chor der Eltern, Geschwister und Großeltern der Flötenkinder einfällt.

Lisa kann nicht mitsingen, obwohl sie gut singen kann, obwohl sie Fanny Clara seit deren Geburt immer vorgesungen hat, damit ihr musikalisches Talent stimuliert wird, obwohl sie Fanny Clara immer noch vorsingt, damit sie ein Gespür für Intervalle bekommt. Sie kann nicht singen, wenn das weihnachtliche Blockflötenkonzert der Gemeinschaftsgrundschule von diesen blassen, hässlichen, getreidegefütterten Kindern mit ihren scheußlichen Vornamen dominiert wird, deren schwabbelige Mutter neben dem andächtig singenden Verursacher der Katastrophe sitzt.

»Und jetzt«, sagt die Rektorin, »bitten wir Sie alle noch zu einem weihnachtlichen Plätzchenessen und einem Glühwein in die Mensa, und Finn und Paula werden uns mit ›Es ist ein Ros entsprungen‹ dabei erfreuen.«

Alle stehen auf. Lisa hastet auf die Bühne, reißt ihre Tochter vom Stuhl, fasst hart nach deren Hand und zischt Fanny Clara ins Ohr: »Du verdammtes Biest, du elende Versagerin, ich habe dir tausendmal gesagt, dass er kommen könnte! Wir haben das doch geübt und geübt und geübt, dass du dich beherrschen musst, wenn er auftaucht! Tausende von Malen habe ich dir gesagt, dass Opa es genauso gemacht hat, dass er ins Konzert geplatzt ist, obwohl er gar nicht bei Oma und Mama gewohnt hat, und Mama deshalb nicht spielen konnte! Wir haben das doch so oft geübt, dass er kommt und du trotzdem das B nicht vergisst und weiterspielst, und nun hast du alles verdorben, du undankbares Miststück! Niemand wird dich jetzt noch unterrichten wollen! Niemand stellt uns eine Querflöte zur Verfügung! Niemand will dich mehr in seiner Flötengruppe haben!«

Fanny Clara steht still mit gesenktem Kopf und weint nicht. Niemand beachtet die beiden. Alle drängeln hinaus in die Schulmensa zu Glühwein und Plätzchen.

Lisa hält ihre Tochter fest an der Hand, als sie mit ihr die Bühne verlässt.

»Aber das wird er uns büßen, das verspreche ich dir«, flüstert sie Fanny Clara zu. In der drängelnden, lachenden, freudig schwatzenden Menge entdeckt sie seinen Kopf. Er wird ihr nicht entwischen, dieser Zerstörer.

Mit der freien Hand wühlt sie in ihrer Schultertasche. Eine Waffe sucht sie. Der Zerstörer soll auch leiden, wenn sie leidet und das Kind nun keine Zukunft mehr hat.

Sie findet die Nagelfeile, die sie immer dabeihat, falls einer von Fanny Claras Fingernägeln zu lang für das Flötespielen geworden sein sollte. Sie drängelt sich mit dem willenlosen Kind durch die Menge, immer seinen Kopf vor Augen.

Seinen Mantel kann sie mit dieser Waffe von hinten nicht durchstechen. Sie muss vor ihn gelangen, sich im Gedränge um ihn herumschlängeln. Das wird niemand merken, sie kann ihn in seinen Bauch stechen, ohne dass jemand das bemerkt.

In feierlich getragenem Tempo, gänzlich ohne diese Hast, die flötespielende Kinder für gewöhnlich an den Tag legen, erklingen mit den perfekt gestimmten Instrumenten von Finn und Paula die drei einleitenden C von »Es ist ein Ros entsprungen«.

In Lisas Kopf tönt der grelle Flötenton ihrer Tochter. Er verschmilzt mit ihrem eigenen zweiunddreißig Jahre alten Ton zu einem sirrenden Kreischen, als es ihr endlich gelingt, sich mit dem Kind an der linken Hand um den Mann herumzudrängeln. In der rechten Hand hält sie die Feile, rammt sie kraftvoll ohne aufzusehen in den hellblauen Bauch, zieht sie unmittelbar wieder heraus, steckt sie zurück in die Handtasche, wendet sich um, presst sich gegen den Rücken von Isolde Bayer, die nun vor ihr steht, kommt nicht weiter, vernimmt hinter sich einen Schrei, der sich mit den Blockflötenschreien in ihrem Kopf vereint. Ein erregtes Raunen schwingt im Saal, ein Stöhnen, ein Wimmern ist zu hören. Sie drückt sich eng an Isolde Bayer, damit die weitergeht, damit sie hinauskommt mit Fanny Clara an der Hand. Aber stattdessen dreht Isolde Bayer sich um, wird ihrerseits von hinten geschoben, schreit nun auch, weil jetzt alle schreien. Die Menge zwingt Lisa zurück, drängt sie gegen einen am Boden liegenden Leib. Mit einem grauenhaften Quietschen zerplatzt das D von »kal«, während die zweite Flöte es bis zum C von »ten« schafft, um dann ängstlich flatternd zu verschwinden. Lisa und Fanny Clara werden von den sinnlos rückwärts drängelnden Besuchern um die eigene Achse gedreht, stürzen fast über den Körper am Boden, während sich Paula, Finn, Jakob und Ole durch die Beine der Erwachsenen winden. Sie werfen sich über den Mann und heulen auf: »Papa, Papa, Papa, Papa!«

Oliver Bottini

Weihnachtskarte

Die Karte lag am Freitag, dem elften Dezember, im Briefkasten. Nachdem er sie aus dem Umschlag genommen und einige Male überflogen hatte, legte er sie auf den Küchentisch, zu den bunten Bögen Geschenkpapier, den eingeschweißten Büchern, CDs und DVDs. Plötzlich spürte er, dass er Angst hatte, ohne genau sagen zu können, wovor. Der eine Satz, der, mit Schreibmaschine geschrieben, auf der Karte stand, kam ihm zwar bedrohlich, aber auch merkwürdig sinnlos vor, und je öfter er ihn las, desto sinnloser klang er. »Der vierundzwanzigste Dezember ist ein guter Tag, um zu sterben.« Weshalb, fragte man sich doch, sollte der Vierundzwanzigste ein guter Tag sein, um zu sterben? Und für wen? Für den Empfänger? Für den ungenannten Absender?

Er drehte die Karte um und betrachtete die funkelnde rote Christbaumkugel vor grünem Hintergrund, ein schönes Motiv, er mochte Christbaumkugeln. So, mit der Vorderseite nach oben, im warmen Schein der Küchenlampe, wirkte die Karte harmlos. Eine Weihnachtskarte wie viele andere, die in diesen Wochen verschickt wurden, sie würde jeden Geschenktisch zieren, und das machte den Satz auf der Rückseite, fand er, irgendwie noch sinnloser, es war das falsche Motiv für diesen Satz.

Er trat zur Anrichte und goss den Tee auf. Wieder spürte er die undefinierbare Angst, sie hatte sich in seinen Bewegungen und in seiner Haut eingenistet, und er dachte, dass er jetzt mit ihr leben musste, zumindest für eine Weile, und er sich deshalb an sie gewöhnen sollte. Er stellte die Teeuhr auf vier Minuten, das Ticken erfüllte die Küche, und ihm wurde bewusst, dass in gewisser Hinsicht wirklich eine Art Countdown lief, ein Countdown, den die Karte ausgelöst hatte. Eine unhörbare Uhr tickte die Zeit herunter.

Am Fenster stehend, die Hand am Griff der Teekanne, wartete er. Der Garten war vollkommen weiß, seit Tagen schneite es. Im hohen Schnee konnte er den Zaun kaum noch erkennen, und die vier Obstbäume sahen vor dem grauen Himmel wie knochige weiße Skulpturen aus. Seine Frau liebte den Schnee, früher waren sie stundenlang über verschneite Felder gestapft. Seit sie das nicht mehr taten, war ihm der Schnee fremd geworden, fremd und unheimlich, jedes Jahr ein bisschen mehr. Eine Welt, in der man die Orientierung verlor, weil alles gleich aussah, dachte er und rieb sich die Schläfen, so wie man die Orientierung im Leben verlor, wenn die Tage, Wochen, Monate, Jahre gleich verliefen.

Er wandte sich um, und seine Augen wanderten automatisch zu dem Abbild der roten Christbaumkugel. Ja, ein Countdown hatte begonnen, etwas war ins Rollen gekommen, das sich vielleicht nicht mehr aufhalten ließ.

Seine Frau lag wach im Bett und lächelte, als er eintrat, und wie so oft war sein erster Gedanke, dass ihr Lächeln wieder ein wenig schmaler und fragiler wirkte, als würde es sich mit den Jahren allmählich verflüchtigen, aber vielleicht täuschte er sich auch. »Ich muss noch mal weg«, sagte er und stellte das Tablett auf den Nachttisch. »Wir haben keine Milch mehr.«

»Ach, lass doch die Milch.«

»Ich wollte dir Kartoffelpüree machen.«

»Lass doch die Milch«, wiederholte sie. »Es schneit, du wirst nass werden.«

Er warf einen Blick in Richtung Fenster. Von hier aus war der Garten nicht zu sehen, nur der fallende Schnee. Manchmal trug er seine Frau auf die Terrasse und setzte sie, in eine Decke gewickelt, auf einen Stuhl. Dann saß sie schweigend da, zwanzig, dreißig Minuten lang, und betrachtete den weißen Garten und dachte an früher, an die langen Spaziergänge über die verschneiten Felder, ans Skifahren, ans Schlittschuhlaufen und an anderes. Wenn er sie fragte, was ihr durch den Kopf ging, antwortete sie immer, gar nichts, sie lausche der Stille. Aber er wusste, dass das nicht stimmte.

»Möchtest du auf die Terrasse?«

»Nein, es wird ja schon dunkel. Vielleicht morgen wieder.«

Er beugte sich über sie, um sie zum Abschied flüchtig zu küssen, und wie immer drehte sie den Kopf leicht, und seine Lippen berührten nur ihren Mundwinkel. Während er noch einen Augenblick so dastand, gebückt und mit dem Kopf dicht an ihrem Kopf, sagte er: »Der Tee ist leider nicht mehr ganz heiß.«

»Ist nicht schlimm.«

»Sonst mache ich dir frischen.« Er richtete sich auf.

Sie schüttelte lächelnd den Kopf, und dann sagte sie erneut: »Lass doch die Milch, Hannes.«

»Also, ich glaube nicht, dass Sie sich Sorgen machen müssen«, sagte der Polizist. Er drehte und wendete die Karte in seinen riesigen Händen, in denen sie beinahe verschwand. Hin und wieder schien die rote Christbaumkugel zwischen seinen Fingern durch. Er runzelte die Stirn, und die Nasenspitze unter der Lesebrille zuckte. »Trotzdem, Sie sollten Anzeige erstatten.«

»Gut, dann tue ich das.«

»Auch wenn es sicher nur ein Scherz ist.«

»Ein sehr schlechter Scherz.«

»Ohne Zweifel.« Der Polizist wandte sich dem Computer zu und begann, mit zwei Fingern zu tippen, und währenddessen sagte er: »Da wollte Ihnen irgendjemand Angst einjagen.«

»Das ist ihm gelungen.«

Der Polizist war ein alter, grobschlächtiger Mann, der in dem kleinen, überheizten Polizeirevier im Ortszentrum irgendwie fehl am Platze wirkte. Vielleicht lag es auch an der Nasenspitze, die nicht aufhörte zu zucken und Ratlosigkeit und vielleicht auch ein klein wenig badische Gutgläubigkeit signalisierte. Jetzt hielten die Finger über der Tastatur inne, und der Polizist sagte: »Aber vielleicht wäre es besser, wenn Sie das Haus am Vierundzwanzigsten nicht verlassen. Oder Sie machen eine kleine Reise.« Er zuckte die Achseln. »Nur zur Sicherheit.«

»Leider geht das nicht, meine Frau ist querschnittsgelähmt. Eine Reise wäre zu anstrengend für sie.«

»Herrje.« Die Finger tippten wieder, und der Polizist räusperte sich. »Na ja, wenn er es ernst meinen würde, dann hätte er es nicht angekündigt, oder?«

»Er?«

»Der, der die Karte geschickt hat.«

»Sie haben recht, er hätte es nicht angekündigt.«

»Trotzdem, vielleicht könnte jemand zu Ihnen kommen, um mit Ihnen zu feiern. Nur zur Sicherheit.«

»Das ließe sich einrichten.«

»Gut«, sagte der Polizist zufrieden.

Nachdem er die Anzeige unterschrieben hatte, ging er zur Tür, und als er die Klinke in der Hand hatte, wandte er sich um und sagte: »Falls Sie bei uns anrufen, erzählen Sie meiner Frau bitte nichts von der Karte. Ich möchte sie nicht beunruhigen.«

»Natürlich.«

»Sagen Sie einfach, es geht um den Wagen. Um den Blinker.«

»Den Blinker?«

»Ich werde ihr erzählen, dass jemand den Blinker kaputtge-
macht hat. Deshalb die Anzeige.«

»So machen wir es«, erwiderte der Polizist, und wieder wirkte
er zufrieden, als wäre in diesem Augenblick ein jahrelang auf
ihm lastendes Problem gelöst worden, und ein wenig von dieser Zufriedenheit übertrug sich auf ihn. Ja, dachte er, das Problem ist gelöst, und während er im dichten Schneetreiben langsam zum Supermarkt ging, dessen gelbe Leuchtschrift ihm den
Weg durch die Dunkelheit wies, überkam ihn für einen Moment
tiefe Erleichterung.

Das Wochenende verging, wie die meisten Winterwochenenden
der letzten fünfzehn Jahre vergangen waren. Sie saßen oben, im
Zimmer seiner Frau, und sprachen oder schwiegen oder lasen
miteinander, und alle paar Stunden trug er sie hinunter ins
Wohnzimmer oder auf die Terrasse und ließ sie für eine Weile allein, damit sie der kalten weißen Stille lauschen oder fernsehen
oder aber mit ihm essen konnte. Dann trug er sie wieder hinauf.
In die Küche durfte sie in diesen Tagen nicht. »Ach, lass doch das
mit den Geschenken«, sagte sie, »du musst das doch nicht machen«, und er lächelte zufrieden. Er wusste, wie sehr sie sich
über Geschenke freute, und er wusste auch, dass sich irgendwo,
bei einem Nachbarn oder im Pfarramt oder beim Pflegeservice,
Päckchen und Pakete von Versandhäusern stapelten, ihre Geschenke für ihn, die irgendjemand an Heiligabend in einer großen Schachtel vorbeibringen würde.

Der einzige Unterschied zu den früheren Winterwochenenden war, dass während all dieser trägen, stillen Stunden der
Countdown lief, die unhörbare Uhr die Zeit heruntertickte, und
dass er das ganze Wochenende über die Angst mit sich herum-
trug, obwohl er noch immer nicht wusste, wovor genau er

Angst hatte. Mal spürte er sie mehr, mal weniger, aber sie war immer da. Seitdem die Karte am Freitag gekommen war, begleitete sie ihn ununterbrochen, und manchmal dachte er, dass sie ihn nie wieder verlassen würde.

Am späten Montagnachmittag rief der alte Polizist an und sagte: »Sie müssen noch einmal vorbeischauen, es ist etwas geschehen. Die Kripo möchte mit Ihnen sprechen.«

»Die Kripo? Um Himmels willen …«

»Am besten, Sie kommen gleich.«

Nachdem sie das Gespräch beendet hatten, stand er noch eine Weile am Küchenfenster und blickte in den Garten hinaus, der mittlerweile vollkommen im Schnee versunken war. Wer nicht wusste, dass es dort draußen unter dem grauen Himmel einen Garten mit Terrasse, Beeten, Zäunen und einer Hundehütte gab, der hätte denken können, dass unmittelbar hinter dem Fenster unbewohntes Land begänne. Ein wenig verloren standen die vier erstarrten Obstbäume in diesem weißen, unbewohnten Land. Doch je länger er sie betrachtete, desto weniger kamen sie ihm verloren vor, sondern beinahe bedrohlich. Lauernd schienen sie in seine Richtung zu blicken, wachsame Beobachter, die jeden seiner Schritte verfolgten, jedes seiner Worte hörten, jeden seiner Gedanken lasen.

Er füllte den Wasserkocher, später goss er den Tee auf und stellte die Uhr, wieder musste er an den Countdown denken, drei Tage hatte die Uhr schon heruntergezählt.

»Wer war denn am Telefon?«

»Die Polizei, wegen dem Blinker. Ich soll noch mal hin, es gibt da wohl einen Hinweis.« Als er das Tablett auf den Nachttisch stellte, musste er sich konzentrieren, damit seine Hände nicht zu auffällig zitterten, doch seine Frau schien es nicht zu bemerken.

Weihnachtskarte

»Aber du gehst zu Fuß, nicht wahr?«

»Natürlich, bei diesem Wetter.« Er beugte sich über sie, und sie drehte den Kopf leicht zur Seite, und er küsste sie flüchtig auf den Mundwinkel. An der Tür sagte er: »Vorhin habe ich mich gefragt, ob wir nicht wieder einen Hund nehmen sollten.«

»Ach, lieber nicht. Er würde auch eines Tages sterben, und das würde ich nicht verkraften.«

»Ich dachte nur. Du hättest mehr Gesellschaft.«

»Ich habe doch dich.«

Schweigend nickte er, dann ging er hinunter. Als er das Haus verließ und in den Schnee hinaustrat, wanderte sein Blick zur Garage, und ihm fiel ein, dass er nicht vergessen durfte, den Blinker zu zerschlagen, falls es in den nächsten Tagen überraschend taute und seine Frau an Heiligabend in die Kirche wollte.

Diesmal sprach er mit einem jungen Polizeibeamten, einem Kommissar, der ihm vom ersten Moment an unsympathisch war: ein grauer wortkarger Mann mit kleinen Augen, die etwas Wölfisches an sich hatten, kalt und aggressiv.

»Sagen Ihnen diese Namen etwas?«, fragte der Kommissar ohne einleitende Worte und reichte ihm eine Liste. Das Klappern einer Computertastatur setzte ein, eine Sekretärin, die an einem Schreibtisch hinter dem Kommissar saß, protokollierte das Gespräch, wie man es sich bei einem Verhör vorstellte.

Er las die fünf Namen, nickte, sagte zum Klappern der Tasten, ja, bis auf einen seien sie ihm bekannt, bei einem sei er sich nicht sicher, ein Postkollege von früher habe so ähnlich geheißen … nein, er habe sicher genauso geheißen, Barnabas, sie hätten ihn immer nur »Barry« genannt, deshalb klinge Barnabas fremd für ihn, aber er müsse es sein.

»Also kennen Sie alle diese fünf Männer.«

»Ja, aber das liegt schon lange zurück. Warum …«

»Wie lange?«, unterbrach ihn der Kommissar.

»Fünfzehn Jahre.«

»Einer war ein Kollege – und die anderen?«

»Zwei waren Kollegen, drei Freunde.«

»Sie haben keinen Kontakt mehr?«

»Nein, seit wir von Berlin hierher gezogen sind nicht mehr.«

»Und das war vor fünfzehn Jahren?«

»Ja.«

»Kannten sich die Männer?«

»Ja, sie sind einander hin und wieder bei uns begegnet.« Er schob die Liste zurück, in Richtung der Hände des Kommissars, neben denen die Postkarte mit der roten Christbaumkugel und der Briefumschlag lagen. Am rechten Ringfinger trug der Kommissar einen sehr schmalen goldenen Ehering, und ihm fiel auf, dass seine Finger und Nägel und überhaupt seine Hände äußerst gepflegt wirkten. »Was ist mit diesen Männern?«

»Sie haben die gleiche Postkarte bekommen wie Sie.«

»Die gleiche …«

Wieder ließ ihn der Kommissar nicht ausreden. »Ich frage mich, was Sie und diese fünf Männer über Ihre Freundschaft hinaus miteinander verbindet.«

Er räusperte sich. »Die gleiche Karte? Den gleichen Satz?«

Der Kommissar schwieg, wartete offenbar auf eine Antwort, und weil er ebenfalls auf eine Antwort wartete, schwieg auch er, und das Klappern der Tasten setzte aus.

»Sie sollten mich nicht wie einen Verbrecher behandeln«, sagte er schließlich.

Der Kommissar hob die Augenbrauen, schob die gepflegten Hände ineinander, erwiderte nichts.

»Ich möchte, dass Sie meine Fragen beantworten. Ich werde bedroht, und ich habe Angst, und jetzt erfahre ich, dass fünf Männer, die ich von früher kenne, ebenfalls bedroht werden, und Sie können sich denken, dass mir das noch mehr Angst macht. Also bitte ich Sie, mich aufzuklären, statt mich wie einen Verbrecher zu behandeln.«

Der Kommissar holte tief Luft, es klang wie eine Art ungeduldiges Seufzen. »Ja, die gleiche Karte mit dem gleichen Frankfurter Poststempel und dem gleichen Satz, geschrieben mit der gleichen Schreibmaschine: ›Der vierundzwanzigste Dezember ist ein guter Tag, um zu sterben.‹«

Der Kommissar stand auf, verschränkte die Hände auf dem Rücken und begann, in dem kleinen Büro herumzugehen. »Sechs Männer bekommen eine Weihnachtskarte mit einer kaum verhüllten Morddrohung. Ein Scherz unter ehemaligen Freunden? Oder schweben nun sechs Menschen in Lebensgefahr? Oder vielleicht nur einer, und die anderen haben die Karte lediglich bekommen, damit die Hintergründe verschleiert werden? Aber warum bekommt dann der eine, der sterben soll, überhaupt eine Morddrohung? Warum wird er nicht einfach am vierundzwanzigsten Dezember oder an irgendeinem anderen Tag getötet?«

Der Kommissar war am Fenster stehen geblieben und blickte auf den verschneiten Marktplatz hinaus. Mehrere Minuten verstrichen, in denen kein Wort fiel und keine Taste gedrückt wurde, und ihm wurde immer unbehaglicher zumute. Er wünschte, der Kommissar würde seine wölfischen Augen wieder auf ihn richten, das wäre ihm angenehmer gewesen, als dasitzen und überlegen zu müssen, was dem Kommissar durch den Kopf ging.

»Sind Sie unmittelbar nach der Genesung Ihrer Frau aus Berlin weggezogen?«, fragte der Kommissar, ohne sich umzudrehen.

»Ja.«

»Sie hatten Freunde in Berlin. Nach einem solchen Unfall braucht man Freunde.«

»Nach einem solchen Unfall braucht man Ruhe. Eine Umgebung, die einen nicht an das Leben erinnert, das man nicht mehr führen kann.«

Der Kommissar nickte. »Sie ist vom Balkon gestürzt, richtig?«

»Ja.«

»Sie hatte Alkohol im Blut.«

»Natürlich. Nüchtern stürzt man nicht vom Balkon.«

»Sie wollte Küchenhandtücher aufhängen. Um ein Uhr nachts, während im Wohnzimmer Weihnachtsgäste saßen.«

»Sie verträgt keinen Alkohol. Ich hätte auf sie aufpassen müssen.«

»Sie saßen auch im Wohnzimmer.«

»Ja, leider. Sonst hätte ich es vielleicht verhindern können.«

»Die fünf Männer waren auch anwesend?«

»Nein, wenn ich mich richtig erinnere, nicht.«

Dann war das Gespräch abrupt beendet. Der Kommissar wandte sich um und sagte: »Wir halten Sie über die Ermittlungen auf dem Laufenden. Am Vierundzwanzigsten werden wir einen Streifenwagen vor Ihrem Haus postieren, aber vielleicht erweist sich wirklich alles als schlechter Scherz, was zu hoffen ist. Auf Wiedersehen.«

Der alte Polizist, dem er zufällig im Flur begegnete, sagte dasselbe: »Sicher nur ein schlechter Scherz«, und er erwiderte: »Ja, sicher.« Dann trat er in die Kälte hinaus und dachte an den Kommissar, der so vieles wusste, vielleicht sogar einem Auto ansehen konnte, in welcher Stadt es eine Woche zuvor gewesen war.

In den folgenden Tagen war er nur in der Dunkelheit draußen, am frühen Morgen auf dem Weg zum Postamt, am späten Nachmittag auf dem Weg nach Hause. Zwei der fünf alten Freunde riefen an, beide am frühen Abend, aber es entwickelte sich kein richtiges Gespräch, man hatte sich fünfzehn Jahre lang nicht gehört und kein wirkliches Interesse mehr aneinander. Der eine Freund machte sich wegen der Weihnachtskarte keine Sorgen, der andere ein wenig. Sie erkundigten sich nach seiner Frau, sie wünschten alles Gute, dann legten sie auf. Die Polizei wegen des Blinkers, leider sei es eine falsche Spur, sagte er nach dem ersten Gespräch zu seiner Frau, und nach dem zweiten: »Ein Kollege, er wollte mir wieder eine Doppelschicht andrehen.«

»Und, machst du es?«

»Nein, nicht schon wieder, es ist zu anstrengend.«

»Eine gute Entscheidung.« Sie strich die Decke glatt und blickte auf ihre Hände, und dann sagte sie: »Ich möchte noch ein wenig auf die Terrasse.«

»Aber es ist doch schon dunkel.«

»Das macht nichts, es ist so schön frisch und still, aber ich glaube, ich brauche mindestens vier Decken.« Sie lachte.

»Und eine Mütze und Handschuhe und die Heizdecke«, sagte er und lachte ebenfalls, und dann stellte er den Sessel auf die Terrasse, auf der direkt an der Glastür noch ein halber Meter schneefrei war, setzte seine Frau hinein und wickelte zwei Decken um sie und brachte ihr auch die Mütze und die Handschuhe. Anschließend ging er in die Küche und überprüfte dort das Telefon, wie er es jeden Abend tat, seitdem die Karte eingetroffen war. Aus irgendeinem Grund wusste er, dass er an diesem Abend finden würde, worauf er gewartet hatte, vielleicht, weil seine Frau in die Dunkelheit hinaus wollte, obwohl sie sonst in der Dunkelheit nicht gern allein war, heute wollte sie hinaus, heute war etwas anders als sonst, dachte er, etwas, das sie die Dunkelheit und das Alleinsein suchen ließ.

Und da war es, ein Anruf am Vormittag, eine Berliner Nummer, fünfundzwanzig Minuten hatte das Gespräch gedauert. Was man sich alles sagen konnte in fünfundzwanzig Minuten, fünf Minuten für die Weihnachtskarte, blieben zwanzig Minuten, zwanzig

Minuten Vergangenheit, wie geht es dir, ich habe dich so geliebt, ich dich auch, aber es ging nicht mehr.

Während er die Telefonnummer mit den Nummern der fünf ehemaligen Berliner Freunde und Kollegen verglich, zitterten seine Hände wieder, und die Angst war stärker denn je, und die unhörbare Uhr tickte schnell und laut. Es war Pauls Nummer, Paul hatte am Vormittag hier angerufen, Paul also hatte vor fünfzehn Jahren an Heiligabend am Telefon zu ihr gesagt: Ich liebe dich, aber es geht nicht mehr. Wegen Paul also war sie gesprungen, Pauls Hände strichen in seinen Träumen Nacht für Nacht über ihren Körper. Plötzlich begriff er, wovor er in den letzten Tagen Angst gehabt hatte: dass sich zu den Händen ein Name und ein Gesicht gesellen würden. Nun war es geschehen, und der Countdown war beendet und die Angst fort.

Dann saß er lange einfach nur da, und als er wieder denken konnte, wunderte er sich darüber, dass es funktioniert hatte, er hatte nicht damit gerechnet. Wenn es nicht funktioniert hätte, hätte er das akzeptiert und weitergelebt und weiter von den fremden Händen auf dem Körper seiner Frau geträumt wie bisher, aber es hatte funktioniert, und nun, dachte er, würde er tun, was er sich vorgenommen hatte.

Am Morgen des vierundzwanzigsten Dezember erwachte seine Frau sehr früh und rief ihn. Als er in ihr Zimmer trat, sagte sie, sie habe schlecht geträumt, sie habe geträumt, dass er an diesem Tag wegfahre und nie mehr zurückkomme. »Du fährst nicht weg, oder?«, fragte sie.

»Aber nein«, sagte er.

»Komm, leg dich neben mich, schlafen wir noch ein wenig.«

Er legte sich neben sie, und sie drehte sich zu ihm und schlang die Arme um ihn und sagte: »Mein Lieber, mein Lieber, du bist alles, was ich habe, ich liebe dich, das weißt du, nicht wahr?«

Dann schlief sie ein, während sie einander umschlungen hielten, und er atmete den warmen Geruch ihres Körpers ein und konnte nicht anders, als wieder an die fremden Hände zu denken, Pauls Hände. Er wusste nicht mehr, wann es begonnen hatte, irgendwann vor vielen Jahren, und seitdem sah er sie jede Nacht und manchmal auch am Tag über den Körper seiner Frau streichen.

Am Nachmittag trug er seine Frau ins Wohnzimmer, und dort saßen sie und lasen und sprachen, und abends sangen sie miteinander und packten die Geschenke aus. Die Stunden vergingen sehr langsam, jede Sekunde, so kam es ihm vor, beanspruchte einen doppelt oder dreimal so großen Zeitraum wie sonst, und seiner Frau schien es ähnlich zu gehen, sie war den ganzen Tag über unruhig, als wollte sie, dass endlich der Abend käme und dann die Nacht und dann der nächste Tag. Manchmal glaubte er, Tränen in ihren Augen schimmern zu sehen, sie lächelte dann rasch und sagte: »Wie schön, wieder Weihnachten, und nur du und ich, so ist es am schönsten, Hannes.« Er lächelte ebenfalls, obwohl auch ihm nach Weinen zumute war, noch immer Tränen um Paul, dachte er, nach so vielen Jahren.

»Möchtest du in die Kirche?«, fragte er beim Abendessen.

»Nein, ich glaube, in diesem Jahr ist mir nicht danach, aber ich würde gern für ein paar Minuten auf die Terrasse, die Dunkelheit ist so schön und still.«

Er trug sie hinaus, dann ging er nach oben in sein Schlafzimmer und setzte sich aufs Bett und weinte tatsächlich, zum ersten Mal in all diesen langen, furchtbaren Jahren, anfangs aus Verzweiflung, doch dann immer mehr aus Erleichterung, er wusste ja, dass diese Jahre nun bald ein Ende haben würden.

Wie schon mehrmals an diesem Tag trat er ans Fenster, um einen Blick auf die Straße zu werfen. Seit dem frühen Morgen stand ein Polizeiwagen vor dem Haus. Einmal hatte er geglaubt, durch die Windschutzscheibe die riesigen Hände des alten Polizisten am Lenkrad zu erkennen, jetzt jedoch war die Innenraumbeleuchtung angeschaltet, und er erkannte den Kommissar selbst, und da wusste er, dass er nun nicht mehr beschützt wurde, sondern beobachtet.

Als er am nächsten Tag aufstand und aus dem Fenster sah, war das Polizeiauto fort.

Er fuhr an einem Morgen Anfang Januar, noch immer lag hoher Schnee, dennoch waren die Straßen befahrbar. In regelmäßigen Abständen schaute er in den Rückspiegel, niemand folgte ihm. Der Kommissar schien vieles zu wissen, doch manches blieb offenbar selbst ihm verborgen. Für einen Moment sah er ihn vor sich, die Weihnachtskarte mit der roten Christbaumkugel in den gepflegten Händen. Nachdenklich blickte der Kommissar darauf, er wollte sie noch nicht zu den Akten legen, obwohl der vierundzwanzigste Dezember vergangen war, ohne dass jemand hatte sterben müssen. Er hatte sich in seinen Fragen verirrt und sah die Antwort nicht. Erst morgen, wenn die Kollegen von der Berliner Mordkommission anriefen, würde er verstehen, doch wieder würde er nicht alles wissen, von der Verzweiflung und der Erleichterung erführe er nichts.

Nachdem er die Stadt verlassen hatte, wurde das Land um ihn herum unter dem bewölkten Himmel vollkommen weiß, als bestünde die Erde nur noch aus einer einzigen Farbe, aus einem grellen, konturlosen Weiß, und er fuhr durch dieses weiße Land, das ihm so fremd geworden war, dass er es nicht mehr ertrug, und versuchte, nicht an seine Frau zu denken, die noch nicht ahnte, dass sie von nun an allein sein würde.

Carsten Sebastian Henn

Glühwein

Im Nachhinein hätte wohl keine von uns Landfrauen gedacht, dass einfache Glühweintassen zu so viel Blut führen könnten. Aber man lernt ja immer dazu, wie Pfarrer Tilmann so schön sagt. Als wir unseren Stand auf dem Tellschweiger Weihnachtsmarkt aufbauten, waren wir allerdings noch dumme Gänslein. Es war wirklich ein schöner Markt, das muss man schon sagen, da hat sich die Ortsgemeinschaft richtig Mühe gegeben. Sogar aus Dölste kamen sie zu uns! Obwohl sie dort doch immer so mit ihrem eigenen Christkindlmarkt angeben – dabei reiht sich bei denen eine Würstchenbude an die nächste. Ist überhaupt nicht richtig schön weihnachtlich. Und eigene Glühweintassen macht bei denen auch keiner. Bei uns dagegen schon – und damit fing ja alles an.

Judith hatte einen VHS-Töpferkurs belegt, mit allem Pipapo, und ich kam dann auf die gute Idee mit den Tassen. Na ja, ich dachte zumindest, dass es eine gute sei. War es eigentlich aber auch.

Donnerstagmorgen hatten wir mit dem Aufbau begonnen, unser Stand war nahe der Kirche, ich hatte uns extra den Schlüssel besorgt, wegen der Toiletten.

Es war einer von diesen lauen Wintertagen, die sich mehr nach Altweibersommer anfühlen, und wir mussten nicht mal Hand-

schuhe anziehen, um die sicher hundert Tassen und den Glüh-
weinkessel aufzubauen. Einen kleineren Topf gab es für Weihnachtspunsch ohne Alkohol. Auch eine schöne Banderole hatte
ich anfertigen lassen, mein Schwager kennt jemanden, der uns
einen guten Preis gemacht hat. Und obwohl es noch zwei andere
Glühwein-Stände gab, von Auswärtigen, lief unserer am besten.
Allerdings schmeckt unser Glühwein auch lecker. Pfarrer Tilmann
hat darauf bestanden, dass wir ihn selber aufsetzen. Der ist ja so
für die schönen Sachen im Leben, immer tipptopp gekleidet und
auch ein echter Feinschmecker. Klassisch mit Zimt, Gewürznelken, Zitronenschale und Sternanis wollte er den Punsch, mit diesen Fertigmischungen aus dem Supermarkt würden wir uns
quasi am Wein versündigen, sagte er. Dieses ganze künstliche
Zeug würde mäuseln. Keine Ahnung, was er damit meinte, aber
er verzog das Gesicht dabei. Na ja, wir haben es dann genauso gemacht. Des Pfarrers Wille ist sein Himmelreich. Dass irgendetwas
nicht stimmte, merkten wir erstmals, als die Frau von der Konkurrenz sagte, sie fände es sehr mutig, was wir machten. »Wir
drücken euch alle die Daumen! Nur damit ihr das wisst.«

Wir schauten uns nur verdutzt an. Irene ist dann rüber, die kann
ja sehr bestimmt sein. Manche behaupten, sie sei ein alter Dra-
chen, aber sie hat eben ihre Meinung. Eine starke Persönlichkeit.
Aber die Frau vom anderen Glühweinstand fand, sie hätte schon
viel zu viel gesagt, wir sollten uns keine Sorgen machen, Tell-
schweig sei ja ein kleiner Ort. Es würde schon alles gutgehen.

»Blödes Geschwätz«, sagte Irene danach zu uns. »Die hat doch
einen Riss in der Schüssel.«

Judith hat ganz verschämt weggeguckt, die mag das ja nicht
so, wenn Ingrid direkt wird. Eine zarte Künstlerseele halt, das
junge Ding. Aber eine ausgezeichnete Töpferin! Und sehr krea-
tiv. Hat sich ganz viele Sprüchlein ausgedacht für unsere Tassen.
»Gott scheint, der Wein glüht«, »Gott im Herzen, Glühwein in

der Tasse« und »Gott schuf die Trauben, der Mensch den Wein«. Wobei Judith sich nicht sicher war, ob das wirklich fromm sei. Der Spruch ging aber dann am besten weg.

Am nächsten Morgen dann der Riesenschreck. Unser Stand war total verwüstet! Die beiden Biertische umgeworfen, die schöne Banderole runtergerissen. Es hatte kein Unwetter gegeben oder so, denn die Stände von allen anderen waren noch tipptopp in Ordnung.

»Bestimmt diese verzogenen Lümmel von Messdienern. Nur Blödsinn im Kopf haben die!«

»Vielleicht haben wir sie auch selbst beim Abbauen umgeworfen. So was passiert ja schnell.« Judith räumte alles auf.

»Sag mal, Schätzchen, haben Sie dir ins Hirn ge…«

»Irene!« Ich konnte gerade noch dazwischengehen. Wir haben dann nicht mehr drüber gesprochen. Am Abend war dann auch jemand von der »Tellschweiger Wochenpost« da und hat ein Foto von uns und dem Stand gemacht.

Das muss das Fass wohl zum Überlaufen gebracht haben.

Am nächsten Abend war der Chor des katholischen Kindergarten »Die Putzmurkel« gerade mit seinem Ständchen vor unserer Bude fertig, als der Stein flog. Ich kann noch nicht mal sagen, von wo, das passierte ja alles so schnell. Etliche unserer schönen Glühwein-Tassen sind kaputtgegangen.

Judith fing direkt an zu heulen, Irene aber brüllte, die Rotzlöffel sollten sich sofort zeigen, sie würde ihnen ordentlich einen mit dem Gehstock geben. Ich hab dann den Stein aufgehoben und gesehen, dass ein Zettel drum gebunden war. Da stand »Letzte Warnung!« drauf. Ich hab ihn ganz schnell versteckt und den anderen nichts erzählt, wollte sie halt nicht verunsichern. Ich hab's wirklich nur gut gemeint.

Judith ist dann gleich nach Hause, um nachzutöpfern. Und Irene hat jeden böse angeguckt, der sich unserem Stand näherte.

Das hat dem Absatz nicht gutgetan. Vor allem die Kinder hatten Angst. Erst als ich für Irene einen lustigen Hexenhut organisierte und ihr einen Besen in die Hand drückte, stieg die Stimmung wieder. Irene bekam es gar nicht mit, aber der auf »Hexenpunsch« umgetaufte Glühwein war ein Renner. Pfarrer Tilmann war zwar etwas irritiert, als er unseren Stand segnete, aber er kennt Irene ja auch und hat kein einziges kritisches Wort gesagt. Wir bauten schon ab, als ein netter älterer Herr mit Zwirbelbart und Trachtenjanker zu mir kam. Er hätte gut in der »Volkstümlichen Hitparade« auftreten können und rollte das r so schön bayrisch.

»Das sind die schönsten Glühweintassen, die ich je gesehen habe! Liebevolle Handarbeit, nicht wahr?«

»Oh, wenn Sie wüssten!«

»Wäre doch schade, wenn eine hinfiele.« Er stieß aus Versehen gegen eine, fing sie jedoch lächelnd wieder auf.

»Es würde unserer Judith das Herz brechen! Sie brennt nämlich alles selber, müssen Sie wissen.«

»Ach? Judith heißt die Künstlerin? Und wie weiter?«

»Dietersen. Interessieren Sie sich für Töpferkunst?«

»Und wie! Sie ist mein Ein und Alles. Mein Leben. Ich würde alles dafür geben. Sie auch?«

»Ach, nein. So weit würde ich nicht gehen. Es ist halt für die Kinder, wissen Sie. Die ganzen Einnahmen fließen an den Kindergarten, damit sie sich ein neues Klettergerüst mit Elefantenrüssel kaufen können.«

»Die lieben Kleinen.«

»Möchten Sie denn auch eine Tasse kaufen? Oder gleich mehrere? Als Fachmann sammeln Sie doch sicher?«

»Wo finde ich denn diese Frau Dietersen?«

Hab ich ihm dann natürlich gesagt. Er war doch ein richtig Netter! Konnte ja nicht ahnen, was noch passieren würde.

Auf dem Nachhauseweg komm ich immer bei Judith vorbei,

liegt fast genau auf der Strecke. Ich schau dann immer mal durchs Wohnzimmerfenster, um sicherzugehen, dass alles in Ordnung ist. Das mache ich bei vielen Nachbarn, schließlich muss man aufeinander aufpassen. Als ich Judith nicht im Wohnzimmer sah, bin ich ums Haus herum, aber auch im Schlafzimmer war sie nicht. Wie gut, dass ich einen Schlüssel für das Gartentor habe. Schließlich hab ich sie durch das vergitterte Kellerfenster entdeckt. Da unten steht auch ihr Töpferofen. Irene hatte Judith nach Hause gebracht und hielt gerade eine Glühwein-Tasse in der Hand, um sie einzupacken.

Die beiden waren nicht allein.

Drei Männer in Trachtenmontur standen um sie, alle hielten eine Waffe in der Hand.

Ich bin dann lieber draußen geblieben, um die Situation nicht zu verkomplizieren. Das Fensterglas war praktischerweise so dünn, dass ich alles gut verstehen konnte.

»Wir sind die Oberfranken«, sagte der Nette, den ich am Nachmittag kennengelernt hatte. Jetzt war er allerdings überhaupt nicht mehr nett. Richtig fies war der plötzlich. »Keiner außer uns verkauft in Deutschland Glühweintassen. Auch keine Glühweinstiefel oder Reliefmodelle. Ist das klar? Wir Franken lassen uns das Geschäft von niemandem kaputtmachen! Nicht von den Russen, nicht von den Sizilianern oder den Koreanern. Ihr Weiber kommt uns nicht ins Gehege! Wenn sich herumspricht, dass plötzlich jeder seine Tassen selber machen kann, ist die Hölle los. Entweder ihr hört auf und verkauft nur noch unsere Tassen, oder ...«

»Oder?«, fragte Irene.

»Oder ihr verkauft nie wieder was.«

Judith fing an zu heulen. Dabei schlug sie unentwegt Kreuze. Das gute Kind.

»Morgen, wenn's dunkel wird, kommen wir zu eurem Stand. Und wenn wir da noch was von dem selbst getöpferten Scheiß hier sehen, ist Schluss mit unserer Geduld. Und wenn ihr die Polizei benachrichtigt, na ja, wir wissen, wo ihr wohnt. Schlaft gut, ihr Herzchen.«

Als sie weg waren, bin ich rein. Einer musste sich ja um die Armen kümmern! Schlafen konnten wir nach der Sache natürlich nicht. Also Irene schon, die kann ja nichts erschüttern. Aber Judith war total unter Schock. Das arme Ding ließ ihren Rosenkranz nicht mehr los. Ich hab mir mein Strickzeug geholt und in der Nacht ein paar Kindersocken fertig bekommen. Wenn das Glühweingeschäft zusammenbrach, musste eben was anderes für den Kindergarten her. Ich bin da immer sehr pragmatisch.

Vielleicht war es der viele Tee, den wir die Nacht über getrunken hatten, aber am nächsten Morgen sagte Judith, sie hätte eine Vision gehabt. Die Oberfranken seien des Teufels, und wir dürften nicht nachgeben. Niemals. Irene war derselben Ansicht. Der Herr würde uns beistehen, meinte sie. Das täte er bei ihr immer. Und wir überlegten uns schon mal, was wir gegen diese Tassen-Mafiosi unternehmen würden. Immerhin sind wir wehrhafte Landfrauen – mit ein paar Oberfranken würden wir allemal fertig werden!

Als es an diesem Abend dunkel wurde, kamen die drei zu unserem Stand, ihre Hände in den Taschen versenkt. Wir hatten Angst, dass sie darin Waffen verbargen. Dann bauten sie sich vor uns auf. Lächelnd. Sie waren inkognito. Keine Trachtenjanker und Lederhosen, stattdessen Jeans und Daunenjacken. Die Bärte hatten sie sich abrasiert und Brillen mit Fensterglas aufgesetzt. Ganz schön raffiniert, dachte ich. Aber unruhig machte mich das nicht. Denn wir hatten ja beschlossen, sie mit ihren eigenen Waffen zu schlagen. Ich wartete nur noch auf den richtigen Augenblick. Er kam, als einer von den dreien den Rost des Schwenkgrills vom Nachbarstand hochriss, um ihn uns an den Kopf zu stoßen. Er wartete nur noch auf den Moment, in dem keiner guckte.

Ich nahm eine frisch gefüllte Glühweintasse und schüttete dem Burschen den kompletten Inhalt in die gemeine Fratze. Er schrie, griff sich mit beiden Händen ins Gesicht und ließ den Rost los, welcher nun statt uns seinen Kollegen traf, der stolperte, durch unseren Stand krachte und rücklings in die große Weihnachtskrippe fiel – die von der Abschlussklasse der Fachhochschule für Metallbau errichtet worden war. Komplett Edelstahl. Er stürzte auf den Hirtenstab. Mit seinem Herzen. Ging glatt durch. Und Schluss. Judith meinte nachher bewundernd, dass Irene den Hirten im richtigen Moment mit dem Fuß zur Seite geschoben hätte. Aber Irene sagt bis heute nichts dazu.

Wie auch immer, der Zweite, mit dem vom heißen Glühwein puterroten Gesicht, war so wütend, dass er sich den Bunsenbrenner des Glasbläsers von gegenüber griff. Wahrscheinlich, um uns zu verbrennen. Aber so weit kam er dann ja nicht. Beim Zurückrennen ging er einfach zu nah an dem Mann mit den lustigen Luftballons vorbei. Also an dessen Gasflasche, genauer gesagt. Buff. Ging ganz schnell. Ein richtiger Feuerball.

Die Menge starrte auf das Aschehäuflein. Selbst die Blaskapelle hörte auf zu spielen und eilte herbei. Keiner achtete mehr auf uns. Nur der dritte Oberfranke. Der Nette. In seinen Augen stand jetzt aber der blanke Hass. Ich kenne den Blick von meinem Mann. Wenn er den Müll rausbringen muss.

Aber er lächelte immer noch, allerdings irgendwie irre, kicherte auch die ganze Zeit, und ging dann zum Süßigkeitenstand, wo er sich eine Tüte griff. Salbeibonbons. Lutschte dann eins. Ist ja gut gegen Halsschmerzen.

Meistens zumindest.

Dann holte er eine Pistole hervor und legte an. Die arme Judith hat das gar nicht mitbekommen. Sie war so am Ende. Unentwegt rannen Tränen aus ihren Augen, und sie kniete völlig verzweifelt vor ihren kaputten Glühweintassen. Eine Scherbe in Bordeauxrot hatte sie in der Hand, mit ihrem Lieblingssprüchlein drauf. »Glüh, glüh Wein«. So hab ich sie in meinem ganzen Leben noch nicht erlebt. Sie ist ein so guter Mensch, Altenpflegerin mit Leib und Seele. Das ist eine ganz schwere Arbeit und auch psychisch belastend! In ihrem Heim sterben ständig Leute. Trotzdem beklagt sie sich nie.

Sie ist jedenfalls plötzlich auf den letzten Oberfranken losgegangen. Judith hat alles genommen, was ihr in die Quere kam. Und es geworfen. Zuerst stürmte sie an dem Stand mit den Räuchermännchen aus dem Erzgebirge vorbei. Teuflische Geschosse sind das. Dann an dem mit den Holzbrettchen, in die man seinen Namen brennen lassen kann. Und schließlich an dem mit den gusseisernen Pfannen.

Sie zielte sehr gut, doch der Oberfranke wich immer wieder aus und lutschte unbekümmert sein Bonbon weiter. Judith wurde dadurch noch wütender. Der Oberfranke grinste aber auch wirklich überheblich.

Schnell stand sie vor ihm und stieß ihn gegen die Brust. Nur ganz leicht. Plötzlich röchelte er, fasste sich an den Hals, lief rot an, brach zusammen, würgte, dann traten die Augen vor.

Und er war tot. Erstickt.

Keiner außer Irene und mir hat etwas davon mitbekommen. Seitdem nennen wir Judith nur noch die Axt Gottes.

Es gab ein Riesen-Bohei, als die Erpressungsgeschichte publik wurde – und plötzlich wollten alle unsere Glühweintassen. Wir haben so viel damit verdient, dass der Kindergarten nun einen eigenen Swimmingpool mit Wellness-Oase bekommen hat. Im Andenken an die drei Verstorbenen haben wir ihn »Oase Oberfranken« getauft.

Judith hat ihr Angebot nun erweitert. Sie töpfert zusätzlich Ferkel mit Flügeln.

Damit kann ja nix schiefgehen.

Regula Venske

Ochs & Esel

Aus ihrer Ehe mit François Eselle waren Lucie dreierlei Souvenirs geblieben, nachdem sich der Filou über Nacht wieder in sein Heimatland abgesetzt hatte, leider ohne eine Adresse zu hinterlassen.

Erstens ein Haufen Schulden, die sie mit ihren bescheidenen Einkünften als Musiklehrerin nicht so schnell würde abtragen können. Zweitens ein altersschwacher Cockerspaniel, blind, taub und inkontinent, der früher, als er noch hören konnte, gelegentlich auf den Namen Suschi reagiert hatte. Tagtäglich erinnerte das Tier Lucie an ihre Misere. Und an ihre Dummheit natürlich. Es gehörte schon eine beträchtliche Portion Idealismus dazu, um auf einen Windhund wie François Eselle hereinzufallen und für seine Geschäfte zu bürgen. Ihre Freundinnen aus dem Kirchenchor hatten sie gewarnt, und selbst ihre Schwester – auch Irmela war kurzfristig in Gefahr gewesen, dem charmanten Franzosen auf den Leim zu gehen; was Männer betraf, hatten sie beide denselben Geschmack –, selbst sie wollte es nun von Anfang an gewusst haben: Nie und nimmer würde sich das »Ochs & Esel« als die Goldgrube entpuppen, als die François es angepriesen hatte. Und Lucie hatte es selbstverständlich geglaubt. Von wegen, alles, was der Welt noch fehlte, war François

Eselles Feinschmeckerrestaurant! Die heimeligen Krippenge-
fühle, die Lucie damals beim Unterzeichnen der Kreditverträge
beschlichen, hatten sie getäuscht.

Als drittes Souvenir war ihr der Doppelname geblieben. Ob
man ihn als Zugewinn oder Verlust verbuchen wollte, hing von
der jeweiligen Perspektive ab. Irmi hatte ihr dringend dazu geraten, den Namenszusatz wieder zu streichen, zumal die Kom-
bination den Kindern, die Lucie im Flötenspiel und neuerdings
auch auf dem Klavier unterrichtete, mancherlei Anlass bot, sich
über sie lustig zu machen. Aber sie hatte sich noch nicht dazu
durchringen können. Es lag auch etwas Tröstliches in dem Namen, signalisierte er doch, dass sich einmal ein Mann gefunden
hatte, der um ihre Hand angehalten und sie tatsächlich geheiratet hatte, aus welchen Gründen auch immer. Öchslein-Eselle. Der
Bindestrich erschien ihr wie eine Verheißung. Wenn es einen gegeben hatte, so mochte sich auch noch ein Zweiter erbarmen.
Sie war nicht nur die graue Blockflötenmaus, als die ihre Um-
welt sie wahrnahm und die bei ihren Chorfreundinnen nur die
edelsten Instinkte erweckte, als da wären Mitleid, Nachsicht und
Selbstlosigkeit. Sie war eine Frau mit einer Vergangenheit, für die
sich hoffentlich auch noch eine kleine Zukunft ergäbe. Wenn
nur erst die Gegenwart mit ihren Krisen gemeistert war. Fünf-
zigtausend Euro waren fällig zum Jahreswechsel.

Und nun war schon das dritte Adventswochenende gekommen, und noch immer hatte Lucie nicht die geringste Ahnung,
wo und wie sie dieses Geld auftreiben sollte. Und was konnte sie
Irmi zu Weihnachten schenken? Was bei der Julklappfeier des
Kirchenchors stiften? Für Geschenke hatte sie nicht einen Cent
übrig. Dabei hatte sie seit Oktober nichts unversucht gelassen.
Kein Laternenpfahl in ihrem Viertel, an dem nicht ein Werbe-
zettel für Flötenunterricht in allen Lebenslagen mit ihrer Telefonnummer zum Abreißen hing. *Es ist nie zu spät für C-Dur! Lasst euch*

die Flötentöne beibringen! Sie war sogar so weit gegangen, sich auch selbst auf Anzeigen hin zu bewerben, aber weder als Tresenkraft im Fußballstadion noch als Aushilfe auf dem Weihnachtsmarkt hatte sie sich gegen die jüngere Konkurrenz durchsetzen können.

Nun war ihr nur mehr die Hoffnung auf ein Wunder geblieben. Ein Weihnachtswunder. Gläubig genug dafür war Lucie durchaus, wenn auch nicht an diesem Freitagvormittag. Vor Geldsorgen hatte sie sich die ganze Nacht verzweifelt im Bett hin und her gewälzt und war erst gegen Morgen in einen wirren Alptraum gefallen. Zuletzt hatte sie auch noch verschlafen und hätte beinahe ihren Bus verpasst. Fröstelnd und unausgeschlafen hastete sie nun an St. Michaelis vorbei, ein paar Treppen hinunter, und bog in die Ditmar-Coel-Straße ein. In dieser Straße in Hafennähe lagen die nordischen Seemannskirchen wie an einer Perlenschnur aufgereiht. An diesem Adventswochenende öffneten sie ihre Türen zu ihren alljährlichen Weihnachtsbasaren. Netterweise hatte die Mutter zweier Mädchen, denen Lucie Flötenunterricht gab, sie zum Luciasingen in die Gustav-Adolf-Kirche geladen. Es war das erste Mal, dass Lucie an einer Luciafeier teilnahm; bislang wusste sie nur vom Hörensagen, dass die Schweden den Tag ihrer Namenspatronin am dreizehnten Dezember mit einem großen Lichtfest begingen. Nach vorgregorianischem Kalender war dies der Tag der Wintersonnenwende gewesen.

Als Lucie an der dänischen, der norwegischen und der finnischen Kirche vorbei Richtung Landungsbrücken eilte, quälte sie ihr schlechtes Gewissen. Nicht nur, weil sie sich vertrödelt hatte und zu spät kommen würde; obwohl deswegen natürlich auch. Vor allem schämte sie sich, weil sie nicht, wie es sich gehörte, völlig uneigennützig zum Gottesdienst ging, nicht frei war von Hintergedanken. Vielleicht, so betete sie insgeheim, ließen sich beim Luciasingen neue Schülerinnen gewinnen oder andere interessante Kontakte knüpfen.

Plötzlich sah sie – nein, nicht ein Licht. Das Licht sah sie. Den Stern von Bethlehem, direkt über dem Hamburger Hafen. Und er leuchtete nur für sie, jedenfalls schienen der Mann mit der Aktentasche vor ihr und das Liebespaar auf der anderen Straßenseite ihn nicht weiter wahrzunehmen. Er beschien ihren Weg, stand hell und unverrückbar am Himmel. Lucies Herz klopfte. Mit glänzenden Augen schaute sie zum Himmel empor. Der Weihnachtsstern. Jetzt setzte er sich für sie in Bewegung, glitt langsam von Ost nach West. Plötzlich war ihr, als hörte sie um sich herum leises Singen. Waren es Engel, vom Himmel herabgestiegen, um sie persönlich zu trösten? Oder doch nur die drei Mädchen, die sie in diesem Moment überholten, auf leisen Sohlen, und in ihren weißen Kleidchen zielstrebig die schwedische Kirche am Ende der Straße ansteuerten? Lucie war nicht die Einzige, die sich verspätet hatte.

Ach, und da, im Näherkommen, musste sie es erkennen. Ihr Weihnachtsstern war lediglich ein Licht an einem Kran, der in einiger Entfernung auf der anderen Elbseite stand. Von Menschen gelenkt und für Menschen gemacht. Trotz der Wirtschaftsflaute waren noch ein paar Arbeiter fleißig im Hafen – war auch dies etwa ein Weihnachtswunder?

Aber der Mann, der vor dem Eingang zur schwedischen Kirche stand, war gewiss auch nicht der Weihnachtsmann, auch wenn er sich eine rote Mütze mit weißer Quaste über den Kopf gestülpt hatte. Er stank zum Gotterbarmen nach Pisse, drei Meter gegen den Wind, und seine Füße waren mit Lumpen umwickelt. Vielleicht waren sie einmal weiß gewesen, früher, in einem anderen Leben. Jetzt hatten sie den Staub und Schmutz sämtlicher Hamburger Straßen aufgenommen. Neben sich hatte er einen großen Seesack abgestellt, aus dem es ebenfalls roch, nach Fusel und schalem Bier. Sicher enthielt dieser Sack den Schatz des Mannes, ein Vermögen an leeren Pfandflaschen und -dosen.

Dennoch fragte der Kerl Lucie, ob sie mal fünfzig Cent für ihn übrig hätte. Ohne seinem Lallen Beachtung zu schenken, stapfte sie die paar Stufen zur schwedischen Kirche empor.

Sie konnte gerade noch einen Sitzplatz in der hintersten Reihe ergattern, bevor die Kinder einzogen. Vorneweg schritt eine selbstbewusste Luciakönigin, die ein abenteuerlich anmutendes Gesteck aus einem Preiselbeerkranz und brennenden Kerzen auf ihrem Kopf balancierte. Weiß gewandete Mädchen mit langen blonden Haaren folgten ihr und pausbäckige kleine Jungen, die man als Pfefferkuchenmännchen herausgeputzt hatte. Lucies Blockflötenschülerinnen schauten mit ernsten Gesichtern an ihr vorbei und taten, als ob sie ihre Lehrerin nicht gesehen hätten.

»Schwer liegt die Finsternis auf unseren Gassen, lang hat das Sonnenlicht uns schon verlassen«, sangen die Kinder. »Kerzenglanz strömt durchs Haus, sie treibt das Dunkel aus: Santa Lucia! Santa Lucia!«

Die Frau neben Lucie hatte plötzlich eine Papierserviette in der Hand und betupfte sich ihre Augen. Lucies schlechtes Gewissen aber hatte sich noch verschärft. Wie hatte sie nur so herzlos an dem armen Mann vorbeigehen können? *Was ihr getan habt einem unter diesen meinen geringsten Brüdern, das habt ihr mir getan …*

Sie hatte versagt.

»Groß war die Nacht und stumm. Hörst du's nun singen? Wer rauscht ums Haus herum auf leisen Schwingen?« Die Frau neben Lucie weinte nun ganz unverhohlen, und auch andere Zuhörer hatten feuchte Augen bekommen. »Schau, sie ist wunderbar, schneeweiß mit Licht im Haar: Santa Lucia! Santa Lucia!«

Was war sie nur für eine Frau, dass sie ein Vermögen – noch dazu eines, das sie gar nicht besaß – zum Fenster hinausgeworfen hatte für einen, der zu nichts weiter nütze gewesen war, als ihr Honig ums Maul zu schmieren? Und für einen harmlosen Bettler hatte sie nicht einmal fünfzig Cent übrig? Wie konnte sie sich überhaupt je wieder in die Augen sehen, morgens im Spiegel?

»Nacht zieht den Schleier fort, wach wird die Erde, damit das Zauberwort zuteil uns werde …«

Es hielt sie nicht länger in der Kirchenbank. Sie sprang auf und stürzte aus dem Raum, wobei sie im Laufen schon nach dem Portemonnaie in ihrer Handtasche kramte. Ein paar ältere Damen schauten missbilligend zu ihr herüber, doch das war ihr egal, und sollte der Mann allerlei Gekrabbel mit sich tragen, das leicht vom einen Wirt zum anderen hinüberhüpfen konnte, dann würde es sie auch nicht kümmern. »Santa Lucia! Santa Lucia!«

Der Refrain hatte sich bereits in ihr Gedächtnis gefräst und würde eine ganze Weile darin bleiben. Schnell raus hier, bevor die Kinder mit einem anderen schwedischen Lied begannen.

Der Bettler stand immer noch vor der Tür.

»Darf ich Sie zu einem Gabelfrühstück einladen?«, fragte Lucie.

Sie war außer Atem. Der Mann guckte sie freundlich an, nicht im Geringsten verwundert. Er brabbelte ein paar unverständliche Worte, die sie wohl als Zustimmung deuten konnte, bückte sich nach seinem Sack und setzte sich umständlich in Bewegung, ohne weiter auf sie zu achten.

Lucie folgte ihm in zwei oder drei Schritten Entfernung. Der Abstand war nichts, wofür sie sich schämen musste. Sie wich den Leuten aus, die ihnen von der nahe gelegenen S-Bahn-Station entgegenkamen, und sah zu, dass sie den Bettler nicht aus den Augen verlor. Allerdings hätte sie ihm vermutlich auch blind, allein aufgrund seines Gestanks, folgen können. Er schien schwer an seinem Sack zu schleppen, als würden die leeren Pfanddosen Wunder was wiegen.

Ein wenig unheimlich war ihr schon, als der Mann sie immer dichter in das Gewirr enger Straßen und Gässchen hineinführte. Außer dem Bettler und ihr war hier niemand mehr unterwegs. In dieser Gegend in der Nähe des Hafens war sie noch nie gewesen, längst hätte sie nicht mehr sagen können, wo genau sie sich befand. Hoffentlich, lieber Gott, war sie nicht in eine Falle gelaufen.

Plötzlich blieb der Mann stehen, so dass sie beinahe gegen ihn prallte, und drehte sich zu ihr um. Mit der Hand deutete er auf ein Kneipenschild, das über ihrem Kopf baumelte. »Zur goldenen Futterkrippe« stand in schwarzgoldenen Lettern auf schmutzigem Grund geschrieben. Der Mann schenkte ihr ein schiefes Grinsen und reckte den rechten Daumen empor. Dann öffnete er die Kneipentür und hielt sie für Lucie auf. Ein paar Takte Musik, Weihnachtslieder auch hier, dichter Tabakqualm und ein Gewirr erregter Stimmen drangen ihr entgegen.

Lucie fasste sich ein Herz und wagte sich ins Innere der Kneipe hinein. Eine echte Seemannskaschemme, wüst und heruntergekommen, in der sich der abgestandene Rauch vergangener Zeiten staute, ganz so, wie man es in dieser Gegend erwarten sollte. Allerdings waren beim Eintreten ihre Brillengläser beschlagen, und so dauerte es einige Augenblicke, bis sie sich orientieren konnte. Inzwischen hatte ihr Begleiter seinen Sack neben einen Tisch plumpsen lassen, die leeren Bierdosen darin schepperten dumpf, und dem Wirt an der Theke zugerufen, ihnen zwei Becher Punsch zu bringen. Zu spät, darauf zu beharren, dass sie lieber Kamillentee trinken wollte. Schon stand das heiße, würzig riechende Gesöff vor ihr auf dem Tisch. Sie wollte ihren Gast nicht beleidigen. Zudem konnte ein wenig Desinfektionsmittel beim näheren Umgang mit ihm wohl nicht schaden. Als der Mann etwas wie »Hau weg, den Scheiß!« nuschelte, kicherte Lucie pflichtschuldig, dann folgte sie seinem Befehl.

Während sie trank, hatte der Wirt den Seesack ergriffen.

»Heiße Ware?«, fragte er.

Ihr Kompagnon nickte. Aus seiner Antwort hörte Lucie das Wort »Kühlung« heraus. Schon zerrte der Wirt den Sack hinter sich her. Er war offenbar wirklich recht schwer. Vielleicht enthielt er doch etwas anderes als die vermuteten Pfandflaschen und -dosen? Lucie fragte sich, welche heiße Ware wohl der Kühlung bedurfte. Allerdings schien es ihr geraten, diese Frage lieber nicht laut zu stellen.

»Das Übliche, zwei Portionen mit Brot«, rief ihr Frühstücksgast dem Wirt hinterher.

»Pferdewurst ist aus«, war die Antwort. »Dafür haben wir frische Eselssalami im Angebot.«

Lucie wagte es, leise zu widersprechen.

»Für mich bitte nur Brot«, lächelte sie.

Eigentlich hatte sie bei ihrer Einladung an einen kleinen Imbiss in einer der Seemannskirchen gedacht. Finnische Piroggen, schwedische Safranbrötchen. Oder ein Smørrebrød mit Krabben und Ei bei den Dänen. Pferdewurst oder Eselssalami mussten nicht sein. Keinesfalls wollte sie ihr Abenteuer hier übertreiben.

»Nichts da! Du nimmst auch 'ne Portion Wurst«, beharrte ihr Gast. Es klang nicht unfreundlich. »Is' was ganz Feines!«, versicherte er.

»Wir hätten auch noch adlige Ochsenschwanzsuppe da«, rief der Wirt über die Schulter. »Von gestern, meine ich.«

Ehe Lucie noch diplomatisch antworten konnte, wurde die Kneipentür aufgerissen. Laut brüllend stürmten zwei bewaffnete Männer herein. »Chände choch!« Im selben Moment erhielt sie einen heftigen Stoß in die Seite. Eine schmutzige Hand presste sich auf ihr Gesicht und drückte ihren Kopf unsanft nach unten. Geistesgegenwärtig hatte ihr Frühstückskompagnon sie unter den Tisch gezwungen.

Nur ihm selbst war es nicht gelungen, rechtzeitig in Deckung zu gehen. Vielleicht wusste er auch, dass sie seinetwegen gekommen waren. Und dass er ihnen nicht ungeschoren entkam.

»Verdammter Betrieger!«, herrschte einer der Männer ihn an. »Wo ist Ware?«

Der Bettler antwortete nicht. Lucie hörte ein Knacken. Ein Stöhnen. Hatten sie ihn etwa mit der Waffe geschlagen? Um sie herum herrschte beklommenes Schweigen. Keiner der Gäste wagte noch, Atem zu holen. Geschweige denn, etwas zu sagen. Nur aus der Musikbox tönte, sehr unpassend, immer noch Weihnachtsgesang. »Hört der Engel helle Lieder …«

»Hier ist fier schwarzes Gold!«

Lucie hörte ein metallisches Klicken. Irgendwas passierte mit der Pistole oder dem Revolver oder was immer es war, was der Mann in der Hand hatte; Lucie kannte sich da nicht aus. Ihr Herz klopfte heftig, während sie sich noch tiefer unter den Tisch duckte. Sie atmete flach, verzweifelt bemüht, den stinkenden Fußlappen nicht zu nahe zu kommen.

»Und hier fier schwarz gefärbtes Speisestärke!«

Ein Schuss wurde abgefeuert, keine zwei Schritte von Lucie entfernt. Der Lärm war ohrenbetäubend, und sie sackte halb ohnmächtig unter den Tisch, als wäre sie persönlich getroffen.

Kaum begriff sie, was geschah, als sie kurz darauf wie aus weiter Ferne einen zweiten Schuss hörte.

Es brauchte eine Weile, bis Lucie wieder zur Besinnung kam. Und es dauerte noch weitere Zeit, bis sie es wagte, aus ihrem Versteck zu kriechen. Seltsamerweise war der Kneipenraum leer. Wohin waren all die anderen Gäste verschwunden? Die Musikbox spielte nicht mehr.

Lucie bot sich ein grausiger Anblick. Ihr Frühstücksgast, der Bettler und Weihnachtsmann, lag ein paar Schritte von ihr entfernt auf dem Boden. Mit einer Hand presste er seine Weihnachtsmannmütze gegen seinen Hals. Die ehemals halbwegs weiße Quaste der Mütze war tiefrot verfärbt, aus einer Wunde sickerte Blut.

Mit der anderen Hand bedeutete ihr der Mann, näher zu treten.

»Hol meinen Sack. Im Kühlraum hinter der Küche«, flüsterte er. Lucie starrte ihn an, unfähig, sich zu regen.

»Schnell – bevor sie wiederkommen!«, stieß er hervor.

Wie eine Schlafwandlerin durchquerte sie den Raum. Hinter der Theke lag der Wirt, seltsam verkrümmt. Eine Kugel hatte ihn in die Stirn getroffen. Ein zersprungener Teller, zwischen dessen Überresten sich gebratene Wurstscheiben wölbten, lag ihm zu Füßen. Sicher die für sie oder ihren Freund bestimmte Eselssalami. Nun würde er diesen Genuss nicht mehr erleben.

Und ihr hatte er das Leben gerettet!

Die Tür schräg hinter der Theke musste die Küchentür sein, und auch die Tür zum Kühlraum fand sie, am anderen Ende der Küche. Der Seesack des Bettlers lag hinten in einer Ecke. Lucie wuchtete ihn hervor und schleppte ihn in die Kneipe zurück. Der Sack war tatsächlich verdammt schwer. Was da schepperte, waren bestimmt keine leeren Aluminiumdosen.

Als der Bettler seinen Sack sah, stahl sich für den Bruchteil einer Sekunde noch einmal ein Leuchten in seine Augen.

»Die Dummköpfe sind mit dem falschen Sack abgezogen.« Andeutungsweise rümpfte er seine Nase. »War 'ne gute Tarnung. Bist auch drauf reingefallen, Mädchen.«

Die Silben kamen jetzt abgehackt und immer leiser und langsamer aus seinem Mund, waren aber deutlich zu verstehen. »Behalt – den Sack. Aber – mach schnell. Jede Dose – sieben- bis achttausend Euro. Und leer – ein Glas auf den alten – Kalle Wilhelms dazu.«

Das Leuchten war aus seinen Augen verschwunden, aber sein Mund lächelte noch, als er starb.

Lucie hätte später nicht sagen können, wie sie den Heimweg gefunden hatte. Und wie sie es geschafft hatte, den Seesack – er hatte gut und gern seine zwanzig Kilogramm gewogen – hinter sich herzuschleifen. Ein leichtes Schneetreiben hatte eingesetzt, als sie durch die Straßen geirrt war. Immerhin die perfekte Kühlung, zwischen plus zwei und minus zwei Grad.

Zu Hause hatte sie nicht schlecht gestaunt, als sie den Sack des verkleideten Bettlers, vielmehr des als Bettler verkleideten Weihnachtsmannes, geöffnet hatte. Zwölf Dosen feinsten kaspischen Beluga-Kaviars waren darin. A-Qualität. Jede Dose wog zwischen sechzehnhundert Gramm und zwei Kilogramm. Sie hatten blaugraue Deckel und waren mit einem dicken roten Gummi umwickelt. »Caviar Malossol« stand darauf, in goldenen Lettern, die Lucie an das Kneipenschild der »Goldenen Futterkrippe« erinnerten.

Was auf den Dosen fehlte, war allerdings die Registriernummer, die dem seriösen Kunden versicherte, dass bei der Gewinnung des Kaviars laut Artenschutzgesetz alles seine Richtigkeit gehabt hatte. Hatte der Wirt deshalb von heißer Ware gesprochen? Und was fing sie jetzt damit an?

Lucie brauchte eine Nacht, um darüber nachzudenken. Dann beschloss sie, ihrem Lebensretter die ihm gebührende Ehre zu erweisen, indem sie seinen letzten Willen erfüllte. »Behalte den Sack!«

Am Sonnabendmorgen hatte sie sich im Internet sachkundig gemacht. Und sich am Abend wieder zum Hafen begeben. Beim Adventsbasar der schwedischen Kirche leerte sie im Hinterhof einen Becher Glögg im Gedenken an ihren Freund. Nach zwei weiteren Bechern kam sie mit einem Mann ins Gespräch, der bereit war, ihr zehn Dosen Kaviar abzukaufen. Mit dem Erlös wäre sie ihrer Schulden auf einen Schlag ledig, und es bliebe ihr sogar noch ein Rest. Blieb außerdem eine Dose für ihre Schwester als Weihnachtsgeschenk. Die würde Augen machen.

Und eine weitere für die Kirchenchorfeier. Für den Julklapp

würde sie eine Packung Toastbrot in Geschenkpapier wickeln. Die würde, wer immer sie erhielt, alsbald auf den Markt werfen müssen. Gemeinsam mit ihren Chorfreundinnen würde sie einmal im Leben den köstlichsten Kaviar löffeln. Beluga der Qualität A. Es hieß, diesem Rogen könne man ins Auge schauen, weil sich auf seiner Oberfläche eine kleine, runde Schattierung befände. Sie freute sich jetzt schon darauf.

Das letzte Glas Glögg hatte Lucie noch einmal auf ihren Lebensretter erhoben. Vielleicht lag es am Alkohol, dass sie später am Abend, als sie sich auf den Weg machte, um die »Goldene Futterkrippe« zu suchen, die Kneipe nicht fand. Sie hatte sich davon überzeugen wollen, dass inzwischen jemand die Polizei alarmiert hatte. Aber sie fand diese Spelunke nicht mehr, so sehr sie auch danach suchte. Mehrmals glaubte sie, in der richtigen Straße zu sein. Doch kam sie nur an einer »Gemütlichen Ecke« vorbei, und der Mann, der davor stand – auch er trug eine Weihnachtsmannmütze –, behauptete, noch nie etwas von der »Goldenen Futterkrippe« gehört zu haben. Endlich gab sie es auf.

Von einer Schießerei, gar einem Kaviarkrieg, war in der Zeitung in der folgenden Zeit nichts zu lesen. So legte sich allmählich Lucies Angst, sie könne selbst zur Zielscheibe irgendwelcher krimineller Machenschaften werden. Manchmal, wenn sie in den langen, nasskalten Wochen dieses Winters, der sich bis in den März hinziehen würde, zu ihren Schülern eilte, dudelte ihr eine Melodie durch den Kopf. »Santa Lucia! Santa Lucia!«

Ihre Schutzpatronin hatte ihr geholfen, dachte sie dann.

Und irgendwann würde Lucie Öchslein-Eselle noch einmal in einer anderen Seemannskneipe einkehren, in der Pferdewurst und Ochsenschwanzsuppe auf der Menükarte standen. Und Eselssalami. Wenn man schon den Geschmack des erlesensten Kaviars kannte, sollte man wohl auch die ausprobieren. Wenigstens einmal im Leben.

Anne Chaplet

Heringssalat

Hauptkommissar Gregor Kosinski ließ sich in den Beifahrersitz des Streifenwagens fallen und hoffte auf einen kurzen Einsatz. Die Zentrale hatte einen Familienstreit gemeldet, in Kirschgarten, sechzehn Kilometer von hier. Typisch für Heiligabend, aber selten so schlimm, wie es sich anhörte.

Schneeflocken tanzten vor der Windschutzscheibe und drifteten vorbei. Es schneite seit Tagen, pünktlich zu Weihnachten, genau wie letztes Jahr. Hatten sie nicht kürzlich noch alle behauptet, mit den kalten Wintern sei es vorbei? Sahara in deutschen Mittelgebirgen? Prognosen sind eben selten verlässlich, vor allem, wenn sie die Zukunft betreffen, dachte Kosinski und grinste in sich hinein.

Er schielte zu seinem Fahrer hinüber. Attila fuhr den Streifenwagen heute so sanft und liebevoll wie ein Vater, der den Kinderwagen schob. Das tat er keineswegs immer, vor allem nicht, wenn es einen Einsatz gab. Nur wenn die Straßenlage es erforderte. Schon deshalb musste man dankbar sein für den Schnee. Auf die meisten Vorkommnisse, die polizeiliche Aufmerksamkeit auf sich ziehen, wirkt Schnee dämpfend. Mehr Schnee hieß weniger Diebstahls- und Einbruchsdelikte. Und bei verschneiten Straßen waren nachts weniger jugendliche Autofahrer unterwegs, besoffen, auf dem Nachhauseweg von der Disco. Im Sommer dagegen gab es ständig frische Holzkreuze am Straßenrand, wo Timo, Markus oder Maximilian sich totgefahren und Nicole, Lena oder Eileen mitgenommen hatten.

Attila räusperte sich. Kosinski versuchte die Aufforderung zu überhören. Oberkommissar Attila Gümüs – »wie Gemüse mit ü ohne e« – war der beste Partner, mit dem er jemals unterwegs gewesen war. Unentbehrlich, unersetzlich, das Salz in der Suppe und die Sonne meines Lebensabends, dachte er. Attila hatte nur einen Fehler. Er redete zu viel.

Attila räusperte sich wieder. Kosinski sah ein zufriedenes Lächeln um seine Mundwinkel spielen. Musste ja ein frohes Fest gewesen sein. Seufzend setzte er sich auf. Man brachte es wohl besser hinter sich.

»Also – wie war sie?«

»Superb.« Attila küsste mit großer Geste die Fingerspitzen seiner rechten Hand. Attilas Freundin hatte viele Vorzüge, aber vor allem kochte sie, und das offenbar meisterhaft. Attila erzählte jeden Montag von Orgien am Wochenende. Man merkte ihm mittlerweile an, worin diese Orgien bestanden.

»Wir hatten Foie gras an kleinen Salaten als Vorspeise, danach gab es Coquille St. Jacques und als Hauptgang ...«

Kosinski schloss die Augen und ließ Kalbsbries, karamellisierte Rote Bete, glasierte Karotten mit Koriander, Morcheln und Trüffelrisotto an seinen Ohren vorbeischweben. Attila war noch nicht einmal beim Nachtisch. Das konnte also dauern.

»Und du?«

Er schreckte auf. »Was ich?«

»Wie war's bei dir?«

»Och, wie immer.« Heiligabend gab's Würstchen mit Kartoffelsalat. Wie jedes Jahr. Ein Festessen fand nur am ersten Weihnachtstag statt, das hielten viele so in dieser Gegend. Seit ein paar

Jahren verzichtete man bei Kosinskis selbst darauf – seit Petra einmal vorsichtig bemerkt hatte, dass sie nicht unbedingt auf Gans mit Rotkohl und Knödel bestehe. Beate wäre ihrer Tochter fast um den Hals gefallen. Er auch. Endlich Schluss mit zäh und fettig. Und mit geheiligten Traditionen: Gänsebraten hatte es bei Beates Mutter und seiner Mutter und deren Müttern gegeben, als eine Gans noch kein Vermögen kostete, weil man sie mit Küchenabfällen selbst großgezogen hatte. Doch das war Geschichte.

»Ich habe nicht viel versäumt«, sagte er. »Wir waren schon fertig mit dem Essen.«

Der Anruf hatte ihn um elf erreicht, da saßen Beate und er bereits vorm Fernseher. Beate war es gewohnt, dass er abends noch mal raus musste. Und ihn selbst hätte es gewundert, wenn ausgerechnet an diesem vierundzwanzigsten Dezember nichts passiert wäre.

Attila seufzte. »Ich schon. Den Nachtisch. Es hätte heute ruhig mal ohne brennende Weihnachtsbäume, abgefackelte Festtagsbraten, Alkoholvergiftungen und Familienstreit abgehen dürfen.«

»Sei doch froh, dass die in Kirschgarten sich nicht schon vor dem Essen gestritten haben«, sagte Kosinski und gähnte.

»Schon seltsam, euer Fest der Liebe, des Friedens und der Heiligen Familie. Es geht irgendwie nie ohne Krach und Streit ab, oder?«

Attila redete nicht nur ein bisschen viel. Er hatte auch Vorurteile. Dabei hatte der Kerl unter Garantie nie zu Weihnachten Gedichte aufsagen oder Flöte spielen müssen. Hatte nie erlebt, wie Mutter immer das Falsche geschenkt bekam und Vater immer schon vor dem Essen einen in der Krone hatte. Konnte also gar nicht mitreden.

»Was hast du gegen die deutsche Familie«, sagte Kosinski milde. »Bei uns gibt es jedenfalls normalerweise ...«

»Keine Ehrenmorde und keine Blutrache. Danke, ich weiß schon selbst, warum ich Deutscher bin.«

Kirschgartens Hauptstraße lag still und schweigend im Schnee, zart beleuchtet von den im Wind über ihr schwankenden Lichterbögen. Unten bei der Kirche aber, vor einem in ihren Windschatten geduckten buckligen Fachwerkhaus, dampfte der Asphalt im Scheinwerferlicht. Ein Rettungssanitäter schloss die Türen des Krankenwagens, als sie ankamen. Der Wagen preschte mit Blaulicht und Martinshorn davon.

»Scheint ein bisschen mehr gegeben zu haben als Gebrüll von Vater und Geflenn von Mutter«, bemerkte Kosinski.

Die Nachbarn raunten und tuschelten, als Attila und er das Haus betraten. Attila hatte die Fäuste in die Manteltaschen gesteckt und sah verfroren aus. Nicht leichenfest, hatte mal jemand über ihn gesagt. Mag sein, dachte Kosinski. Ihn störte das nicht. Wann gab es schon mal eine Leiche in ihrem kleinen Sprengel?

Hier und heute waren es drei.

Kosinski ging voran durch den schmalen Flur. In der guten Stube stand ein Weihnachtsbaum, der bis zur niedrigen Decke reichte, also höchstens zwei Meter zwanzig hoch war. Geschmückt, mit roten Kugeln und Strohsternen und einer blau und grün und rot flackernden Lichterkette. Saubere Sache, da konnte nichts anbrennen. Auf dem Tisch Teller und Besteck und Gläser und eine Schüssel mit einer roten Masse. Kosinski blickte flüchtig zur Seite. Attila war blass um die Nase.

In der Küche lag ein Toter mit zerschmettertem Schädel. Auffällig die Kratzspuren an Armen und Händen. Der zweite lag in der Tür zur guten Stube, neben ihm ein Messer. Die dritte Tote saß blutüberströmt auf dem Sofa, den Leichnam einer Katze auf dem Schoß. Kosinskis Blick glitt über die Frau hinweg, höher. Auf der Wand hinter dem Sofa Spuren von Blut und Hirn. Der

Täter musste die Katze an den Beinen gepackt und an der Wand zerschmettert haben.

Attila drehte sich zur Seite und wich ein paar Schritte zurück.

»Ruhig«, sagte Kosinski und nahm ihn beim Arm.

»Was ist das da auf dem Tisch?«, fragte Attila mit fast erstickter Stimme.

»Wenn dir schlecht ist, solltest du rausgehen.«

»Nein, ich will nur wissen …«

»Außerdem reicht mir das erst mal, den Rest können wir der Spurensicherung überlassen.«

»Nein, hör mir zu, ich …«

Kosinski blickte zur Seite. Attila sah aus wie ein magenkranker Frosch. Er nahm ihn beim Arm und führte ihn hinaus vor die Tür, wo sich sein Kollege auf die Feierabendbank fallen ließ. Kosinski ließ ihn in Ruhe. Er spähte durch die halb offenstehende Tür in die Küche. Es roch säuerlich. Fischig. Ganz und gar nicht nach schwerem Braten. In dieser Küche war bestimmt keine Weihnachtsgans gebraten worden.

Noch immer standen die Nachbarn draußen vor der Tür. Einer hatte einen gefütterten Parka über die Schlafanzughose gezogen, eine andere trug einen dicken Wintermantel zu Hausschuhen. Eine der Frauen fror. Mollig, schon älter, stellte Kosinski fest, Strickjacke über der Schürze. Neben ihr stand ein verknitterter Bauer in Gummistiefeln. Wahrscheinlich war der Alte vom Füttern gekommen, das musste auch an einem solchen Abend sein, die Tiere interessiert es nicht, ob die Menschen ein religiöses Fest feiern oder beim Festmahl sind und nicht gestört werden wollen.

Kosinski blickte von einem zum anderen. Weihnachten war in Deutschland noch immer eine Familienangelegenheit, das stimmte schon. Doch sogar auf dem Land war die Familie auf ihren Kern geschrumpft, auf die Eltern mit den Kindern, manchmal waren die Großeltern dabei, das war schon alles. Und nicht wenige verbrachten den Heiligen Abend ganz allein. Die gingen noch nicht einmal mehr in die Kirche und sahen sich, wenn's hoch kam, die Messe im Fernsehen an.

Die Frau in der Strickjacke rang die rot gefrorenen Hände. »Wie ist das nur möglich?«, flüsterte sie. »Das war immer so ein Glück, wenn die Kinder zu Besuch kamen! Sonja hat schon seit Wochen gebacken und Geschenke eingekauft.« Sie holte ein Taschentuch aus dem Strickjackenärmel und putzte sich die Nase.

»Sonja …«

»Sonja und Matthias Erbes. Mario war ihr einziger Sohn.«

»Und wer war im Rettungswagen?«

»Silke. Die Tochter. Die Kinder kommen jedes Jahr. Früher waren noch die Enkel dabei.«

Vielleicht hatte die Tochter eine Überlebenschance und konnte die Sache aufklären. Es sei denn …

»Die Julia lebt in Namibia und der Luca studiert in Südafrika, da fliegt man nicht extra ein für Oma und Opa«, sagte der Mann im Parka, »vor allem nicht bei so 'nem schietigen Wetter.«

Kosinski blickte in den Himmel. Es federten noch immer weiße Flocken herab, trudelten nach unten, bedeckten gnädig den schwarzen Asphalt. Für ihn war das kein schietiges Wetter. Aber er konnte Menschen verstehen, die Namibia und Südafrika den engen hessischen Dörfern vorzogen, wo der Geruch nach Schweinegülle durch die zugigen Häuser kroch. Selbst Attila sah man manchmal leise Sehnsucht nach der malerischen lykischen Küste an, obwohl er den Heimatort seiner Eltern kaum kannte, er war zwei Jahre alt gewesen, als die Familie nach Deutschland zog.

»Mario und Silke kommen immer. Mario besteht darauf. Nur bei euch ist Weihnachten richtig schön, Mama. Hat er gesagt. Sagt Sonja.«

»Hm. Wann und woran haben Sie denn gemerkt, dass bei den Erbes etwas nicht stimmte?«

Der Mann im Parka blickte hinüber zu dem alten Herrn in Gummistiefeln, der sich umständlich räusperte. »Ich war im Stall, als es geschrien hat. Und gepoltert. Das war ja nicht normal, nicht?«

Nein. So, wie es im Haus aussah, war das ganz und gar nicht normal. Schon gar nicht für eine Familie, in der man sich offenbar verstand. Es konnte natürlich ein Fremder gewesen sein.

»Haben Sie jemanden bemerkt, der nicht zur Familie gehörte? Den Täter vielleicht?«

»Den Täter?« Der Alte wirkte erstaunt. »Ich dachte …« Er verstummte und blickte sich hilflos um.

Der Mann dachte, was alle dachten, auch Kosinski: Bei einer solchen Lage handelte es sich selten um einen Täter, der von außen kam. So was erledigte normalerweise der Familienvater.

»Gab es Probleme in der Familie? Finanzielle Sorgen? Arbeitslosigkeit? Krankheit? Andere Notlagen?«

Kürzlich hatten zwei junge Männer ihre ganze Familie ausgerottet, weil die nicht akzeptierte, dass die beiden ein Liebespaar waren. Auch das gab's.

Die Frau im Wollmantel sah den Mann im Parka an. Beide schüttelten den Kopf.

»Wissen Sie Näheres über die Tochter?«

Meistens tötete ein verzweifelter Familienvater, weil er glaubte, seine Frau und die Kinder vor Armut oder Schande bewahren zu müssen. Das hatte Kosinski schon immer aufgebracht: Welche Anmaßung stand doch hinter der Vorstellung, man müsse die anderen durch ihren Tod vor einem Schicksal bewahren, das sie womöglich gut und gern hätten bewältigen können! Und oft brachten solche Helden zum Schluss die eigene Hinrichtung nicht mehr zustande. Doch hier hatte keiner der Männer überlebt, nur die Tochter. Vielleicht.

»Silke war ja nicht mehr oft hier in den letzten Jahren. Nach der Scheidung«, sagte die Frau in der Strickjacke zögernd.

Kosinski wusste nicht recht weiter und schielte zu Attila hinüber, der noch immer aussah, als ob ihm schlecht wäre.

»Hmmm«, machte Attila.

Sehr hilfreich, dachte Kosinski und musterte seine Zeugen, denen sichtlich kalt war. Jedenfalls war die Tochter als Täterin untypisch. Auch wenn man nichts ausschließen sollte. Vor allem der Katzenmord passte nicht zu einer Frau, mal abgesehen davon, dass man einschlägige Kratzspuren am Sohn gefunden hatte. Alles sah nach einem längeren Streit und weniger nach einer gezielten Auslöschungsaktion aus.

»Wie lange etwa dauerte der Streit?«

»Na ja.« Dem Mann im Parka war die Frage sichtlich unangenehm. »Es ging schon eine ganze Weile hin und her.«

Und da ruft man nicht gleich die Polizei, dachte Kosinski. Verstehe.

»Es war Sonja, die irgendwann losgeschrien hat«, sagte die Frau in der Strickjacke fest. »Ich bring euch um, hat sie geschrien.«

»Na, bist du jetzt zufrieden?«, knurrte er Attila an, als sie zurück zum Wagen liefen. »Ist dein Weltbild wieder in Ordnung? Fest des Friedens, Heilige Familie?«

»Familienfeste sind überall gefährlich.«

»Und das sagst ausgerechnet du?«

»Ich kenn mich damit aus«, antwortete Attila knapp.

Am ersten Arbeitstag nach Weihnachten waren alle wieder im Revier, was ungewöhnlich war, normalerweise hatte sich mindestens einer überfressen oder zu viel getrunken.

»Na, alles gut überlebt?«, fragte Kosinski.

Während Attila mit seiner Süßen Urlaub machte, hatte er Dienst geschoben und sich um einen randalierenden Jungbauern, einen in seinem Garten erfrorenen Rentner, eine kroatische Mama und ihre Schwiegertochter, die sich vor versammelter Familienmannschaft prügelten, und zwei Wohnungsbrände kümmern dürfen. Der eine davon hatte nach Verzweiflungstat mit Blick auf die Versicherung ausgesehen.

Wenigstens hatte es keinen weiteren Familienstreit mit Todesfolge gegeben.

Am Nachmittag kam der Anruf aus dem Krankenhaus: Die Tochter der Erbes hatte überlebt und war vernehmungsfähig. Attila fuhr freiwillig hin.

Als er zurückkam, wirkte er sichtlich verwirrt.

»Was ist das bloß mit euch Deutschen?«, sagte er kopfschüttelnd. »Redet ihr nicht miteinander? Und könnt ihr nicht kochen? Noch nicht einmal zu Weihnachten? Und warum gibt es« – er hatte den Finger anklagend Richtung Kosinski ausgefahren – »sogar bei anständigen Menschen nur Bockwurst mit Kartoffelsalat?«

Alle redeten durcheinander. »Besser als Bratwurst mit Sauerkraut und Salzkartoffeln!«, rief Kai, der Kriminalazubi. »Damit haben sie mich jeden Heiligabend gequält!« Kai kam aus Görlitz. Und er sah ganz so aus, als ob er auch Gedichte hätte aufsagen müssen, der gute Junge.

»Das ist alles Tradition und hat seinen Sinn«, meinte Rita, die friedfertige Reviersekretärin. »Klöße stehen für großes Geld, Brot und Salz müssen auf dem Tisch sein, sonst fehlen sie das ganze Jahr, Sauerkraut ist wichtig für das Wachsen des Getreides und …«

»Und was ist mit Heringssalat?«, tönte es von Attila, anklagend. »Heringssalat mit Roter Bete?«

»Was soll damit sein? Das ist sehr verbreitet, vor allem in Nordrhein-Westfalen«, antwortete Rita. »Aber kennt ihr den

›halben Kopf‹? Im Münsterland wird ein geräucherter und gekochter Schweinskopf einige Tage vor dem Fest in Essig mit Zwiebeln eingelegt und dann …«

Attila winkte angeekelt ab. »Wer so etwas serviert, verdient Mord und Totschlag.«

Protestrufe. Man war hier schließlich bei der Polizei und strikt gewaltfrei. Nur Kai rief: »Ganz richtig!«

Kosinski fühlte sich veranlasst einzugreifen. »Ruhe! Ich will jetzt endlich wissen, was sie ausgesagt hat, die Tochter!«

Attila nahm sein Notizbuch aus der Tasche und blätterte. »Er hat es ihr endlich gestanden.«

»Wer? Und was?«

»Dass er schwul ist!«

»Dass er eine andere hat!«

Kosinski warf den Zwischenrufern einen tadelnden Blick zu.

»Der Sohn, Mario, hat seiner Mutter erklärt, dass er keinen Heringssalat mit Roter Bete mag!«

Kosinski war einen Moment sprachlos. Dann schüttelte er den Kopf. »Aussage Nachbarin: ›Nur bei euch ist Weihnachten richtig schön, Mama.‹ Hat Mario gesagt.«

»Soll Mario gesagt haben. Hat seine Mutter gegenüber der Nachbarin behauptet«, stellte Attila richtig. »Ist also nur Hörensagen.«

»Geschenkt. Aber was hat denn nun die Tochter gesagt, was die Mutter gesagt hat?« Kosinskis Mutter hätte geweint. Weil sie sich doch immer so viel Mühe gegeben hat für das Fest der Feste und sich Harmonie und glänzende Kinderaugen wünschte. Und einen Mann, der die Kinder lobte, wenn sie sangen oder Blockflöte spielten, und der nicht schon vor dem Nachtisch einschlief.

Attila blätterte wieder. »»Dafür also habe ich all die Jahre in der Küche gestanden und mir die Hände versaut? Ich hasse Heringssalat mit Roter Bete!‹, hat die Mutter geschrien. Sagt die

Tochter. Und dann soll es richtig rundgegangen sein. Mit der Bratpfanne, mit dem Messer, die Katze …«

Längst waren alle still.

»Nicht zu glauben. Da haben sie also all die Jahre so getan, als ob alles wunderbar wäre, und dann …« Rita klang fassungslos.

»Und dann schlagen sie sich die Köpfe ein«, sagte Kosinski nach einer Weile. Er war so entgeistert wie die anderen. »Weswegen, um Himmels willen? Das verstehe ich nicht.«

Attila lächelte traurig. »Dann bin ich wohl der Einzige hier, der das versteht«, meinte er leise. »Frohe Weihnachten.«

Beatrix Mannel

Bratapfel

Es klappt.

Ich höre, wie sie heranschlurft, angelockt von diesem unwiderstehlichen Duft.

Wie wundervoll. Weihnachten ohne sie rückt näher.

Obwohl ich Zimt nicht ausstehen kann, läuft sogar mir das Wasser im Mund zusammen. Dieses buttrige Aroma von zart gebratenem Zimtapfel schwebt aus der geöffneten Backofentür und verbreitet Weihnachtsstimmung im ganzen Haus.

Die Großmutter meines Mannes steht direkt vor mir und starrt mich aus ihren milchig blauen Augen von unten an. Dann zeigt sie auf den Ofen, der in unserer neuen Einbauküche für sie unerreichbar hoch oben ist. In den letzten Jahren ist sie immer kleiner geworden und in sich zusammengeschrumpft.

»Gewesen, glhmgrosssnmm, gewesen!«, stottert sie aufgeregt und nickt dazu. Dann schaut sie mich an, als ob ich wissen müsste, was sie damit sagen will. Und ich weiß es auch, denn sie hat es mir tausendmal erzählt. Wie sie auf dem Bauernhof ihrer Großmutter im Thüringer Wald an Weihnachten Bratäpfel gegessen hat, sie und ihre fünf Geschwister, die alle längst tot sind. Also lächle ich ihr beruhigend zu. »Ja, ich verstehe, Musch. Deine Großmutter hat die auch immer gebraten.«

Es war mal wieder Thomas' Idee, dass ich Musch diese Freude mache. »Demente Menschen lieben alles, was mit ihrer Kindheit zusammenhängt«, hat er mir seit Anfang Dezember ständig erklärt. Und als er eben beim Frühstück die Zimtäpfel roch, hat er mir begeisterte Blicke zugeworfen. »Du bist die Beste«, hat er mir zugeflüstert. Thomas glaubt, es wäre so eine Art Belohnung, weil Oma später allein in der Wohnung bleiben muss, wenn ich zum Zahnarzt gehe. Ich kann sie nicht dorthin mitnehmen, weil sie beim letzten Mal alle Orchideen in dem schicken weißen Wartezimmer abgepflückt hat, wofür der Zahnarzt überhaupt kein Verständnis hatte.

»Riech mal, Oma, bald ist Weihnachten!«, hat Thomas dann zu Musch gesagt und sie dabei angelächelt, als könnte sie ihn wirklich verstehen.

Sie hat nicht zurückgelächelt, sondern einfach nur ihren leeren Teller angestarrt. Saß stumm in ihrem schäbigen hellblauen Angorapullover, der an den Ellbogen schon so dünn geworden war, dass er löchrig aussah. Sie weigerte sich, den neuen Pulli anzuziehen, dabei sah der exakt genauso aus wie der alte. Ich hatte mir die Füße auf der Suche danach platt gelaufen. Völlig umsonst.

Thomas weiß nicht, dass Musch mittlerweile von mir zum Anziehen sanft und zum Waschen sehr bestimmt überredet werden muss. Es fällt mir schwer, alles richtig zu machen. Ich hab zwar während meines Sozialpädagogik-Studiums mal ein Praktikum im Altenheim gemacht, aber ich bin keine Altenpflegerin. Manchmal bin ich von ihrer Zerbrechlichkeit, den verwirrt schimmernden Augen und der zarten weichen Haut gerührt, aber dann wieder von dem Geruch, der den schlecht gewaschenen Hautfalten entströmt, und dem endlosen, kaum verständlichen Wortwiederholungsgebrabbel abgestoßen. Und jedes Mal, wenn ich das merke, schäme ich mich und habe Angst, Thomas könnte entdecken, was für ein Unmensch ich eigentlich bin.

Wie jeden Morgen hat sich Musch auch heute geweigert, etwas zu sich zu nehmen. Sie isst nie am Tisch, sondern nur heimlich, wenn ihr niemand zuschaut. Thomas findet das liebenswert. Er vermutet, es liegt daran, dass es früher für eine Dame unschicklich war, ihren Hunger zu zeigen, und seine Großmutter war immer eine Dame.

Am liebsten isst sie dann heimlich Zucker. Reinen Kristallzucker. Früher, als sie noch mehr Worte sagen konnte, hat sie mir allen Ernstes weismachen wollen, der Arzt hätte ihr das verschrieben.

Sie klettert sogar auf unsere kleine Holzleiter, um an ihren geliebten Zucker zu kommen. Einmal hatte ich ihn versehentlich falsch weggeräumt und sie dann dabei erwischt, wie sie ihn mit Hilfe unseres kleinen Holztritts aus dem oberen Fach des Küchenschranks zurückholte. Höchst verwundert darüber, hatte ich ihren Arzt gefragt, wie das möglich ist. Dr. Hoffmanns hat mir dann erklärt, dass viele automatisierte Denk- und Bewegungsvorgänge, wie Treppensteigen oder das Zähneputzen, noch korrekt ausgeführt werden können, auch wenn das Sprachzentrum längst marode geworden ist.

Als klar war, dass Muschs Demenz immer weiter zunehmen würde, schlug Thomas vor, dass sie zu uns zieht und wir uns um sie kümmern, schließlich waren wir ihre einzigen noch lebenden Verwandten. Da war Lionel gerade ein Jahr alt und ich in Elternzeit, hatte also, wie wir damals beide fanden, genug Zeit für beide.

Thomas ist sehr glücklich über diese Lösung, denn für ein gutes Heim hätte es nicht gereicht, obwohl er als Pharmavertreter nicht schlecht verdient. Manchmal erzählt er mir mit leuchtenden blauen Augen, wie Musch ihm als Kind den besten Apfelstrudel der Welt gebacken hat, den mit dem echten Strudelteig, den man auf den Tisch schlagen muss, damit er gut wird. Und wenn er so schaut, dann habe ich nur noch den Wunsch, ihn zu küssen und glücklich zu machen.

Den meisten Spaß mit Musch hat aber unser Sohn, weil sie von allem begeistert ist, was Lionel bastelt, sei es ein schiefer Legoturm oder ein Kritzelkratzelbild oder eine Höhle, die er gebaut hat. Besonders gern spielt er Memory mit ihr, denn Musch versteht überhaupt nicht, was sie tun soll, und dreht die Kärtchen nur um, weil Lionel dann kichert. Er gackert noch mehr, wenn sie zehn Kärtchen oder noch mehr aufdeckt. Dann blüht sie geradezu auf, und es fällt ihr hin und wieder sogar ein Wort ein, meistens das gleiche, dann zeigt sie auf Lionel und stammelt »Wunder, Wunderwunderwunder«. Worüber er sich dann vor Lachen ausschüttet.

Für mich gibt es nicht wirklich viel zu lachen, denn ich muss mein ganzes Leben um sie herum arrangieren, ich kann sie nicht mehr lange allein im Haus lassen, das ist viel zu gefährlich. Das letzte Mal, als ich das getan habe, hatten wir eine Rohrverstopfung, weil sie die Wäsche aus der Wäschetonne ins Klo gesteckt hatte.

»Sauber gewesen gewesen!«, hat sie mir und dem Klempner vom Notdienst immer wieder stolz erklärt. »Die is irre und gehört ins Heim«, hat der Klempner zu mir gesagt und dabei mit dem Zeigefinger an die Stirn getippt.

Thomas, der gerade in Wien auf einer Tagung war, bewunderte mich für meine Gelassenheit und schlug auch vor, wir sollten sie in ein Heim geben. Aber seine Stimme klang komisch, als ob es ihm das Herz brechen würde, so dass ich gar nicht anders konnte als den Vorfall zu verharmlosen. Und deshalb habe ich geantwortet, sie hätte es nur gut gemeint und mit zweiundneunzig Jahren könnte man ja auch leicht mal etwas verwechseln.

Ich habe es noch nicht übers Herz gebracht, ihm zu sagen,

dass Musch jetzt auch manchmal die Stühle mit der Toilette verwechselt. Sie setzt sich einfach hin, und dann passiert es …

Der Bratapfelduft steigt mir wieder in die Nase und erinnert mich an meinen Plan: Ein Weihnachten ohne sie ist eins ohne Verwechslungen und ein Weihnachten mit nur angenehmen Gerüchen.

Und eins, wo ich mich nicht im Schlafzimmer einschließen muss, um mal fünf Minuten meine Ruhe zu haben. Sie bleibt nämlich nie in ihrem Zimmer, sondern wandert ständig durch die Wohnung, und wenn ich mich für fünf Minuten vor ihr verstecke, dann rastet sie völlig aus und schreit und weint, bis ich die Tür öffne. Dann klammert sie sich an mich, und ich kann sie nur mit einer ordentlichen Dosis Kristallzucker und dem gemeinsamen Anschauen ihres uralten Fotoalbums beruhigen.

Merkwürdigerweise gibt es, wenn Thomas zu Hause ist, nur selten solche »Verwechslungen« oder Weinkrämpfe. Ich habe bei einer Demenzberatungsstelle angerufen, um herauszufinden, ob Musch das vielleicht absichtlich macht. Doch das tut sie wohl nicht, es sei normal, dass Frauen aus dieser Generation sich anders verhalten würden, wenn ein Mann im Hause wäre, wurde mir erklärt.

Und ich verstehe Musch sogar ein bisschen, denn ich benehme mich auch anders, wenn Thomas da ist. Ich bin sorgfältiger geschminkt als sonst, vertausche meine ausgeleierten Jeans gegen schmale Röcke und die Sneaker gegen Pumps. Er ist einfach der wichtigste Mensch in meinem Leben, und deshalb darf er nie erfahren, was ich mit seiner geliebten Musch vorhabe.

»Musch, ich muss los, zur Zahnreinigung, ich bin schon spät dran.« Ich schaue sie dabei an, denn sie steht immer noch vor mir. Thomas ist gleich nach dem Frühstück nach Erfurt gefahren und hat Lionel auf dem Weg zum Kindergarten mitgenommen.

Musch zeigt wieder und wieder auf den Bratapfel im Ofen. »Gewesen, gewesen …«

Ich schüttle den Kopf. »Der ist noch zu heiß!«, erkläre ich. »Wir essen ihn später, wenn ich wieder da bin.«

Muschs Augenbrauen ziehen sich unheilverkündend zusammen. Aber heute macht mir das nichts aus, denn es passt wunderbar in meinen Plan.

Erst habe ich daran gedacht, den Bratapfel zu vergiften. Ganz wie die böse Stiefschwiegertochter, schließlich ist es sehr einfach, aus Thomas' Koffer Tablettenmuster zu stehlen. Ich müsste nicht einmal Angst haben, dass unser Hausarzt etwas anderes als Herzversagen auf den Totenschein schrieb, bei einer Zweiundneunzigjährigen wird doch nicht mehr genau hingeguckt.

Aber was, wenn Thomas Verdacht schöpft? Er würde mich sofort verlassen. Außerdem will ich Musch auch gar nicht umbringen, ich träume ja nur von entspannten Weihnachtstagen. Als ich Thomas erzählt habe, wie wir es schaffen könnten, an Weihnachten Ski laufen zu gehen, hat er mich mit großen Augen angeschaut. Ja, er würde schon gern Ski laufen, aber Kurzzeitpflege! Die sei entsetzlich teuer, und ob ich denn genau wüsste, wovon ich rede. Da hab ich mich schon wieder so mies gefühlt. Dann bestand er darauf, mit mir die nächste Pflegestation in unserem Viertel zu besuchen. Natürlich war der Geruch nach Desinfektionsmittel, Urin und Sauerbraten mit Spätzle, der uns entgegenschlug, nicht vergleichbar mit dem eines Vier-Sterne-Hotels, und ich fühlte mich noch mieser.

Die Schwestern hatten alle Räume mit Gestecken aus Tannenzapfen und glitzernden Kugeln dekoriert, doch das verschärfte noch den trostlosen Gesamteindruck. Ich schämte mich, bis plötzlich leise Weihnachtslieder erklangen, die Musch zum Mitträllern brachten.

»Sie fühlt sich wohl!«, wollte ich ihm gerade zuflüstern, als sie anfing zu weinen. Thomas dachte, es wäre, weil Musch wieder heim wolle. Aber ich war mir sicher, dass ihre Tränen durch die Musik ausgelöst worden waren. Natürlich habe ich nichts gesagt, weil Thomas mich nicht für gefühlskalt halten sollte.

Auf dem Heimweg war Thomas sehr still, in Gedanken versunken, und mir wurde klar, mein Mann wird Musch nur dann in die Kurzzeitpflege geben, wenn sie so schwer verletzt ist, dass ich sie nicht zu Hause pflegen kann.

Auf keinen Fall durfte Musch die Treppe hinunterstürzen, das konnte leicht tödlich enden und zu viele Fragen aufwerfen. Außerdem sollte Thomas mich niemals ansehen und auch nur den Hauch eines Zweifels an mir haben.

Zum Glück kam Thomas dann mit dem Zimtbratapfel, immer und immer wieder, bis mir klar wurde, dass hier meine Chance war: Ich würde Muschs Gier nach Süßem, die wundervollen Erinnerungen, die sie an Bratäpfel hatte, verwenden, um sie für diese Weihnachten auszuschalten. Dass sie sogar auf die kleine Holzleiter stieg, um an ihren geliebten Zucker zu gelangen, wusste ich ja.

Und so entstand mein Plan. Zuerst habe ich, während Thomas unterwegs war, ausprobiert, ob Musch wirklich noch Bratäpfel mochte. Oh ja. Sie war verrückt danach. Dann habe ich die Füße unserer kleinen dreistufigen Holzleiter so angesägt, dass man beim Trittwechseln ins Wackeln kommen muss. Ich selbst jedenfalls konnte mich nur sehr schwer halten, weshalb ich hoffe, dass Musch zwar stürzen, aber nicht sterben wird.

Als das erledigt war, habe ich einen neuen Tritt besorgt, den angesägten wollte ich danach austauschen und im Garten verbrennen. Und schließlich ließ ich mir einen Termin beim Zahnarzt geben und bereitete die Bratäpfel mit dem speziellen Zimtzucker vor, den Thomas extra für Oma auf dem thüringischen Weihnachtsmarkt gekauft hat.

»Ich bin gleich wieder da, Musch, dann essen wir zusammen«, sage ich mit fester Stimme, lasse aber die Ofentür offen und stelle den Holztritt bereit. Zu meiner großen Erleichterung vernehme ich dieses schmatzende Geräusch, mit dem sie den oberen Teil ihres Gebisses fest ansaugt, was sie immer dann tut, wenn sie gierig auf etwas ist. Ich beeile mich, die Küche zu verlassen, damit sie nicht noch vergisst, was da im Ofen auf sie wartet.

Auf dem Weg zum Zahnarzt versuche ich an etwas anderes zu denken und hoffe inständig, dass sie keine allzu großen Schmerzen haben wird.

Die unangenehme Behandlung, das Pieksen am Zahnfleisch, lenkt mich dann wirklich eine Weile ab, erst das Vibrieren meines Handys in der Hosentasche erinnert mich wieder an Musch. Aber sie würde mich nie anrufen. Das kann sie schon lange nicht mehr.

Ich bitte die Zahntechnische Assistentin um Entschuldigung und schaue nach, wer angerufen hat. Plötzlich voller Angst, es könnte etwas mit Lionel passiert sein. Was, wenn er vom vereisten Klettergerüst gestürzt ist, quasi als Strafe für meine Sünden?

Aber es ist Thomas, der mir eine SMS schickt, weil er etwas vergessen hat und deshalb zurückfahren muss. Ob ich rechtzeitig zurück bin, um mit ihm einen Kaffee zu trinken.

Mir bricht der Schweiß aus.

Er wird Musch finden, er wird den verräterischen Tritt bemerken. Ich reiße mir das Zahnarztlätzchen vom Hals, murmle etwas von einem Notfall und stürme aus der Praxis. Im Auto bete ich, dass Thomas nicht selbst auf das Ding gestiegen ist, er ist ein bisschen ungeschickt. Hoffentlich merkt er nicht, was ich getan habe. Und hoffentlich ist Musch nichts passiert. Was habe ich mir nur bei dem Ganzen gedacht?

Als ich in unsere Straße mit den Reihenhäusern einbiege, erkenne ich schon von weitem Thomas' silbernen Benz am Straßenrand.

Verdammt!

Ich parke hinter ihm und renne ins Haus. Er eilt mir entgegen, nimmt mich in die Arme, dann streckt er mich von sich und schaut mich prüfend an.

»Geh da nicht rein, Musch ist unglücklich gestürzt. Es sieht schlimm aus.« Thomas ist sehr blass und legt die Arme wieder um mich.

Ich spüre nichts. Doch. Vielleicht Erleichterung. Aber das ist das falsche Gefühl, ich sollte jetzt traurig sein.

»Das … das ist ja schrecklich …«, ringe ich mir ab, aber ich kann nur daran denken, den Tritt in Sicherheit zu bringen, bevor Thomas etwas bemerkt. »Was ist denn passiert?«

»Sie hat von den Bratäpfeln aus dem Ofen genommen, sich noch auf der Leiter stehend damit vollgestopft und ist dann gestürzt.«

»Hast du den Notarzt gerufen?«

»Nein«, flüstert Thomas, »das war nicht mehr nötig. Sie ist tot. Ich habe Dr. Hoffmanns angerufen, er müsste gleich hier sein.«

Ich muss den Tritt wegschaffen, ich muss in die Küche, bevor mein ganzer Plan auffliegt. »Ich möchte sie sehen!«, sage ich deshalb und bemühe mich um einen betroffenen Ton.

»Tu's lieber nicht. Ich werde mit Dr. Hoffmanns reingehen, bleib du hier.«

Mir ist auf einmal übel, und meine Beine zittern. Thomas bedenkt mich mit einem warmen Blick und zwingt mich aufs Sofa. »Ich mach das schon, Liebling.« Er drückt meine Schultern.

Wie betäubt sitze ich auf dem Sofa und starre die Engel aus Klopapierrollen und buntem Wachspapier an, die Lionel im Kindergarten gebastelt hat, um mich herum ein ständiges Kommen und Gehen, was ich aber nur wie durch ein Rauschen wahrnehme. All meine Gedanken kreisen darum, dass ich den Tritt aus dem Weg räumen muss, aber gleichzeitig fühlen sich meine Beine bleischwer an, hindern mich daran aufzuspringen und einfach in die Küche zu stürmen.

Dr. Hoffmanns kommt und stellt den Totenschein aus, Herzversagen, das zum Sturz geführt hat. Dann ist auch schon der Bestatter da und transportiert mit zwei Helfern ihre Leiche in einem schwarzen Klappsarg aus Blech weg.

Gewesen gewesen.

Ich, das war ich. Das ist meine Schuld. Jetzt müsste ich in die Küche gehen und das Ding wegräumen, sofort. Ich versuche aufzustehen, aber Thomas ist wie aus dem Nichts bei mir und befiehlt mir, sitzen zu bleiben und mich zu schonen. Er ist unnatürlich blass und wirkt nervös. Ich sacke zurück aufs Sofa, will ihn nicht noch mehr quälen. Trotzdem, ich muss ihn schützen, muss in die Küche.

Thomas bittet eine befreundete Mutter, Lionel vom Kindergarten mitzunehmen, wo wir ihn dann abends abholen würden. Während er telefoniert, bringt er den zusammengeklappten Tritt aus der Küche.

Ich schnappe nach Luft, jetzt wird er mich zur Rede stellen, und ich werde bezahlen für das, was ich getan habe. Aber er lehnt die kleine Leiter an unser Bücherregal, wo sie, hin und her schwankend, stehen bleibt, dann läuft Thomas schweigend wieder zurück in die Küche.

Ich versuche wieder normal zu atmen. Die frischen Narben im Holz, dort wo ich gesägt habe, starren mich anklagend an.

Mörderin.

Es ist später Nachmittag, als wir endlich alleine sind. Thomas gießt sich einen doppelten Whisky ein und setzt sich dicht neben mich.

»Wir müssen reden …«, fängt er an.

Meine Zunge klebt am Gaumen. Jetzt ist es so weit. Er wird

sich scheiden lassen. Ich habe seine geliebte Musch auf dem Gewissen, und wenn ich nicht freiwillig auf das Sorgerecht für Lionel verzichte, dann wird er zur Polizei gehen …

Mein Puls dröhnt in meinen Ohren, ich muss jetzt ehrlich sein, möchte seine Hand nehmen, traue mich aber dann doch nicht.

»Ich schaffe es nicht, ich kann mit dieser Schuld nicht leben.« Er nimmt einen großen Schluck von dem Whisky.

»Ich hab es einfach nicht mehr ausgehalten. Ihr Blick, das ›gewesen gewesen‹. Aber ich wollte dich nicht enttäuschen.« Er wendet mir sein Gesicht zu. »Du bist der wichtigste Mensch auf der Welt für mich, du bist so großherzig. Du hättest mich doch gehasst, wenn ich Musch ins Heim verfrachtet hätte! Und was wir da finanziell hätten drauflegen müssen! Du hättest mich verachtet für meinen Egoismus. Na ja und da …« Er schenkt sich wieder Whisky ein, und nach einem Blick auf mich gießt er gleich noch ein zweites Glas voll und stellt es mir hin.

Mir wird eiskalt, und gleichzeitig bricht mir der Schweiß aus, was läuft hier ab? Will er mich auf den Arm nehmen? Mich testen? Ich trinke einen großen Schluck und genieße das Brennen, das sich von der Kehle in den Bauch zieht.

Er trinkt aus, stellt sein Glas ab und schlägt die Hände vors Gesicht.

»Ich … ich habe eins unserer neuen starken Schlafmittel pulverisiert und in den Zimtzucker getan, den ich mitgebracht habe. Für dich war das ungefährlich, denn ich weiß ja, dass du niemals Zimt isst. Ich dachte, wenn Musch den wieder pfundweise zu den Bratäpfeln löffelt, schläft sie einfach ein … ist doch ein schöner friedlicher Tod, oder?«

Ich weiß nicht, was ich sagen soll. Mein Thomas, mein wundervoller fürsorglicher Thomas ein Mörder? Und nur weil er denkt, ich wäre so eine Heilige? Wie konnte ich mich so in ihm täuschen?

Ich brauche noch einen Schluck.

»Dann hatte ich plötzlich große Angst, dass du trotz deiner Abneigung gegen Zimt doch davon probieren könntest oder dass Lionel irgendwie daran kommt, und bin zurückgerast. Aber es war zu spät. Musch war tot.«

»Sie hat doch gar nicht viel gegessen, also kann sie daran nicht gestorben sein.«

Ich muss ihm sagen, warum sie gestürzt ist, ihm gestehen, dass ich keine Heilige bin, aber was wird dann aus unserer Ehe?

»Vielleicht wurde ihr davon einfach schwindelig und sie ist nur deshalb gestürzt«, schlage ich vor.

Dabei sollte ich ihn aufklären, ihm erzählen, dass sie einzig und allein deshalb gestürzt ist, weil ich an der Leiter gesägt habe. Aber ich schaffe es nicht. Für Thomas würde eine Welt zusammenbrechen.

Ich treffe eine Entscheidung.

Ich werde schweigen und die Leiter unauffällig entsorgen.

»Schatz, ich liebe dich, ganz egal, was geschehen ist. Du hast es ja für uns getan.«

»Du hältst mich also nicht für ein Monster?« In seinem Blick liegt ein flehentliches Bitten.

»Aber nein, Musch war doch schon alt. Ich finde nur, du hättest mit mir darüber reden sollen. Vorher.« Dann hätte ich nie die Leiter angesägt. » Bestimmt hätten wir gemeinsam eine andere Lösung gefunden …«

»Du hast recht. Ich hab so ein Glück, dass du meine Frau bist …« Thomas rückt etwas näher, nimmt mir das leere Glas ab, schaut mich fragend an, und als ich nicke, küsst er mich auf den Mund.

Und gerade als ich anfange das Spiel seiner Zunge wirklich zu genießen, höre ich plötzlich Musch, wie sie »gewesen, gewesen« flüstert, immer und immer wieder. Gewesen, gewesen.

Jesuskind

Die Aluminiumleiter knarzte und knackte. Sie reckte sich, so weit sie konnte, kappte mit einem kleinen, scharfen Messer die knollige Spitze und rasierte die flach anliegenden Nadeln ab. Dann erst passte das Ende in den schmalen, gläsernen Trichter an der Unterseite des Verkündigungsengels. Sie stieg von der Leiter und betrachtete den Baum mit schief gelegtem Kopf. Blau-Gold in diesem Jahr, nicht zu üppig, nicht zu bunt, transparent, aber festlich. Sah gut aus. Jetzt nur noch die Kerzenhalter, aber das hatte Zeit bis zum Nachmittag.

Ihr Mann kam herein. Er ging zu ihr, verwandelte die Andeutung einer Umarmung im letzten Moment in eine belanglose Geste, legte ihr die Hand auf die Schulter und lächelte.

»Hübsch.«

Ein flüchtiger Kuss aufs Haar, dabei streifte sein Blick den Bilderrahmen mit Trauerflor auf dem Vertiko, blieb einen Moment daran hängen.

»Wie es wohl wird, das erste Weihnachtsfest ohne Vater. Wir sind ganz allein.«

»Und da musst du noch ein Auto ans Ende der Welt bringen.« Sie zog einen schmalen Mund, blickte weiter auf den Baum.

»Ich weiß, dass es nicht schön ist, Rita, aber es ist ein sehr teurer Wagen und ein sehr guter Kunde. Ich hatte es dir doch erklärt, eine Weihnachtsüberraschung für seine Frau. Und in Zeiten wie diesen können wir uns so ein Geschäft nicht entgehen lassen.«

»Schon gut.« Sie verließ seine Berührung, zupfte noch eine der Schleifen zurecht.

»Und von unseren Leuten hätte ich es keinem zumuten können und auch nicht zumuten wollen, nicht heute.«

»Ich sagte doch, schon gut. Du machst das sicher richtig, Georg.«

»Irgendwann zwischen fünf und sieben werde ich wieder da sein, je nachdem, welchen Zug ich erwische. Und dann machen wir uns ein wunderschönes Weihnachten, ja?«

Sie lächelte ihm ihr übliches Verständnis hinüber.

»Ich fahr dann jetzt. Im Autohaus ist alles verschlossen, auch in der Werkstatt ist niemand mehr. Du bist ganz allein.«

Er nahm ihren Kopf in beide Hände, küsste sie auf die Stirn. »Bis nachher.«

Die Haustür fiel ins Schloss, das kleine Cabrio startete und rollte vom Hof.

Obwohl es erst Mittag war, läuteten irgendwo die Glocken. Sie ging in die Küche und begann mit den ersten Vorbereitungen für das Essen.

Der Arzt zieht die Spritze aus der Vene, drückt die Kompresse einen Moment auf die kleine Wunde. Er wirft noch einen Blick auf den Alten, packt seine Sachen, nimmt sich Jacke und Schal. Ja, ja, es ist ein großes Glück, eine ausgebildete Krankenschwester als Schwiegertochter zu haben, die sich auch noch so kümmert, schon gut. Er verabschiedet sich endlich, bis morgen Mittag. Natürlich, für alle Fälle das Handy.

Er steigt ein, fährt vom Hof, eines seiner Bremslichter ist kaputt. Die Digitaluhr am Radio in der Küche zeigt 20.19 Uhr. Sehr gut. Georg wird noch nicht so bald zurückkommen. Unternehmerstammtisch, da wird es immer später.

Dann jetzt.

Die Haustür verschließen, den Schlüssel stecken lassen, für alle Fälle.

Auf seinem Nachttisch brennt die alte Nachttischlampe, er schläft noch, gut. Sein Atem geht gleichmäßig und leicht. Die Spritzen mit dem Kaliumchlorid sind größer, die Kanüle dicker als die vom Arzt, aber es wird gehen. Die Stelle in der Armbeuge ist noch ganz frisch, sehr gut. Zwei Stiche, ein Loch. Leicht gleitet das glänzende Metall durch den roten Rand der kleinen, frischen Wunde in seiner Haut, seine Augen flimmern nur schwach, er schläft weiter. Zarter Druck, die erste Spritze ist leer. Vorsichtig von der Kanüle lösen, dann die zweite daraufstecken. Wieder ganz zarter Druck, die klare Flüssigkeit sickert in seinen Körper, seine Brust hebt und senkt sich wie eine lautlose Maschine. Das wird reichen, allemal. Pflaster drauf, ein wenig reiben, drücken, fertig. In etwa einer Stunde müsste sein Atem flacher werden, allmählich, vielleicht schon früher.

Als sie kurz nach drei den großen Topf mit dem Karpfen in den Backofen schob und am Herd Temperatur und Funktion einstellte, spürte sie beim Bücken einen ersten, schwachen Stich. Sie atmete tief durch. Eine Viertelstunde später im Bad beim Aufstehen von der Toilette erschreckte sie der Schmerz zum zweiten Mal. Sie hielt sich die Seite, wartete, bis das Ziehen abgeklungen war. Der Magen konnte es nicht sein, dieser Schmerz war anders, fremder. Der dritte Schub folgte in noch geringerem Abstand. Sie bekam einen Kloß im Hals. Als sie durchs Wohnzimmer ging, fiel ihr auf, dass der Engel mit dem weißen Wattehaar auf der Spitze des Baumes verrutscht war und mit Schlagseite die Frohe Botschaft verkündete. Sie holte die Leiter, stieg vorsichtig hinauf, und als sie sich mit der rechten Hand danach reckte, stach es zum vierten Mal. Sie blieb einen Moment stehen, versuchte normal weiterzuatmen, die Leiter wegzuräumen, die Kartoffeln zu schälen, das Gemüse zu putzen, einfach normal weiterzumachen, normal, normal, normal. Aber jetzt war das Ende der Normalität gekommen, endgültig. Der nächste

Schmerzschub kam so unverhofft und war so heftig, dass sie das dunkle Rinnsal an der Innenseite ihrer Oberschenkel zunächst nicht bemerkte.

»Nein.«

Sie bückte sich, legte die Hände flach auf die Arbeitsplatte in der Küche und atmete schwer. Erst jetzt, in dieser ungewohnten Position, sah sie, was los war, und glotzte auf die dunkle Spur an ihren Strümpfen, auf die Tropfen zwischen ihren Füßen.

»Zu früh, verdammt. Viel zu früh.«

Als die erste schwere Welle vorüber war, ging sie, so schnell sie konnte, ins Arbeitszimmer ihres Mannes, nahm den Schlüsselbund für die Werkstatt aus dem Schlüsselkasten und lief in kleinen Schritten über den Hof. Das Fruchtwasser rann immer heftiger und hinterließ auf ihrem Weg eine schmale, feuchte Spur aus Schlieren und Tropfen. Sie schloss die kleine Seitentür auf und stakste mit steifen Beinen in den Waschraum für die Arbeiter. Rechtzeitig, um bei der nächsten Wehe auf die Knie zu sinken. Sie kippte nach vorn, stützte sich mit den Händen ab und wimmerte laut. Mit einem satten Schwall drückte das restliche Fruchtwasser durch den Stoff ihrer Kleidung. Sie legte sich auf die nackten, weißen Fliesen, ihre Hände zogen mit mechanischen Bewegungen Strumpfhose und Slip aus. Die Schmerzen kamen jetzt in rhythmischen Schüben. Sie lag auf dem Rücken, die Füße standen in einer dunklen, trüben Pfütze. Sie schrie. Ihr Körper zog sich in immer kürzeren Intervallen zusammen, sie fühlte ihren Unterleib nicht mehr, nicht die Beine, nicht den Kopf, sie war ein einziger Aufruhr, der alles zusammenzog und sie gleichzeitig zu sprengen schien. Dann, mit einem letzten wirren Wirbel in ihren Zellen glitt etwas aus ihr heraus mit einem schmatzenden Geräusch, warm und fremd fühlte sie es zwischen ihren Beinen. Völlig regungslos lag sie da, wie nach einem schweren Kampf, atmete mit geöffnetem Mund, die Augen geschlossen. Zuerst ganz leise und verhalten, dann immer lauter, als drücke jemand auf den Balg einer alten Autohupe, knarrend und quäkend, hallte ein Geräusch von den Fliesen wider, das im erstem Moment wie eine Computerstimme klang. Sie richtete sich auf, stützte den Oberkörper nach hinten mit den Händen ab und sah an sich herunter. Blutig, die Falten und Vertiefungen des Körpers mit gelber Schmiere verkleistert, lag es da, schrie seine ersten Schreie und bewegte angestrengt und zitternd Arme und Beine, durch die blaurote Nabelschnur noch mit ihrem Schoß verbunden. Sie sank wieder zurück und starrte auf die weißen Neonröhren an der Decke. Langsam ließ der glimmende Schmerz in ihr nach. Mit einer letzten Kontraktion entledigte sich ihr Körper der Nachgeburt, dann fühlte sie nichts mehr, nicht die Kälte der Fliesen, nicht die schleimige Nässe, in der ihr Körper lag, nichts.

Irgendwann hörte auch das Schreien auf, und irgendwann, lange danach, richtete sie sich wieder auf und sah auf dieses Wesen in seinem Bett aus blutigem Gekröse und trübem Wasser, sah, dass es atmete, kaum wahrnehmbar, lautlos, mit winzigen Bewegungen des kleinen Brustkorbs, der mit seiner wie sauber gewaschenen Haut rosa leuchtete. Sie rutschte auf den Knien nach vorn und fasste die Nabelschnur mit der linken Hand. Behutsam und sacht hob sie mit der anderen den winzigen Kopf des Kindes mit den feucht verklebten Haaren an, zog die Schnur drunter durch und legte sie in einer Schlinge um den Hals. Mit taubem Blick, kein Muskel in ihrem Gesicht regte sich, griff sie die beiden Enden des glitschigen Schlauches und zog sie in entgegengesetzte Richtungen.

20 Uhr 23, gut. Georg müsste noch mindestens zwei Stunden weg sein, wahrscheinlich drei. Sehr gut. Wo ist sie denn, verdammt, man hört gar nichts. Nicht im Flur, im Wohnzimmer auch nicht. Im Schlafzimmer klappt ein Schrank, ah, wunderbar. Hoffentlich macht sie nicht wieder so einen Wirbel wie letztens im Keller. War doch nur eine Umarmung, die Hand war kaum in der Hose. Aber heute sind wir allein, ganz allein. Sie ist tatsächlich im Schlafzimmer, im Bademantel, na wunderbar, im rosa Bademantel. Steht dir gut, Mädchen. Glotz doch nicht so erschreckt, ich bin es doch nur, Mädchen. Ich soll abhauen, na, na, ich wohne hier, ist doch mein Haus. Noch ist es mein Haus, oder? Du willst vorbei, einfach so abhauen? Aber, aber. Kleine Schubser, siehst du, im Bett ist es gleich viel gemütlicher. Ist tatsächlich nackt unter dem Bademantel, herrlich, diese Massen. Brauchst sie gar nicht so prüde zu verdecken. Komm, sei nicht so, bleibt doch in der Familie. Ganz schön viel Kraft in den Armen, Donnerwetter, ist mir letztens schon aufgefallen, dass du ein starkes Mädchen bist. Komm, hör auf zu rufen, dein Mann ist nicht da, niemand ist im Haus. Und wenn er da wär, würde er nicht kommen, ich kenn ihn doch, ich kenn doch meinen Sohn. Dieses Fleisch ... Los, mach die Beine auseinander, du hältst das eh nicht lange durch, Mädchen! Bist zwar stark, aber das hältst du nicht durch, glaub mir. Komm schon, hab dich nicht so. Du bist jetzt eine aus der Müller-Dynastie, eine mit Geld, mit viel Geld, dafür kann man ja wohl ein bisschen was tun, oder? Hör auf zu heulen, dafür besteht nun wirklich kein Grund, ist doch halb so wild. Siehst du, schreien nützt eh nichts, es ist niemand da, wir sind ganz allein, Mädchen ...

Am dünnen Hals, dort, wo die beiden Stränge gegeneinander liefen, entstanden kleine Falten. Durch den winzigen Körper lief eine zittrige Spannung, ein kämpfendes Aufbäumen. Sie zog weiter.

»Rita!«

Ihr Mann stand in der Tür, mit offenem Mund, seine Augen wanderten ziellos über jedes Detail der Szene.

»Was tust du da, Rita?«

Sie sah hoch, ihre Hände sanken herab auf den kleinen Körper, der sich spastisch bewegte und dessen blauen Lippen jetzt ein helles, gurgelndes Schnarren entwich.

»Was, was ist passiert? Ich ... Das ist ein Kind, Herrgott, du hast ein Kind ...«

Er kniete sich vor sie, nahm ihre Hände und entwand ihnen die Nabelschnur. Es gelang seinen Augen nicht, ihren abwesenden Blick aufzunehmen, sie sackte nur in sich zusammen und saß da, abwesend und still. Unsicher suchten seine Hände einen Weg, den Körper des Kindes anzufassen, er ließ es, stand auf, ging hinaus und kam wenig später mit einer Hälfte eines zerschnittenen Benzinkanisters zurück. Mit alten Lappen polsterte er die kleine Kunststoffwanne aus und legte das Kind hinein. Seine Finger zogen mit zögernden Bewegungen die Klinge seines Taschenmessers hervor und kappten die Nabelschur, aus der kaum noch dunkle Flüssigkeit tropfte. Aus einem der Regale holte er ein paar frische Lappen, wischte das winzige Gesicht sauber und deckte den Körper damit zu. Er nahm die Plastikwanne, klemmte sie sich unter den linken Arm und half mit der anderen Hand seiner Frau auf.

»Komm!«

Sie wird sich freuen. War doch viel los in letzter Zeit, und sie war oft allein, sicher. Es ist eigentlich auch immer mehr geworden in den letzten zwei Jahren. Und die letzten Monate ... Aber man hat ja auch so seine Verpflichtungen als Unternehmer. Vater hatte noch mehr, früher, war eigentlich nie zu Hause am Abend. Da wird sie sich freuen, dass der Vortrag heute ausgefallen ist. Wahrscheinlich wird sie fernsehen, das macht sie ja immer, wenn sie allein ist. Im Wohnzimmer ist Licht, in der Küche auch, mal leise sein. Der Schlüssel klimpert beim Aufschließen. Im Wohnzimmer ist sie nicht. Was sind das für Geräusche? Das sind Stimmen. Aus dem Schlafzimmer kommen Stimmen. Vater? Das ist Vaters Stimme. Vater ist bei ihr. Aber ... Diese Geräusche. Scheiße. Sie ruft, stöhnt. Nein, nicht, nicht wieder das. Bitte, bitte nicht wieder das. Und jetzt, verflucht? Reingehen? Jetzt? Jetzt da reingehen? Und dann? Man kann da doch nicht einfach reingehen, verdammt. Das wird furchtbar für die, furchtbar für alle. Was soll man denn sagen? Man kann da doch jetzt verflucht noch mal nicht reingehen. Wie soll man denn weiterleben, wenn die wüssten, dass ... Wird es ruhiger da drin? Lass es ruhiger werden, bitte, lass es *nicht wahr sein. Und jetzt, verflucht? Raus hier? Ja, raus hier, ganz schnell, aber leise. Der Schlüssel klimpert wieder nur ein bisschen, gut.Wohin jetzt? Zum Fluss. Zum Fluss ist gut. Da kann man gehen, ganz weit. Bloß weg hier.*

Der schmuddelige Kunststoff spiegelte sich im weißen Lack des Esszimmertisches, der Junge schien zu schlafen. Sie saß davor, beachtete ihn nicht, ihre feuchten Haare fielen auf das weiße Frottee des Bademantels. Er trat von hinten an sie heran, legte ihr die Hände auf die Schultern, roch den fruchtigen Duft ihres Shampoos. Dann ließ er sie los, setzte sich gegenüber an denTisch.

»Es tut mir leid.« Sie vermied es, ihn anzusehen. »Ich wollte …«, sie musste eine Pause machen, »ich wollte nicht, dass du etwas davon erfährst.« Sie zog eine kleine hämische Fratze. »Hätte ja auch fast geklappt.«

»Warum hast du mir nicht vertraut?«

Fast überrascht hob sie den Kopf und sah ihn das erste Mal seit seiner Rückkehr an.

»Was hätte ich dir sagen sollen?«

Er zuckte mit den Schultern. In der Stadt läuteten die Glocken von mehreren Kirchen.

»Na, dass du ein Kind bekommst.«

Ihr Lachen war sarkastisch und kraftlos. »Dass ich ein Kind bekomme. Ich sollte meinem Mann, der seit einem Jahr weiß, dass er unfruchtbar ist, sagen, dass ich ein Kind bekomme?«

»Ja, ja, hättest du, was denn sonst? Meinst du nicht, dass wir das ausgehalten hätten?«

Ihr Blick wanderte nach draußen, es wurde langsam dunkel. In einigen Nachbargärten leuchteten Lichterketten an Nadelbäumen.

»Ich weiß es nicht, ich …«

Keiner der beiden konnte ein längeres Schweigen verhindern, nur der dünne Atem des Kindes war zu hören.

»Und da hättest du tatsächlich …« Er stockte und schüttelte ganz sacht den Kopf. »Gott, musst du verzweifelt gewesen sein. Über all die langen Monate. Warum hast du nur nichts gesagt.«

Sie stand auf, ging zum Fenster.

»Ich konnte nicht.« Leise, abwesend. »Außerdem weiß ich es selbst erst seit zwei Monaten.«

»Wie, also, ich verstehe nicht …«

»Ich hatte die ganze Zeit über immer mal Blutungen. Ich dachte, es wäre einfach einiges durcheinander bei mir nach dem Stress der letzten Zeit. Und die zusätzlichen Kilos, das hat man doch schon mal.«

Er trat hinter sie.

»Ja, Vaters Tod war schon sehr schlimm. Mir war gar nicht klar, dass dich das auch so mitgenommen hat.«

Sie versuchte, seine Nähe wie selbstverständlich zu verlassen, tat ein paar Schritte, blieb vor dem Baum stehen.

»Und nun?«

»Und nun?« Eine blödsinnige Freude kämpfte sich für ein paar Sekunden auf seinem Gesicht nach vorn. »Wir haben ein Kind. Unser größter Wunsch ist in Erfüllung gegangen. Denk an all die Versuche, all die demütigenden Situationen, bevor wir das mit mir erfuhren … Alles vergessen jetzt. Ich kann es noch gar nicht begreifen. Wir haben ein Kind.« Er atmete stoßweise, wurde allmählich ruhiger. »Einen Erben, den sich immer alle so gewünscht haben.« Er folgte ihr, fasste sie wieder an, in seinen Augen eine trotzige Ernsthaftigkeit. »Ich will nicht wissen, was geschehen ist, Rita. Was passiert ist, ist passiert. Und es ist vorbei, denke ich.«

Sie blickte auf den Boden.

»Ja, das ist es, es ist vorbei. Endgültig.«

»Siehst du. Alles andere zählt nicht mehr.«

Sie verschränkte die Arme, schaute am Weihnachtsbaum hoch

und beobachtete, wie sich das schwächer werdende Licht in den Falten der Papierschleifen spiegelte. Das magnetische Klicken der Telefontasten hörte sie wie von weit her.

»Ja, hier Müller. Wir brauchen einen Notarzt zur Breiten Straße 123, wir haben eine Frühgeburt.« Er machte eine Pause, zog eine fragende Miene. »Die Geburt ist schon vorbei, unser Sohn ist da.« Dann ein Lächeln. »Ja, wenn Sie so wollen, ein Jesuskind.« Wieder nicken. »Autohaus Müller, ganz recht. Wir sind im Wohnhaus, die Einfahrt ist rechts vom Gelände neben der Präsentationshalle.«

Noch einmal das Klicken, er legte das Telefon zur Seite.

Das Blau und Gold auf den Schleifen war jetzt kaum noch zu unterscheiden. Der Verkündigungsengel saß wieder gerade auf der Spitze, sein weißes Haar leuchtete.

»Wir haben ein Kind.«

Sabina Naber

Spekulatius

Er zieht sich die Chirurgenhandschuhe aus und drückt sich einen großen Batzen Wundsalbe auf Zeige- und Mittelfinger. »Es wird gleich besser, mein Engel. Gleich wird es besser.«

»Das ist nur, weil du weg warst.«

Er hebt den rechten Arm seiner Frau in die Waagrechte und schmiert die Salbe rund um die Achsel, zwischen die Falten beim Ellenbogen.

»Ich hasse dich.«

»Ich bitte dich, es waren doch nur zwei Tage. Und die haben mich einfach dabehalten. Du weißt ja, wie die Ärzte sind, wenn sie dich einmal zwischen den Klauen haben, dann müssen sie alles untersuchen, weil sie verdienen wollen. Ich hab dem Burschen eh gesagt, dass er keinen Rettungswagen zu rufen braucht, aber ich bin einfach nicht hochgekommen vom Boden, und da hat er ...«

»Du liebst mich nicht mehr.«

Er drückt einen weiteren großen Batzen Salbe auf die Finger und hebt nun den linken Arm seiner Frau hoch. Schmiert wieder vorsichtig in jede Falte hinein. »Das ist Quatsch. Natürlich liebe ich dich. Ganz viel. Das weißt du.«

Die Frau brummt.

»Und ich hab jetzt Kreislauftropfen, es wird also nicht mehr passieren. Nie mehr.« Er drückt neuerlich Salbe auf die Finger und schmiert nun die Stellen zwischen den Falten auf dem Bauch ein.

Die Frau stöhnt auf. »Ich wär fast verhungert.«

»Ja, mein Engel, ich weiß. Dafür bekommst du zu Weihnachten einen schönen ganz, ganz großen Braten. In Ordnung?« Er streicht ihr eine Locke hinters Ohr, drapiert die blonde Mähne auf ihren Brüsten. »Und eine Extraportion Spekulatius.«
Die Frau lächelt.

Hanni stürmte zum Eingang des Discounters und quetschte die Hand zwischen die sich schließenden Türen. Mit einem Zischen wichen sie zurück.

Der Blick der Verkäuferin, die gerade die Einkaufswagen aufreihte, schnellte zu ihr. Sie riss die Augen auf und deutete mit großer Geste in die Tiefen des Supermarktes. »Eh kloar, unsereins braucht ja kane Feiertag. Bitte, nur hereinspaziert, die gnä Frau. Komm ich halt wieder zwa Stundn zu spät zur Bescherung, san die Meinigen eh schon gwohnt. Ich bin ja nur a Hacklerin, so ane braucht ja net feiern.«

Hanni hob beide Handflächen. »Spekulatius. Ich brauch dringend Spekulatius. In allen anderen Filialen waren sie weg. Und ich … bin auch gleich wieder weg. Quasi schon nicht mehr da.« Hanni deutete zu einem Mann mit Rundrücken und dunkelgrauem Mantel, der sehr langsam seinen Einkaufswagen zum hintersten Regal schob. »Noch vor dem Typen dahinten bin ich wieder draußen.«

»Ja, ja, die Ausreden kenn ma schon.«

Hanni lächelte und rannte durch das Drehkreuz. Gleich danach stoppte sie. Schokolade. Schnitten. Zuckerln. Kekse. Auf der gegenüberliegenden Seite Strudeln in allen Varianten, Topfengolatschen, Christstollen, Zimtschnecken. Keine Spekulatius. Hanni boxte gegen einen Sack mit einer Keksmischung. Er platzte auf, die Kekse rieselten auf den Boden. Hanni starrte auf ihre Armbanduhr und schob mit dem Fuß die Keksbruchstücke unters Regal. So ein Mist. Das Sortiment war ihre Hoffnung gewesen, denn die saisonalen Körbe mit den unzähligen Packungen Spekulatius waren sowieso immer leer geräumt. Aber vielleicht … Sie seufzte und marschierte im Stechschritt zu den Körben, die in der Mitte des Supermarktes aufgestellt waren. Flauschige Weihnachtsmänner, tanzende Weihnachtsmänner, Engel in allen Varianten und Christbaumkugeln en masse. Über einem Korb befand sich ein Preisschild, das dem Kunden mitteilte, unter ihm seien die Spekulatius. Neben dem Korb stand der Mann mit dem Rundrücken. Er legte gerade eine Packung Spekulatius in seinen Wagen. Zu weiteren dreißig oder vierzig Packungen. Der Korb war leer. Hanni beugte sich darüber. Er war und blieb leer. Sie stöhnte unwillkürlich laut auf. Hielt sich die Hand vor den Mund.

Der Mann zupfte seinen grauen Mantel, der ziemlich zerschlissen war, zurecht und schob seinen Wagen weiter. Hanni stöhnte noch einmal auf, nun bewusst, gab dem Seufzer eine gewisse verzweifelte Höhe. Der Mann reagierte nicht. Hanni schickte ein »Oh nein, keine Spekulatius mehr« in seinen Rücken. Er schien nichts um sich herum mitzubekommen.

Hanni schloss die Augen. Der Nobelsupermarkt drei Häuserblocks weiter, der könnte noch geöffnet sein. Das hatte doch in einer der Werbesendungen gestanden, dass diese Kette an Heiligabend eine halbe Stunde später als alle anderen zusperrte. Da gab es nur zwei Probleme: Ihr heißgeliebter Sohn, der Spinner, war auf diese bestimmten Spekulatius von diesem bestimmten Discounter fixiert, und beim Nobelsupermarkt konnten sie theoretisch ebenfalls ausverkauft sein. Ein riskantes Unterfangen also, den Supermarkt zu wechseln.

Und dieser Mann da, der hatte so viele. Die konnte er doch nicht einmal mit einer hundertköpfigen Familie aufessen. Wobei er überhaupt nicht nach großer Familie aussah, eher nach Einzelgänger. Aber wer wusste schon. Trotzdem … eine Packung, eine einzige Packung würde er ihr doch überlassen können. Musste er ihr überlassen. Sonst würde Tobias die ganzen Feiertage kein Wort mit ihr reden. Und das zu Recht. Fünf Mal hatte sie ihn in den letzten vier Wochen versetzt.

Der Mann schob sich um die Regalecke. Hanni ging ihm nach, stoppte an der Ecke. Es war aufdringlich. Beinah Mundraub. *Hören Sie, Sie haben da so viele Packungen – es kann Ihnen doch nichts ausmachen, wenn Sie mir eine davon* … Das war peinlich. Doch das lag nur an diesen scheiß Einbrechern. Den scheiß Taschendieben. Immer zu Weihnachten musste sie Extradienste schieben. Scheiß Emanzipation. Alleinerziehende Mutter von einem Vierzehnjährigen galt bei der Polizei einfach nicht mehr als Argument gegen einen Einsatz. Noch dazu, wenn die selten dämliche Mutter damit angab, wie selbständig der Sprössling schon war.

Hanni lugte um die Ecke. Der Mann hatte sich über die Fleischtheke gebeugt. Er konnte höchstens nach einem, nämlich genau einem einzigen Hühnerflügerl Ausschau halten, mehr passte nicht mehr in den Einkaufswagen. Es waren so viele Kekspackungen! Damit kam der Mann nicht nur bis Heiligdreikönig, sondern bis Ostern aus. Vielleicht war er zu erweichen, wenn sie ihn als Fan, als Spekulatius-Freak ansprach, der einem anderen Spekulatius-Freak das Leben rettete. Ja, das war es, sie musste an sein Mitgefühl appellieren. Und Tobias die Grippe andichten. Ein krankes Kind mit einem sehnlichen Wunsch erweichte immer die Herzen.

Hanni richtete sich gerade auf, strich über ihre gelbe Daunenjacke. Sie stellte sich neben den Rundrücken und holte Luft. Das gab's doch nicht. Der Mann drehte das letzte Stück Schweinsschnitzel im Kreis. Immer und immer wieder um hundertachtzig Grad. Und die Hand, mit der er es im Kreis schob, war in einen Gummihandschuh, wie man ihn fürs Abwaschen verwendete, gehüllt. Hanni ließ den Blick über die restlichen Styroportassen mit Fleisch gleiten. Zwei mit jeweils zwei Koteletts, eine mit einem kleinen Stück Lungenbraten, vier mit Keulen vom Truthahn. Ein trauriges Bild, aber passend für fünfzehn Uhr an Heiligabend. Alles war ganz normal, sie war ganz normal und hatte keine Visionen. Hanni sah wieder auf die Hand des Mannes ... und hielt unwillkürlich die Luft an. Denn erst jetzt erkannte sie, dass der Mann an beiden Händen hauchdünne Chirurgenhandschuhe trug. Chirurgenhandschuh und drüber Plastikhandschuh. Hanni drehte sich zur Tiefkühlbox um. Stützte sich darauf und betrachtete eingehend das letzte gefrorene Straußensteak.

Wenn sie diesen Verrückten um eine Packung Spekulatius bat, würde er sie sicherlich anspringen und ihr den Gummihandschuh in den Rachen stopfen. So durchgeknallt wie der war. Es war so ungerecht. Der einzige Mensch auf Erden, der ihr helfen konnte, war ein Berührungsneurotiker. Oder wie diese Freaks auch immer genannt wurden.

Blechernes Scheppern, dann eine weibliche Stimme aus dem Lautsprecher. »Liebe Kunden.« Das L hatte einen gewaltigen Anschlag, es klang mehr nach Lllliebe Kunden. »Wir schllließen in Kürze. Wir müssen Sie bitten, sich eheballldigst zur Kassa zu begeben.«

Hanni lehnte den Kopf an das vorderste Vorratsglas mit Rindssuppe, die auf dem Regal über der Tiefkühltruhe neben Hühner- und Gemüsebouillon stand. Wie hatte es eigentlich Arnold Schwarzenegger in diesem blöden Weihnachtsfilm geschafft, den wichtigsten Wunsch seines Kindes zu erfüllen? Man sollte sich solche Filme immer genau anschauen, weil man nie wusste, ob man ihre Weisheit nicht einmal brauchte. Nein, sie würde einfach ihr schlechtes Gewissen hinunterschlucken, andere Mütter gingen auch arbeiten, versäumten auch Termine ihrer Kids. Und sie würde Tobias jetzt einfach drei Säcke Keksmischung und eine Packung Pistazien mitnehmen. Die waren auch immer eine Belohnung gewesen.

Hinter Hannis Rücken wurde ein Schluchzen hörbar. Sie drehte den Kopf gerade so weit, dass sie den Mann aus dem Augenwinkel beobachten konnte. Er hatte die Tasse mit den drei Truthahnkeulen in der Hand, die mit Abstand größte Packung der Fleischtheke, und weinte bitterlich, die Tränen rannen ihm nur so die Wangen hinunter. Mit abgewandtem Kopf legte er die Tasse auf den Berg Spekulatius in seinem Einkaufswagen. Er zupfte ein Taschentuch aus seiner Hose und schnäuzte sich kräftig. Dann straffte er sich, stopfte die restlichen Fleischtassen aus der Theke in den Wagen und brachte das Gefährt mit einem Ruck in Bewegung. Die Tasse mit den Truthahnkeulen tanzte auf dem Berg, vier Packungen Spekulatius rutschten, eine fiel auf den Boden.

Das war ein Zeichen. Genau, ein Zeichen. Hanni schnellte zur Packung am Boden und hob sie auf. Sie reichte sie dem Mann, ohne loszulassen. Lächelte ihr charmantestes Lächeln. »Äh ... entschuldigen Sie bitte, ich wollte Sie das schon vorhin fragen ... wissen Sie, mein Sohn, der liebt genau diese Spekulatius, und Sie haben ja so viele, jetzt wollte ich Sie fragen, ob Sie mir nicht vielleicht eine Packung ...«

Der Mann riss ihr die Kekse aus der Hand und stürmte weg, wobei er ihr ohne mit der Wimper zu zucken über den linken großen Zeh fuhr. Mit zusammengepressten Oberschenkeln rannte er zur Kassa. Seine Unterschenkel schlugen dabei nach links und rechts aus.

»Sie ... Mistkerl! He, ich red mit Ihnen! Wenigstens aufpassen könnten Sie! Und fragen wird man ja wohl noch dürfen! Sie Arsch...« Eine Angestellte mit auftoupierten Knoten auf dem Scheitel lugte zwischen Türmen von Toilettenpapier hervor. Hanni hob die Handflächen, senkte den Kopf. »...geige. Scheißkerl.«

Sie stapfte in die Süßwarenabteilung zurück, packte ein paar

Säcke mit Keksen und einen mit Pistazien, stapfte zur Kassa, schleuderte das Zeug auf das Transportband, worauf das Trennschild zu dem Mann umfiel. Der stellte es mit einer blitzschnellen Bewegung, als würde er sich verbrennen, wieder auf. Es lagen nur die Fleischtassen auf dem Band. Hanni schnaufte und grummelte. Die Kassiererin zählte, ohne zu maulen, all die Packungen Spekulatius im Wagen, räumte für den Mann auch noch die Fleischtassen obendrauf. Danach streckte der Freak ihr, seine Hände noch immer in die Chirurgenhandschuhe gehüllt, ein Plastiksackerl entgegen. Es war voll mit Münzen und Scheinen. Die Kassiererin nahm sich den passenden Betrag heraus.

Hanni schüttelte es. Sie vergrub die Nase in den Schal. Der Mann war widerlich mit seinen Plastikhänden. Er war total krank und außerdem ein Charakterschwein. Wenigstens *Nein, tut mir leid* hätte er murmeln, irgendwas von *Spende für arme Heimkinder* lügen können. Wer sagte, dass man mit Durchgeknallten eigentlich immer Mitleid haben musste? Die nutzten das doch nur aus. Aber nicht mit ihr.

Die Kassiererin zog die Süßigkeiten und die Pistazien über den Scanner, räusperte sich, weil da kein Einkaufswagen war und die Ware sich nach dem Band stapelte. Hanni betrachtete das Knabberzeug, die Kassiererin, den Mann, die Tür. Sie rannte los zum Ausgang. Winkte über ihre Schulter zurück. »Ich weiß, manche Leute haben überhaupt kein Benehmen. Ihnen auch schöne Feiertage, Sie Zicke.«

Sie rannte über die Straße und versteckte sich hinter einer zugeschmierten Telefonzelle.

Der Rundrücken kam mit drei vollen Papiersäcken heraus und schlurfte den Gehsteig entlang zur nächsten Gasse. Er bog ein und verschwand aus Hannis Blickfeld. Sie rannte zur Gasse, lugte um die Ecke. Der Mann war dürr, wirkte völlig untrainiert. Sie musste ihn nur zur Seite stoßen. Er würde die Säcke fallen lassen, ihr Inhalt würde sich über den Boden ergießen. Sie konnte sich zwei Packungen Spekulatius krallen und abhauen. Er würde sie nie einholen. Hanni nahm die Handtasche von der Schulter in die Hand und rannte los. Mitten im dritten Schritt bremste sie. Sie drehte sich um und schlug sich mehrmals mit der flachen Hand gegen die Stirn. Es war lächerlich, was sie da aufführte. Eine erwachsene Frau, eine Polizistin, rannte einem Idioten nach, um ihm Spekulatius zu klauen. Sie wandte sich dem Mann wieder zu, sah ihm nach. Sein Blick huschte ständig nach links und rechts, als würde er etwas Verbotenes machen. Hanni folgte ihm. Blöder Polizisteninstinkt. Aber der kleine Spaziergang würde sie vielleicht beruhigen.

Der Weihnachtsstress gehörte abgeschafft, er veränderte die Persönlichkeit der Menschen. Nein, eigentlich gehörte Weihnachten abgeschafft. Und der ganze Familienkram gleich dazu. Aber ihr Sohn liebte den Quatsch. Wenn sie nicht aus qualvoller Erfahrung wüsste, dass er tatsächlich ihr Kind war, würde sie an der Verwandtschaft zweifeln. Er liebte diesen Kitsch, genau wie sein Vater. Ach, sollten die beiden doch miteinander feiern. Und sie würde einen Extremurlaub machen. Das wollte sie schon lange. Ja, das war es. Nächstes Jahr musste sie unbedingt umplanen. Ein einziges Mal familienfrei nehmen.

Der Mann steuerte auf die Toreinfahrt eines sechsstöckigen Wohnhauses zu. Sein Kopf schnellte ein paar Mal nach links und rechts, nach oben und unten. Er wirkte wie ein Vogel, der zu seinen Jungen ins Nest zurückkehrt und vorher die Gegend nach Feinden absucht. Das Tor stand offen. Dabei beließ der Mann es auch. Er verschwand im Schatten der Einfahrt.

Hanni lief ihm nach. Sie würde ihm jetzt bis zur Wohnung folgen und dann das Kindergeschrei hören, das die vielen Packungen Spekulatius bejubelte. Und alles wäre wieder gut. Der Typ war vielleicht ein komischer Kauz, doch er hatte sicher einen guten Grund für seinen Hamsterkauf. Und ihr heißgeliebter Sohn hatte einfach Pech. Mit vierzehn Jahren musste er langsam mit Enttäuschungen umzugehen lernen.

Hanni betrat die Einfahrt, lauschte ins Stiegenhaus. Keine Schritte, kein Geschrei. Er musste im ersten Stock wohnen, und die Kinder waren wahrscheinlich auf einem Ausflug. Schade, aber im Grunde egal. Hanni wandte sich Richtung Straße, dann zurück zum Innenhof der Wohnhausanlage. Auf der einen Seite des Gebäudes war ein kleines einstöckiges Haus angebaut. Es war sehr alt und wirkte sehr romantisch, wie es da stand mit seinem verwitterten Dach inmitten des Schnees, der die Gartenparzelle davor bedeckte. Im Rest des Innenhofes war der Schnee geschmolzen oder auch weggekehrt worden, aber dort, direkt vor dem Haus, bildete er Hügel über Sträucher und Gras. Hanni legte die Handflächen wie ein Fernglas um die Augen. Jetzt blieb als Bild nur mehr das idyllische Knusperhäuschen ... Lächerlich. Sie führte sich wie eine zweitklassige Detektivin auf. Oder wie ein naives kleines Mädchen. Und wenn sie ehrlich zu sich selber war, schindete sie eigentlich nur Zeit. Weil sie nach Hause, Baum aufputzen, Fisch braten, lächeln, singen, *Wow* zur vierten Bodenvase sagen musste. Hanni wandte sich wieder zur Straße.

Ein gellender Schrei. Sie schnellte herum, suchte die Fenster des Innenhofs ab. Alle waren geschlossen. Der Schrei musste aus dem Knusperhäuschen gekommen sein, denn das Wohnhaus am anderen Ende des Hofs war zu weit weg. Ein zweiter gellender Schrei, der in Jammern überging. Jetzt war er eindeutig aus dem Häuschen gekommen. Hanni lief zum äußersten Fenster, das erleuchtet war, und schaute hinein. Hinter dem dicht gehäkelten Vorhang war eine Küche erkennbar. Ein amerikanischer Kühlschrank, verschiedene Mixer und Zerkleinerer, alles aus Edelstahl, ein Bord mit Messern in allen Größen, ein Herd mit Touchscreen statt Knöpfen. Zumindest kein Arbeitsunfall, denn hier war niemand zu sehen. Hanni legte die Wange an die Scheibe, um noch mehr vom Raum erkennen zu können. Bei der Tür zum Vorraum standen die drei Säcke voll Spekulatius und Fleisch vom Discounter. Das konnte nicht sein, dieses Häuschen mit der sündteuren Küche war niemals die Wohnung des Mannes mit dem zerschlissenen Mantel.

Er betrat die Küche. Hanni zuckte zurück. Verschwand aus dem Lichtkegel, der aus der Küche drang. Der Mann belud beide Arme voll mit den Spekulatius. Dabei rannen ihm die Tränen übers Gesicht. Er verließ den Raum. Das Jammern ging wieder in einen Schrei über. Der Mensch schien keine Luft zu holen. Nun brüllte auch der Mann, keine Worte, er brüllte nur Laute. Da stimmte was nicht, kein Mensch schrie wie ein waidwundes Tier, wenn er nicht extreme Schmerzen hatte.

Hanni holte aus ihrer Handtasche ihre Polizeimarke und läutete. Die Schreie verstummten. Das war der Beweis. Schlechtes Gewissen. Sich tot stellen. Sie läutete Sturm. Hämmerte gegen die Tür. »Polizei. Bitte öffnen Sie.« In den umliegenden Wohnungen gingen Lichter an, aber keines der Fenster öffnete sich. Eh klar, zu Heiligabend wollte niemand aus seiner Kitschwelt gerissen werden. Bigotte Feiglinge waren sie allesamt. Hanni drückte erneut die Klingel, wiederholte ihr Polizeisprüchlein.

Die Tür ging auf. Der Mann mit dem Rundrücken versperrte ihr mit seinem Körper den Zutritt. Von den Tränen war nichts mehr zu sehen.

»Da schreit jemand. Ich muss Sie bitten ...«

Er schüttelte den Kopf. Lächelte. Von seiner Hand tropfte aus einer halbrunden Wunde Blut auf den Boden. Hanni stieß ihn zur Seite. Als er gegen die Wand krachte, knackte es, als wäre ein Ast gebrochen. Sie ging den Flur entlang. Die beiden Türen rechts waren geschlossen, auch jene links neben der zur Küche. Geradeaus schimmerte Licht durch einen Perlenvorhang. Der

Schrei begann wieder, jetzt auf- und absteigend wie eine Sirene. Hanni griff aus einem Reflex nach ihrem Holster, doch das war nicht da. Sie holte aus ihrer Tasche den Pfefferspray. Hinter ihr hörte sie, wie sich der Mann aufrappelte und immer wieder »Nein« japste. Sie schob die Perlenschnüre zur Seite.

Weiß. Ein weißgekachelter Boden, glänzende, weiße Wände, aus welchem Material auch immer, zwei mit weißen Platten verbarrikadierte Fenster, ein weißlackiertes Stahlrohrbett. Das einzige Bunte war ein Flachbildschirm an der Wand, auf dem sich gerade ein Liebespaar vor einem Holzhaus anschmachtete. Darunter stand ein weißes Regal mit silbernen Geräten. Und mitten auf dem Bett quoll ein menschliches Etwas mit blonder Mähne und weißem Zelt über dem Körper. Der Fleischhaufen streckte abwehrend die seltsam klein anmutenden Hände gegen Hanni aus. Blaue Augen quetschten sich zwischen dicken Lidern heraus und glänzten vor Tränen. Die Fettwulste schimmerten perlmuttfarben. Der Mund war blutverschmiert. Ein kleiner roter Fleck verunstaltete das Weiß der Bettdecke. Der Mann und seine halbrunde Wunde. Er war also anscheinend gebissen worden, von diesem …

Hanni senkte den Blick. In einer Serie über New Yorker Feuerwehrleute hatte sie so etwas schon einmal gesehen. So einen extrem dicken Menschen, der mit einem speziellen Kran durch das erweiterte Fenster in einen für das Gewicht umgebauten Krankenwagen gehoben werden hatte müssen. Eben. In einer New Yorker Serie. So etwas gab es in den USA, aber nicht in Wien. Hanni hob den Blick. Das da war krank. Widerlich. Der Mann trat neben sie. Sie blickte ihn an. Seine Pupillen waren groß, seine Gesichtszüge starr. Wenn Männer das mit Frauen taten, sie zu solch einem Fleischberg hochfütterten, dann ging es ihnen um Macht. Das hatten die damals in der Serie gesagt. Der Irre da würde nie zustimmen, seine Frau in ein Krankenhaus bringen zu lassen, damit sie dort kontrolliert abnehmen konnte. Hanni wandte sich wieder dem Bett zu. Wenn das überhaupt noch ging, das Abnehmen. Die Frau sah aus wie einer dieser Glücksbuddhas. Sie war eine riesige weiße Pyramide, aufgebaut aus zehn Zentimeter dicken Fettwürsten. Die Knie waren zwischen den Fleischfalten kaum auszumachen, ebenso wenig wie die Brüste. Alles war ein einziger Wulst. Mindestens eineinhalb Meter breit. Da steckte jahrelange Aufbauarbeit dahinter, die Abmagerung war wohl nicht in einer halbjährlichen Kur zu schaffen. Auch nicht in einem Jahr. Und natürlich waren für dieses Ding drei Truthahnkeulen und ein putziger Lungenbraten ein Witz. Die vierzig Packungen Spekulatius gerade einmal genug.

Hanni spürte, wie sich ihr Magen zusammenzog. Sie starrte durch die weiße Frau hindurch, konzentrierte sich. Kotzen war das Letzte, was sie jetzt tun durfte. Sie musste jetzt nur irgendwie raus aus der Nummer. Sie umklammerte die Spraydose. Plötzlich spürte sie unendliche Sehnsucht nach dem Gemotze von Tobias. Nach falsch gesungenen Liedern. Nie wieder würde sie sich von Weihnachten wegträumen. Und dann spürte sie einen Schlag auf den Hinterkopf.

Der Mann steht da und schaut auf die Frau, die Polizistin ist, hinunter. Er gibt ihr noch einen Schlag auf die Schläfe. Der Kopf platzt auf. Blut quillt aus der Wunde.

»Jetzt hast du sie totgemacht. Jetzt werden sie dich einsperren.«

»Nein, mein Engel. Niemand wird mich einsperren.« Er sieht seine Frau an. »Ich hab dir doch versprochen, dass ich dich nicht mehr verlasse.« Er lächelt sie an.

Die Frau lächelt zurück und dreht den Fernseher laut. Es dröhnt.

Der Mann schleift die Polizistin in den Vorraum, kleidet sie aus. Er betrachtet die Tür, beißt sich auf die Lippen und zieht sich dann die knallgelbe Daunenjacke der Polizistin an. Er nimmt eine zusammengelegte Einkaufstasche, geht in den Innenhof hinaus, brüllt mit hoher Stimme »Schönes Fest Ihnen auch«, schlendert durch die Einfahrt auf die Straße. Nach der nächsten Hausecke zieht er die Jacke aus und stopft sie in die Einkaufstasche. Er wartet.

Der Mann geht in sein Haus zurück, schleift die nackte Frau in die Küche. Er betrachtet sie, kneift ihr in die Oberschenkel. Nickt mit geschürzten Lippen. Er kneift in den Bauch der Frau, wiegt den Kopf, tätschelt den Bauch, betrachtet die Garde der Messer, dann die Zwiebel in der Schale neben dem Obstkorb, der auf der Anrichte steht. Nickt und schürzt nochmals die Lippen.

Er geht ins weiße Zimmer zurück und dreht den Fernseher auf stumm. Setzt sich zu seiner Frau aufs Bett. »Nur zwei Dinge, mein Engel, dann kannst du gleich in Ruhe weiterschauen. Diese … Person habe ich … entsorgt. Du brauchst dir keine Sorgen mehr machen.«

Seine Frau seufzt und lächelt.

Er streicht über die mittlerweile verkrustete Wunde auf seiner Hand. »Und das mit dem Braten … das war ein Scherz. Natürlich habe ich noch was Schönes für uns bekommen. Du wirst so richtig satt werden.«

Susanne Mischke

Weihnachtsmarkt

»Wenn Jesus wüsste, was hier so abgeht, er würde in seinem Grab rotieren«, bemerkte Tom und schaute dabei hinüber zum Glühweinstand. *Aniiiiita* ... schallte es von dort aus den Lautsprechern, und ein paar angetrunkene Zecher grölten lauthals mit.

»Erstens: Jesus, falls er existiert, weiß es. Zweitens: Er liegt in keinem Grab, sondern er ist gen Himmel aufgefahren. Solche Basics sollte man als Nikolaus schon draufhaben«, konterte Sibylle.

»Dann hätten sie den Job an einen Religionswissenschaftler vergeben müssen«, entgegnete Tom. Sein Atem drang als weiße Wolke aus dem künstlichen Bart, wie eine Sprechblase.

»Auch als Maschinenbauer schadet ein bisschen Allgemeinwissen nicht.« Sibylle, die im dritten Semester Musikpädagogik studierte, war gereizt. Schuld daran war zum einen die eisige Kälte, die wie ein Messer durch ihr Engelsgewand drang, obwohl sie unter dem weißen Satin zwei dicke Pullover und die Skiunterwäsche aus Angora trug. Verdammt, dieser Winter hatte es wirklich in sich! Es war der kälteste Winter, an den sich Sibylle erinnern konnte. Seit Tagen fiel das Thermometer nachts auf minus zehn, zwölf Grad, und auch tagsüber wurde es nicht sehr

viel wärmer. »Gut für den Umsatz«, hatte der Besitzer des Glüh-
weinstandes frohlockt, dessen Musik den Weihnachtsmarkt erbarmungslos beschallte und die Hauptursache für Sibylles
schlechte Laune war. Bis achtzehn Uhr spielten sie Weihnachtslieder – die meisten verrockt, verjazzt oder sonst wie verhunzt –
und danach Schlager.

... fand dich irgendwo, allein in Mexico ...

Was in aller Welt tat Aniiiita – war sie Schwedin? – allein in
Mexico?, fragte sich Sibylle. Das war doch ein viel zu gefährli-
ches Pflaster für eine Frau ohne Begleitung. Allerdings, überlegte
Sibylle, auch im trauten Heim waren Frauen nicht immer sicher.

»Scheiß Musik. Man weiß nicht, was schlimmer ist. Das hier
oder zum hundertsten Mal *Last Christmas*. Ich frage mich sowieso
schon die ganze Zeit, was ein Weihnachtsmarkt mit der Geburt
Christi zu tun hat«, maulte Sibylle weiter. Sie hatte diesen Job
nur angenommen, weil er außerordentlich gut bezahlt wurde.
Zudem konnte sie dem Trubel ohnehin nicht entgehen, denn sie
wohnte am Marktplatz. Sibylle hasste Weihnachtsmärkte. Weihnachtsmärkte und Schlager. Ihr Vater, der beides liebte, hatte sie
als Kind jedes Jahr auf den Weihnachtsmarkt mitgenommen.
Seine letzte Mahlzeit war eine fetttriefende Bratwurst auf dem
Weihnachtsmarkt gewesen, Minuten danach hatte ihn ein töd-
licher Herzinfarkt ereilt. Woran die Wurst oder der Markt sicherlich keine Schuld trafen, wie sich Sibylle immer wieder vor
Augen hielt. Dennoch – diese Musik und die Geruchsmischung
aus Glühwein und Bratwurst beschworen Bilder herauf, die sie
nicht sehen wollte, die jedoch in dieser Umgebung überall lau-
erten.

»Ich meine – steht in der Weihnachtsgeschichte vielleicht irgendetwas von einem Markt?«, ereiferte sie sich.

»Keine Ahnung«, bekannte Tom. »Ich erinnere mich nur an
die Geschenke. Von den Heiligen Drei Königen, Weihrauch und

so Zeug. Deshalb sind wir schließlich hier. Komm, wir drehen noch eine Runde, dann wird uns wenigstens warm.« Er hob den Sack mit den Süßigkeiten auf, und sie setzten sich in Bewegung. Inzwischen war es recht voll auf dem Platz vor der Kirche, und Sibylles Engelsflügel erwiesen sich wieder einmal als hinderlich im Gedrängel. Der eiskalte Ostwind trug den verheißungsvollen Duft von Glühwein und heißen Maronen zu ihnen herüber.

»Oder erst noch einen Schluck zum Aufwärmen?«, fragte Tom.

»Meinetwegen«, seufzte Sibylle, die selbst nicht so recht wusste, was sie wollte. Oder doch: Ruhe und warme Füße!

Vor der Bude herrschte Gedrängel, und Sibylle fürchtete um ihre goldenen Flügel. Tom bestellte zwei Becher Glühwein.

»Mit Schuss?« Der Mann hinter dem Tresen zwinkerte Tom plump-vertraulich zu.

»Nein, danke. Und ich zahl gleich.«

»Ach, lass gut sein. Für den Nikolaus und sein bezauberndes Christkind ist mein Glühwein natürlich umsonst«, dröhnte der Inhaber und sah dabei Sibylle an. Sein Gesicht war fleischig und rot – ob vom Dampf des heißen Weins oder vom übermäßigen Konsum seiner Ware vermochte Sibylle nicht zu sagen. Sie ging nicht gerne hierher, auch wenn das pappsüße Gebräu bei dieser Kälte recht gut tat. Lieber trank sie zum Aufwärmen ein Glas heißen Met am Mittelalter-Stand. Der Typ, der dort ausschenkte, war ebenfalls Student und recht nett. Zugegeben, heißer Met war gewöhnungsbedürftig, aber nach inzwischen einer Woche war sie auf den Geschmack gekommen.

»Zwei ohne Schuss, ein bisschen zackig«, rief ihr Gönner einer Wasserstoffblondine zu, die hektisch einen Becher nach dem anderen mit einer Kelle befüllte.

»Unserem süßen Christkindchen ist bestimmt sehr kalt, dagegen muss man doch was unternehmen«, säuselte der Budenbesitzer und streichelte dabei seinen feisten Wanst. Die Blonde an den Töpfen lächelte gequält. Etwas von der Flüssigkeit schwappte über, als der Dicke Tom die beiden Keramikbecher reichte. »Verdammt, du blöde Kuh, wie oft soll ich dir noch sagen, du sollst die Becher nicht so voll schenken?«, fuhr er die Frau an, die daraufhin erschrocken zusammenzuckte und sich entschuldigte.

Sibylle tat, als hätte sie nichts gehört, und wandte sich peinlich berührt ab. Ob sie seine Frau war oder eine Angestellte? Im Hintergrund der Verkaufsbude, der grob gehobelte Bretter ein rustikales Ambiente verleihen sollten, blies ein elektrischer Heizlüfter gegen die Kälte an. Davor saß, dick eingemummelt in eine Decke, ein Kind, von dem man nur Nase und Augen ausmachen konnte.

»Würden Sie mal einen Schritt zur Seite gehen, mit Ihren sperrigen Dingern da?«

Sibylle machte der nachdrängelnden Kundschaft bereitwillig Platz. Sie nahm ihren Glühweinbecher in beide Hände und genoss die Wärme, die durch ihre Handschuhe drang. Vor dem Stand gab es einen Heizpilz, um den sich die Leute mit ihren dampfenden Bechern scharten. Hier war sie wenigstens sicher vor den schmierigen Avancen des Budeninhabers.

… du hast mich tausend Mal belogen …

Unerträglich, diese Musik! »Komm, trink aus und lass uns weitergehen, das halte ich hier nicht aus«, sagte Sibylle zu Tom. Seufzend, aber ohne Widerrede leerte Tom seinen Becher und warf den Jutesack über seine Schulter.

»He, bist du der Nikolaus!« Ein Junge von etwa sechs, sieben Jahren zupfte Tom am Bart.

»Ja, der bin ich, und ich mag es gar nicht, wenn man mich am Bart zieht«, antwortete Tom streng. Die Mutter des Jungen, die bis dahin selig gelächelt hatte, hob warnend die Augenbrauen. Der Nikolaus griff in seinen Jutesack und reichte dem Bengel ein Lebkuchenherz mit dem Aufdruck des örtlichen Energieversorgers. Sibylle bezweifelte, ob diese PR-Maßnahme ausreichte, um die Bürger über die in den letzten Monaten eklatant gestiegenen Gaspreise hinwegzutrösten. Ein paar Mal waren sie schon beschimpft worden, meistens von älteren Leuten. Ohne ein Wort zu sagen, riss der Junge Tom das Lebkuchenherz aus der Hand und steuerte auf einen Stand mit Handyschalen zu.

»Man sagt danke!«, rief ihm Tom hinterher.

»Penner«, quäkte der Junge über die Schulter.

»Das heißt Obdachloser«, korrigierte die Mutter ihren Sprössling. Sibylle musste lachen.

»Was sind das für Frauen, die ihrer Brut überhaupt keine Manieren mehr beibringen?«, ereiferte sich Tom.

»Immerhin legt sie Wert auf *political correctness*«, meinte Sibylle. Sie fand, dass Tom ruhig ein bisschen mehr auf die Kinder eingehen könnte. Manch frecher Bengel erwies sich als ganz umgänglich, wenn man ihn in ein Gespräch verwickelte. Die Mädchen waren im Allgemeinen zurückhaltender, nur einige hörten einfach nicht auf zu kichern. Egal, was man sagte – alles war zum Kichern. Als hätte Tom ihre Gedanken gelesen, fragte er den nächsten Jungen, der sich immerhin artig für die süße Gabe bedankt hatte, nach seinen Wünschen zum Weihnachtsfest.

»Einen eigenen Computer mit 'ner geilen Grafikkarte.«

»Zum Spielen also«, schlussfolgerte Tom etwas einfältig.

»Ja, klar. Und dazu *Counter Strike*. Oder *Half Life* «, antwortete der Gefragte mit treuherzigem Augenaufschlag.

»Die sind ab achtzehn«, gab der Nikolaus zu bedenken. Der Junge, der vor ihm stand, war schätzungsweise zehn.

»Ich kenn die ja schon von meinem Bruder. Der lässt mich auch *Warcraft* III spielen. Aber der zieht jetzt aus und nimmt den Computer mit«, erwiderte der Knirps und sah aus, als würde er gleich losheulen.

»Hast du das gehört?«, fragte Tom Sibylle, nachdem der Junge mit seinem Lebkuchenherz davongezogen war. Die nickte und grinste.

... *Hölle, Hölle, Hölle* ... tönte es vom Glühweinstand über den Markt.

Die Kirchturmuhr schlug zwei Mal. Erst halb sieben. Noch gute zwei Stunden bis zu einem warmen Bad und einem heißen Tee. Sibylle warf einen sehnsuchtsvollen Blick auf die Häuserfront schräg gegenüber. Die linke Dachgaube des roten Klinkerbaus gehörte zu ihrer kleinen Studentenwohnung. Der Markt schloss um zehn Uhr, aber da ihre Zielgruppe um diese Zeit so gut wie gar nicht mehr vertreten war, machten Sibylle und Tom meistens um acht Uhr Schluss. Dann hieß es für Sibylle noch zwei Stunden Schlager ertragen, denn ausgerechnet der Glühweinstand befand sich direkt unter ihrem Fenster.

»Bist du das Christkind?«, fragte eine dünne Stimme hinter ihr. Sibylle wandte sich um. Ein zartes Mädchen in einem roten Anorak, das ihr kaum bis zur Hüfte ging, blickte sie aus großen, dunklen Augen an. Blonde Haarsträhnen schauten unter einer dicken, schwarzen Strickmütze hervor, die der Kleinen tief in die Stirn hing.

»Ja.«

»Na, möchtest du vielleicht ein Lebkuchenherz?«, mischte sich Tom, der das Mädchen nun auch bemerkt hatte, in die Unterhaltung. Es wich erschrocken zurück. Kleinere Kinder hatten gelegentlich Angst vor Tom, der mit seinem Bart und den angeklebten Watteaugenbrauen aber eigentlich eher lächerlich als furchterregend aussah.

»Gib her und lass mich, sie hat Angst vor dir«, flüsterte Sibylle. Sie nahm Tom das Lebkuchenherz ab und streckte es dem Kind entgegen. Zögernd wie ein ängstliches Tier näherte es sich wieder. Tom entfernte sich und verteilte Herzen an zwei stark geschminkte, kichernde Teenager.

»Wie heißt du?«, fragte Sibylle.

»Jenny.«

»Schöner Name«, sagte Sibylle. »Wie alt bist du, Jenny?«

»Sieben.«

Täuschte sich Sibylle, oder war Jenny für sieben Lebensjahre nicht ein bisschen klein?

»Du bist wirklich das Christkind?«, vergewisserte sich Jenny noch einmal. Die Mütze war ihr bis auf die Augenbrauen gerutscht, sie musste den Kopf in den Nacken legen, um Sibylle anzusehen, Sibylle hätte ihr die Mütze gerne zurückgestrichen, aber sie hielt sich zurück.

»Nun ja …«, begann Sibylle, aber nach einem Blick in die erwartungsvoll aufgerissenen Augen der Kleinen war ihr klar, dass sie jetzt keinen Rückzieher mehr machen konnte, und versicherte: »Ja, das bin ich, das Christkind.«

»Stimmt es, dass das Christkind alle Wünsche erfüllen kann?«

»Nun ja, es kommt darauf an …«, antwortete Sibylle gedehnt.

Jennys Miene verdüsterte sich.

»Aber die meisten schon«, fügte Sibylle rasch hinzu. »Nenne mir doch einfach deinen Wunsch.« O Gott, ich klinge wie die gute Fee im Märchen!

»Ich wünsche mir eine Pistole.«

»Eine, die Wasser spritzt, oder eine, die knallt?«

Für einen Moment wirkte das kleine Mädchen irritiert, aber dann erklärte es mit fester Stimme: »Eine, die schießt.«

Sibylle sah das kleine Mädchen forschend an. Wollte es sie verarschen? Aber dazu war sein Blick viel zu ernsthaft. Das Kind kam ihr bekannt vor, aber Sibylle hätte nicht sagen können, woher. Schade, dachte sie, dass Tom das nicht hört. Er war noch immer mit den kichernden Teenagern beschäftigt. Dieses kleine Mädchen stellte die Jungs mit ihren Wünschen nach Ego-Shootern glatt in den Schatten. Beinahe hätte Sibylle laut aufgelacht, aber dann wiederholte sie: »Du wünschst dir also zu Weihnachten vom Christkind eine echte Pistole? Eine, mit der man Menschen totschießen kann.«

»Ja.«

Sibylle ging in die Knie, fasste das Mädchen sanft an den Schultern und sagte: »Jenny, hör mir zu. Wenn man mit einer echten Waffe auf einen Menschen schießt, dann ist der tot. Für immer. Ist dir das klar?«

Jenny nickte.

»Wen möchtest du denn damit erschießen?«

Jenny biss sich auf die Lippen. Kein Zweifel, die Sache war ihr ernst. Todernst, dachte Sibylle mit einem Anflug schwarzen Humors. Was war das nur für ein Kind? Ein Monster? Stand vor ihr die jüngste Amokläuferin der Geschichte?

»Wenn ich dir deinen Wunsch erfüllen soll, dann muss ich schon wissen, worum es geht«, erklärte Sibylle und dachte: Himmel, was rede ich da?

»Ich möchte Herbert erschießen.«

»Wer ist Herbert?«

»Herbert will, dass ich Papa zu ihm sage. Aber ich sage das nicht. Mein Papa ist im Himmel.« Jenny zeigte nach oben.

»Und warum, zum Teu… äh, warum um Himmels willen möchtest du Herbert erschießen?«

»Damit er meine Mama nicht mehr verhaut.« Die letzten Worte waren kaum zu hören gewesen, so leise hatte die Kleine gesprochen, aber Sibylle hatte sie dennoch verstanden. Sie richtete sich langsam wieder auf. Erneut stiegen diese Bilder vor ihrem inneren Auge auf, vertraute, verdrängte, gefürchtete Bilder.

»Krieg ich nun die Pistole?«, fragte Jenny.

»Weißt du, Jenny, so einfach ist das nicht. Man kann nicht … he, so warte doch!«

Mit den Worten: »Hab ich mir gleich gedacht, dass du das

nicht kannst«, hatte sich das Mädchen umgedreht und verschwand nun im Gewühl der Marktbesucher. Sibylle versuchte ihr zu folgen, wobei ihr die Engelsflügel schon wieder ausgesprochen lästig waren.

»He! Pass doch auf, du Suppenhuhn!«, rief ihr ein Mann nach, dessen Bratwurst sie mit einem ihrer Flügel versehentlich vom Pappteller geschubst hatte. Sibylle entschuldigte sich, während ihre Blicke suchend über den Markt schweiften. Es war zwecklos. Jenny war nirgends zu entdecken. Vergeblich schaute sich Sibylle während der nächsten Stunde auf dem Weihnachtsmarkt nach dem Mädchen mit dem roten Anorak und der schwarzen Wollmütze um.

»Was soll's? Du hättest doch ohnehin nichts tun können«, meinte Tom, dem Sibylle von ihrer Begegnung erzählt hatte.

»Ich weiß«, seufzte Sibylle resigniert. Tom hatte recht. Außenstehende konnten nie etwas tun. Das konnte nur die betroffene Frau – also Jennys Mutter – selbst. Aber Sibylle wusste auch, dass die meisten Frauen zu schwach waren, um sich zu wehren, zu abhängig, zu mutlos. Aber Jenny war bereit, sich zu wehren. Wie gerne hätte Sibylle der Kleinen geholfen.

Kurz nach acht Uhr, endlich in ihrer Dachwohnung angekommen, stellte Sibylle die Flügel in eine Ecke, ließ sich ein heißes Bad ein und verbrachte fast eine Stunde in der Wanne. Dann schlüpfte sie in ihren Schlafanzug, kochte sich Tee und drehte den Fernseher laut, um die Töne, die von unten heraufschallten … *komm, hol das Lasso raus* … nicht hören zu müssen.

Aber die romantische Komödie plätscherte an ihr vorbei. Sibylle war mit den Gedanken ganz woanders. Auch ihre Mutter hatte es damals nicht aus eigener Kraft geschafft, wegzugehen, was sie ihr insgeheim noch heute übelnahm. Nur der frühe Tod ihres Vaters hatte dem Martyrium ein Ende bereitet. Sibylle fragte sich, ob sie damals traurig gewesen war. Vermutlich schon, denn sie hatte ihren Vater trotz allem geliebt. Aber sie war sicher auch erleichtert gewesen, oder? Sie wusste es nicht mehr. Sie erinnerte sich nur noch bruchstückhaft an diese Zeit. Neun war sie gewesen, als er starb. Im Grunde wollte sie sich auch nicht daran erinnern. Nur ab und zu, wenn sie nachts aufwachte, glaubte sie Schreie und Gepolter zu hören, und dann war es wieder da, das beherrschende Gefühl: Ich bin an all dem schuld. Wahrscheinlich ging es dieser armen Jenny ähnlich, deshalb der verzweifelte Wunsch nach einer Pistole. Kinder, das hatte Jahre später Sibylles Therapeutin gesagt, fühlten sich immer schuldig, wenn es zwischen den Erwachsenen Streit gab.

Sibylle schaltete den Fernseher aus. Zur selben Zeit wurde unten auf dem Markt DJ Ötzi abgewürgt. Die Kirchturmuhr schlug zehn. Wohltuende Stille breitete sich aus. Sibylle beschloss, schlafen zu gehen. Vorher sollte ich gründlich durchlüften, fand sie und öffnete das Fenster. Ein Vorhang aus Eiszapfen behinderte die Sicht auf den winterlichen Sternenhimmel. Wunderschön, diese Eiszapfen, ein Kunstwerk der Natur. Der größte war bestimmt einen halben Meter lang. Unter ihr ertönte Geklapper. Die Glühweinbude schloss gerade. Sie sah die Blonde hinter dem Stand an der Gasflasche hantieren, mit deren Füllung das Getränk erhitzt wurde.

»Herbert, hilf mir bitte mal, ich krieg den Verschluss nicht zu!«

Herbert? Sibylle wurde hellhörig. Natürlich! Jetzt fiel ihr ein, wo sie Jenny schon einmal gesehen hatte: im Inneren der Glühweinbude, in eine Decke eingehüllt. Und das war nun also Herbert ...

Was dann folgte, geschah, ohne dass Sibylle darüber nachgedacht hätte. Als Herbert die Blonde mit den Worten »Bist du eigentlich zu allem zu blöde?« zur Seite geschoben hatte und sich über die Gasflasche beugte, drückte Sibylle gegen den großen

Eiszapfen. Sie war verblüfft, wie leicht es ging. Fast schien es ihr, als hätten Eis und Blech nur auf diesen kleinen Schubs gewartet, um sich mit einem erleichterten Knacken voneinander zu lösen. Ungehindert stürzte der schwere Eiszapfen vier Stockwerke nach unten, ehe er sein Ziel fand.

Sibylle sah hinunter, dachte an Jenny und lächelte. Auf das Christkind war halt doch Verlass! Dann schloss sie das Fenster.

Tragischer Todesfall auf dem Weihnachtsmarkt
Schausteller von herabfallendem Eiszapfen erschlagen
Die anhaltende Kälte hat erneut ein Todesopfer gefordert. Die Polizei warnt die Bevölkerung eindringlich vor der Gefahr durch herabstürzende Eiszapfen ...

Gisa Klönne

 Stern

Ich fahre. Ich fahre tatsächlich. Raus aus Berlin, nach Norden. Der Himmel ist höher hier und die Autobahn leerer. Dezembernachthimmel. Ich weiß, wenn ich anhalten würde und aussteigen, könnte ich die Sterne sehen. Mehr Sterne als in der Stadt, deutlicher, heller, auch wenn einige von ihnen längst erloschen sind. Noch fünf Tage bis Weihnachten. Ich gebe Gas, schalte das Radio ein, versuche nicht daran zu denken, dass Horst womöglich gar nicht mehr im Gefängnis sitzt und wo er stattdessen sein könnte. Wahrscheinlich komme ich zu spät. Wieder mal. Einfach zu spät.

Die Nachricht hat mich auf Umwegen erreicht. Horst wird entlassen, vorzeitig, wegen guter Führung, vielleicht auch wegen des bevorstehenden Fests.

Weihnachten. Seit Helenes Tod habe ich das nicht mehr gefeiert, nicht in Berlin und erst recht nicht in Mecklenburg. Nach Helenes Beerdigung bin ich überhaupt nicht mehr in dieses winzige Dorf gefahren, in dem wir aufwuchsen und in das sie nach unserem Studium schließlich wieder zog. Dabei hatten wir uns geschworen, dies niemals zu tun, weil Rückkehr und Niederlage viel zu nah beieinanderliegen.

Doch zunächst ging alles gut, ich begann sogar Helene ein wenig zu beneiden. Um ihren Ehemann, Horst. Und um das Gehöft, das ihre Eltern ihr vermacht hatten. Horst hatte Geld. Der Stall, in dem Helenes Vater bis zu seinem Tod ein paar Schweine und Hühner gehalten hatte, wurde zu Helenes Atelier. Der weitläufige Garten zum Skulpturenpark. Zwei Räume im Erdgeschoss des Wohnhauses zur Galerie. Horst fördere ihre Arbeit als Künstlerin, sagte Helene, und tatsächlich war sie in der ersten Zeit so produktiv wie nie. Helene war mein Fixstern und Ruhepol, wenn ich aus Berlin anreiste, um über Entwürfe, Ideen und all diese Aufs und Abs meines Großstadt-Künstlerdaseins zu reden, diesen ewigen Kampf um Ausstellungen, Stipendien, Förderer, Ruhm. Ich vertraute ihr all das an, und sie hörte mir zu. Sie glaube an mich, sagte sie ein ums andere Mal. Und so träumten wir den Traum weiter, der uns seit der Kindheit verband. Kunst. Kreativität. Authentizität. Ich war immer glücklich in Helenes Haus, zusammen mit ihr, überzeugt, dass auch sie glücklich war. Als ich begriff, dass etwas nicht stimmte, war es schon zu spät.

Ich verlasse die Autobahn, stoppe an einem Gasthof und kaufe mir einen Becher Kaffee, den ich auf dem Parkplatz trinke. Nie sind die Nächte länger als in der Zeit vor Weihnachten, und seit Helenes Tod bringen sie unweigerlich die Erinnerungen zurück. Erinnerungen und Gedanken an Schuld. Meine Schuld, die ich einfach nicht loswerden kann. Die Stille, als ich Helenes Haus zum letzten Mal betrat, weil sie sich einfach nicht bei mir meldete. Diese unglaubliche Stille in dem Haus und der Geruch von Putzmitteln. Beißend. Klinisch. Alles andere übertünchend.

Es kann sein, dass ein Leben von einem Tag auf den anderen zerbricht. Es kann sein, dass das einfach passiert. Es ist nicht sehr wahrscheinlich, aber die Möglichkeit existiert. Nichts ist sicher.

Nicht alles ist so, wie es scheint. Auch der Stern von Bethlehem bestand nicht aus einem Stern, sondern aus zweien. Astronomen haben das errechnet, vor zweitausend Jahren schon. Der Stern von Bethlehem war in Wirklichkeit nur der Widerschein einer Planetenkonjunktion. Saturn und Jupiter passierten einander auf ihren Umlaufbahnen so nah, dass sie von der Erde aus eine Zeitlang wirkten wie ein einziger Stern.

Später haben die Kriminalbeamten die Blutspuren gefunden. Viel Blut, wie sie akribisch protokollierten. Helenes Blut. Im Schlafzimmer und im Bad. Auf dem Boden, im Bett, an den Wänden. Ich war es nicht, hatte Horst vor Gericht gesagt, ich war auf Dienstreise, ich habe sie geliebt, verdammt noch mal, und zu mir, nach meiner Zeugenaussage: Das wirst du bereuen, Wanda. Das wird dir noch leidtun. Das schwöre ich dir.

Der Bodensatz des Kaffees schmeckt bitter, ich kippe ihn weg, werfe den Styroporbecher in einen Abfalleimer und fahre weiter. Wann genau kommt Horst frei, was wird er dann tun, mich ebenfalls töten? Am Eingang des Gasthofs schaukelt ein Herrnhuter Stern im Wind, dasselbe Modell hängte auch Helene zu Beginn der Adventszeit über ihre Tür. Fünfundzwanzig Zacken, die an Fang-den-Hut-Figürchen gemahnten, siebzehn große und acht kleine. Jedes Jahr wieder mit der gleichen Freude zu einem Stachelgebilde zusammengesteckt. Im Inneren leuchtete eine Glühbirne.

Ich starre ihn an, diesen Stern vor dem Gasthof, mustere ihn, ohne ihn wirklich wahrzunehmen. Ich hätte im Gefängnis anrufen und nach Horsts Entlassung fragen sollen, wird mir klar. Ich hätte schon vor Jahren zu Helenes Haus fahren sollen, um mir den Stern zu holen. Nicht den Stern, den sie über die Tür hängte, sondern den von uns mit Goldornamenten bemalten. Eines von zwei Unikaten, die wir während unseres Praktikums in den Werkstätten der Herrnhuter Manufaktur in Sachsen anfertigten. Noch zu DDR-Zeiten, als die Herrnhuter Sterne nicht überall in sämtlichen Größen und Farben hingen wie heute, sondern fast ausschließlich in evangelischen Kirchen und Pfarrhäusern. Als Trost und Hoffnung für einsame Kinder waren diese Leuchtsterne von ihren Erfindern einst gedacht. Still leuchtende Zeugen von Jesu Geburt. Wir hängen unsere Sterne immer zu Weihnachten auf, Wanda, hat Helene zu mir gesagt. Jede den ihren, in ihrer Wohnung. Ein Symbol unserer Freundschaft. Jedes Jahr wieder, solange wir leben.

Der Nachthimmel über mir spannt sich weit, als ich das Dorf erreiche, das noch genauso wie früher wirkt: windschief und abweisend, ein beliebiges mecklenburgisches Dorf. Neben dem Ortseingang schimmert der Löschteich, ein paar Katen ducken sich entlang einer Straße mit Schlaglöchern. Der Konsumladen ist verfallen, die Schule geschlossen. Weder der Aufschwung noch die Touristen kamen jemals hierher.

Horst wird in das Haus zurückkehren, bald, sobald er kann. Ich weiß, dass es so ist, kann es förmlich spüren. Er hat ja sonst nichts mehr, keinen Ort, keinen Freund.

Ich parke am Friedhof und steige aus. Stille umfängt mich, Frost legt sich auf mein Gesicht. Helenes Haus liegt zwei Kilometer außerhalb, jenseits der Viehweiden hinter dem Friedhof. Ich klettere auf die Feldsteinmauer und spähe hinüber. Kein Licht ist zu sehen, nichts regt sich dort.

Ich will nur den Stern, sage ich mir. Dieses Pfand unserer Freundschaft, eine letzte, greifbare Erinnerung, die ich neben meinen eigenen Stern hängen kann. Ich will nur den Stern, ich brauche nicht lang, ich weiß ja, wo Helene ihn verwahrt. Und Horst ist nicht hier. Vielleicht haben sie ihn ja noch gar nicht entlassen.

Ich zwinge mich vorwärts, laufe auf die Backsteinkirche zu. Auch über ihrem Portal hängt ein Herrnhuter Stern, und ein Chor hebt an. Mitten in diesem leeren Land, das so wirkt, als sei es in seiner Vergangenheit erfroren, singen sie.

»Und der Stern, den sie hatten aufgehen sehen, zog vor ihnen her bis zu dem Ort, wo das Kind war; dort blieb er stehen …« Unwillkürlich fällt mir das Matthäus-Evangelium ein. Ich habe es geliebt, als Mädchen schon. Es klang immer verheißungsvoll für mich. So als könne niemals etwas Böses geschehen.

Meine Schuld – wie oft habe ich diese zwei Worte in den letzten fünf Jahren gedacht? Ich hätte bemerken müssen, dass Helene mit Horst nicht mehr glücklich war. Ich hätte mich nicht abweisen lassen dürfen in jenen Tagen vor Weihnachten. Ich hätte nicht so stolz sein sollen. So stolz. So zornig. So egoistisch. So neidisch. Dann würde Helene noch leben.

Hör auf, Wanda, konzentrier dich, werd jetzt nicht sentimental. Ich umrunde die Kirche und trete an das Grab, das ich nur ein einziges Mal gesehen habe. Damals, als sie die Suche nach Helene aufgegeben hatten. Als der Prozess vorüber war, ohne dass Horst preisgab, was er mit ihrem toten Körper getan hatte. Als sie einen leeren Sarg in der Erde versenkten und behaupteten, dass das den Abschied erleichtere.

Der Grabstein ist schlicht, unbehauener Granit. Helene Flemming. Gestorben am 19. Dezember. Ich knie nieder, kann auch diesmal nicht weinen. Aus der Kirche klingt noch immer Gesang herüber. Dunkler jetzt, leiser. Sterne stehen am Himmel, reichen fast bis auf die Erde. Vielleicht sind sie ein winziges bisschen heller dort über Helenes Gehöft. Ich wünsche mir, dass es so ist, wünsche es mir so sehr. Ein Zeichen von ihr, nach all den Jahren ein Zeichen für mich.

Ich gehe zu Fuß durch die schwarzen Wiesen, denn falls Horst doch in Helenes Haus ist, darf er mich nicht sehen. Ist er schon hier, erwartet er mich? Nichts deutet darauf hin. Die Fenster von Helenes Haus und Scheune sind schwarz wie die Wiesen. Die Stille wirkt so, als sei sie schon lange nicht mehr von Menschen gebrochen worden.

Doch was weiß ich schon davon, wie kann ich mir noch trauen? Ich lehne mich an den borkigen Stamm einer Linde und versuche mein Zittern zu kontrollieren. Horst ist nicht hier, beschwöre ich mich. Er ist nicht hier. Du kannst den Ersatzschlüssel holen, du weißt, wo er ist. Du kannst in das Haus gehen, den Stern nehmen und wieder verschwinden. Jetzt. Sofort.

Der Stern leuchtete nicht. Das war das Erste, was mir damals auffiel. Der gelbe Stern über der Eingangstür, den Helene in den dunklen Dezembertagen auch tagsüber brennen ließ, um mögliche Gäste zu begrüßen und um sich geborgen zu fühlen. Der Stern leuchtete nicht, und alles war still. Genauso wie jetzt.

Wie eine Schlafwandlerin löse ich mich von der Linde, schleiche ums Haus und schließlich zur Scheune. Niemand ist hier, niemand, nichts, auch nicht Helenes wahres Grab. Die Polizei hat Haus und Grundstück mehrfach durchsucht. In den Blumenkästen trocknet Unkraut, niemand hat die zerstörten Skulpturen beiseitegeräumt, bestimmt liegen drinnen auch noch die zerschnittenen Bilder. Ich taste die Wand ab, fühle die Vertiefung unter dem Fenster. Der fünfte Ziegel ist immer noch lose, und der Ersatzschlüssel klemmt genau so dahinter, wie ich ihn dort hinterließ, taumelnd vor Übelkeit, den Gestank des Putzmittels noch immer in der Nase.

Sie hätten gestritten im letzten Jahr, sagte die Frau vom Nachbarhof vor Gericht, die manchmal nachts mit dem Hund noch eine Runde über die Wiesen drehte. Sie hätten geschrien. Nein, nicht sie, er. Horst. Einmal hätte die Nachbarin beinahe die Polizei alarmiert, weil sie Horst im Fenster stehen sah und er hatte ein Messer in der Hand. Aber dann, gerade als sie ihr Handy schon zückte, habe sie auch Helene entdeckt. Und Helene habe unversehrt ausgesehen, keineswegs verängstigt, nein, überhaupt nicht, und dann hätte Horst sie ja auch umarmt.

Der Schlüssel brennt kalt in meiner Hand, fast so, als hätte ich ihn aus einem Eisfach gehoben. Alles wiederholt sich, die Zeit verwischt. Immer noch spenden mir nur die Sterne am Himmel Licht. Ich drücke auf die Türklingel, sie gellt viel zu laut. Genauso wie damals, als ich mit gepackter Tasche hier stand und mich wunderte, warum das Haus so dunkel war, warum nicht einmal der Stern leuchtete, wenn Helene mich doch erwartete und ihr Auto in der Garage parkte. Ich wollte die Weihnachtsferien bei ihr verbringen, sie hatte mich eingeladen, nachdem ich ihr gestanden hatte, wie mies es mir ging, wie erschöpft ich war von dem ewigen Existenzkampf in Berlin. Erschöpft. Müde. Bankrott.

Hätte ich wissen können, bemerken müssen, wie es um Helene tatsächlich stand? Ja, denke ich heute, natürlich, ja. Blasser erschien sie mir in diesem letzten Jahr, nicht mehr so strahlend, sondern in sich gekehrt und abwesend, als lausche sie einer Stimme, die allen anderen verborgen blieb. Und sie war viel allein. Horst blieb oft tagelang in seinem Apartment in Berlin, das ewige Pendeln zehrte an ihm. Es lief wohl auch nicht mehr so gut in seiner Firma. Und auch Helenes Bilder und Skulpturen verkauften sich nur schlecht. Es kamen ja keine Käufer hierher, keine Touristen, keine Galeristen, schon gar nicht im Winter.

Jetzt, im Rückblick, sehe ich das alles ganz klar. Damals jedoch war ich gefangen in meinen eigenen Sorgen und davon überzeugt, dass Helene trotzdem noch die Glücklichere von uns war, die Stärkere, Begabtere, Schönere. So war es schließlich immer gewesen.

Ich stecke fest, hat sie einmal im November am Telefon gesagt, ganz leise. Ich stecke fest, ich drehe mich im Kreis, und das ist der Tod einer Künstlerin. Ja, habe ich geantwortet, ja, das kenne ich gut. Lass uns in Ruhe darüber sprechen, wenn ich dich besuche. Wir finden ganz sicher einen Weg, zusammen schaffen wir das bestimmt. Ja, vielleicht, hat sie daraufhin gesagt. Und da ist noch etwas anderes, das ich dir erzählen muss.

Meine Schuld, dass ich nicht gleich fragte, was? Meine Schuld, dass ich so blind gewesen bin. Dass ich den Schlüssel, der jetzt eisig in meiner Hand liegt, nicht gleich benutzt habe, als ich an jenem Dezembertag mit meiner Reisetasche vor verschlossener Türe stand. Statt besorgt zu sein, wurde ich wütend, als Helene nicht öffnete. Dabei hatte sie mich doch eingeladen, und während ich klingelte und immer wieder klingelte, bemerkte ich eine Bewegung hinter der Schlafzimmergardine. Und war schon im nächsten Moment nicht mehr sicher. Verstand erst im Nachhinein, was sie bedeutete.

Ich hätte den Ersatzschlüssel benutzen können, genauso wie jetzt. Seien Sie doch froh, hat einer der Kripoleute später zu mir gesagt. Wer weiß, was passiert wäre, wenn Sie dem Täter im Haus begegnet wären. Vielleicht hätte er Sie dann ebenfalls umgebracht.

Der Schlüssel hat einen Pelz aus Rost, aber er gleitet ohne Widerstand ins Schloss, lässt sich drehen, und die Tür schwingt auf, ohne das kleinste Geräusch, als sei sie frisch geölt. Horst, denke ich, Horst. Ich bin zu spät, ich bin wieder zu spät. Doch vielleicht ist es nur meine Angst, die mir das einflüstert, denn das Haus ist ganz still, nimmt mich in sich auf. Schritt für Schritt, immer tiefer taste ich mich vor, und das fühlt sich unwirklich an, als sei diese Rückkehr im Grunde gar nicht mein eigener Entschluss. Beinahe so, als habe das Haus mich gerufen. Das Haus oder Helene, was weiß ich schon.

Ein Schritt. Noch einer. Die antike Kommode, der Spiegel, die Garderobe. Ich taste mich vorwärts, ich brauche kein Licht, ich kenne den Weg. Ich nehme den Stern und gehe gleich wieder, rede ich mir zu. Ich will nur den Stern. Dann wird alles gut.

Stunden hat es gedauert, bis ich an jenem Tag vor fünf Jahren begann, mich um Helene zu sorgen. Kostbare Stunden, die Horst in die Hände spielten. Erst als die Nacht schon hereinbrach, erstarb meine Wut, und ich begann zu begreifen, dass etwas unwiederbringlich zerstört worden war. Dass es nur einen Grund geben konnte, warum Helene mich versetzte und keinen meiner Anrufe beantwortete. Nur einen einzigen, grausamen Grund. Ich habe Helene misstraut, anstatt sie zu retten. Ich kam zu spät. Von allem ist dies wahrscheinlich meine schwerste Schuld.

Staub in der Luft, vielleicht ein Hauch des Zitronenreinigers, den Helene im Badezimmer benutzte. Die Holzdielen knarren unter meinen Füßen, das Haus ist erwacht und begrüßt mich, als habe es auf mich gewartet und sei nun entschlossen, mich bei sich zu behalten. Reiß dich zusammen, Wanda, damals ist nicht heute. Das Haus ist kein Lebewesen. Horst ist nicht hier. Helene ist tot.

Sie holte das Messer, ich habe es ihr nur weggenommen, hat Horst vor Gericht geschrien. Helene steckte in einer Krise, sie war depressiv, sie wollte ihre eigenen Bilder zerstören, und ich, ich wollte sie daran hindern, hindern wollte ich sie, verdammt noch mal, ich habe sie nicht geschlagen, ich habe sie nicht getötet, ich habe sie geliebt.

Hier auf diesem Sofa hat Helene immer gesessen, wenn wir miteinander sprachen. Hier aus diesem Fenster hat sie herüber zur Kirche geblickt, die jetzt so dunkel ist wie der Himmel, als sei auch sie im Begriff, ins Unerreichbare zu verschwinden. »Und dort, wo das Kind war, blieb der Stern stehen. Und als sie den Stern sahen, wurden sie von sehr großer Freude erfüllt.« Matthäus wieder, es treibt mir die Tränen übers Gesicht.

Er muss sie im Schlafzimmer getötet haben, in ihrem Bett, haben die Kriminaltechniker gesagt. Vielleicht hat sie es noch selbst geschafft, sich ins Badezimmer zu schleppen, vielleicht hat er sie auch dorthin getragen. Und dann muss er sie weggefahren haben, irgendwo in den Wald, oder er hat sie in einem der unzähligen Mecklenburgischen Seen versenkt, in ihrem eigenen Wagen. Den immerhin haben Hobbytaucher im nächsten Sommer gefunden. Leer. Und nirgendwo in dem See fand sich eine Spur von Helene.

Ich hatte bereits am Nachmittag geklingelt, ich war ja mit Helene verabredet. Das habe ich ausgesagt. Horst war am Schlafzimmerfenster, als ich klingelte. Aber er mochte mich nicht besonders, er war immer ein wenig eifersüchtig auf meine Nähe zu Helene, und er öffnete mir nicht. Also habe ich gedacht, Helene gehe spazieren, vielleicht finde ich sie ja unterwegs. Sie konnte ja nicht weit sein, ihr Auto stand in der Garage. Ich bin dann eine Weile herumgefahren, und als ich wiederkam, war Helenes Haus immer noch dunkel. Aber ihr Auto war fort, und es roch nach Putzmitteln, viel stärker als sonst. Da wusste ich, dass ein Unglück geschehen war.

Hier ist Helenes Schrank, da unten rechts die Schublade, wo sie den Weihnachtsschmuck verwahrte, den sie erst am Heiligen Abend hervorholte, weil er ihr besonders kostbar war. Ich halte den Atem an, knie mich hin. Ich bin nicht zu spät, der Stern ist noch da, Horst hat ihn nicht zerstört, die Hütchen sind sorgsam ineinandergesteckt, siebzehn große und acht kleine müssen es sein. Ganz vorsichtig ziehe ich sie auseinander und zähle sie durch, tastend, mit wild klopfendem Herzen. Fühle die Goldornamente wie feine Reliefs, rieche den Duft von Zimt und Orange. Ich werde nach Hause fahren und Helenes Stern zusammensetzen, ich werde ihn in mein Fenster hängen, neben meinen eigenen. Zwei Sterne, die zusammengehören, auch wenn sie nicht auf ein göttliches Wunder verweisen.

Ein Papier löst sich aus einem der Zacken, zart, streift meine Hand, ich fühle es mehr, als dass ich es sehe. Wo ist es hin? Ich muss es haben, nichts von Helenes Stern will ich wieder hergeben, jetzt, da ich ihn endlich in den Händen halte. Ich taste nach meiner Taschenlampe, leuchte über den Boden, finde das Papier schließlich unter dem Schrank.

Ein Brief, kein Papier. Ein Brief an mich, der alles für immer verändert, mir den Boden wegzieht und mich gleichgültig gegen die Autoscheinwerfer werden lässt, die jetzt aus den dunklen Wiesen auftauchen und auf das Haus zugleiten. Zwei grelle Sterne, die sich niemals berühren.

»Liebe Wanda, es war alles zu eng, ich musste weg, neu anfangen, allein, ganz woanders. Das Kind ist meine letzte Hoffnung gewesen. Ich wollte dir davon erzählen, wenn du kommst, ich wollte dir sagen, wie sehr es alles verändert. Mein Leben. Die Kunst. Aber ich glaube, du hättest das gar nicht verstanden, du hättest dich nur bedroht gefühlt von dem Kind, genauso wie von Horst. Und dann fing ich plötzlich an zu bluten, und es war so viel Blut … ich habe das Kind verloren. Ich hab dich gesehen, als du vor dem Haus standest. Aber ich konnte dir nicht mehr öffnen, es ging einfach nicht. Such nicht nach mir, aber denk an mich, wenn du den Stern aufhängst. Und sei gut zu Horst. Er wusste nicht, dass ich schwanger war, ich wollte ihn Weihnachten damit überraschen, denn vielleicht hätte das Kind doch noch etwas zum Guten mit uns gewendet …«

Ich nehme den Stern. Ich nehme den Brief. Ich öffne die Haustür und sehe dem Auto entgegen. Auch das ist natürlich falsch. Ich sollte fliehen, ich sollte mich schützen, mich und Horst und vielleicht auch Helene. Doch stattdessen bleibe ich einfach stehen.

Nessa Altura

Weihnachtsgans

Ich bin eine von den Unglücklichen, die am vierundzwanzigsten Dezember Geburtstag haben. Vorletztes Jahr bin ich fünfunddreißig geworden. Da war die Welt noch in Ordnung. Meine drei Kinder Johan, Finja und Max überreichten mir einen Fotokalender, eine selbst geschriebene Geschichte und ein Büchlein mit Gutscheinen in krakeliger Kinderschrift. Alles war wie erwartet: Den Fotokalender bekomme ich jedes Jahr, seit Johan die neue Digitalkamera hat, Finja fabuliert gerne und Maxi, mein Kleinster und mein Augenstern, hat wieder einmal nicht rechtzeitig daran gedacht, sein Taschengeld anzusparen. Mein Mann Peer hatte sich zu meinem Fünfunddreißigsten selbst übertroffen – er organisierte eine Überraschungsparty und stellte mir ein neues Einundzwanzig-Gänge-Fahrrad vor die Tür. In Silberblau. Die Party war tatsächlich eine grandiose Überraschung. Ich weiß, wie viel ihn das gekostet hat; er organisiert nämlich nicht gerne. Ich war auf eine besinnliche Bescherung eingestellt gewesen – und wumm!, da standen sie alle, die Freunde, sangen die Melodie von *Jingle Bells* mit abgewandeltem Text, und die Kinder läuteten winzige Glöckchen dazu. Ich werde es nie vergessen: *Inge Fels, Inge Fels, Inge all the way* …

Hätte ich da misstrauisch werden sollen? Wusste er damals

schon, wovon ich nicht den leisesten Schimmer hatte? Mag sein, über Nacht wird sie ja nicht gekommen sein, die große Liebe.

Ich denke manchmal an diesen Weihnachts- und Geburtstagsabend zurück: an meine überbordende Freude über das Bauerngehöft, in das wir im September zuvor eingezogen waren, nach jahrelanger Renovierung, teils durch Handwerker, teils durch eigene Hände Arbeit. Peer ist geschickt in solchen Dingen. Das Wohnzimmer mit all den Kerzen und den Sprossenfenstern. Die Rosenstöcke davor, die sorgsam umhüllt worden waren, damit sie den Winter überlebten. Das Gläserklingen, die Toasts, das Lachen, der Duft der unterschiedlichsten Parfums. Die Lichterketten, die im Garten funkelten … ich selbst in meinem Landhausgewand mit dem Spenzer aus Wollfilz darüber, der mir, so hatte Peer gesagt, so gut steht.

Ich hatte lange gezweifelt, ob es vernünftig gewesen war, den Hof, der uns an den Rand unserer finanziellen Möglichkeiten gebracht hatte, zu kaufen. Ich stamme zwar aus einem friesischen Dorf, aber Peer war durch und durch ein Stadtmensch. Wie würden die Kinder den Umzug verkraften? Würden uns die Benzinkosten nicht ruinieren? Würden wir mit der Dorfbevölkerung ins Gespräch kommen? Und überhaupt, war das nicht alles viel zu groß für uns? Aber wie es mit der Liebe eben ist: Sie kommt über einen, man kann sich nicht wehren, der Bauch entscheidet, und der Kopf verteilt die Plus- und Minuspunkte auf der Liste, die wir uns vor der Kaufentscheidung gemacht hatten, natürlich so, dass das gewünschte Ergebnis herauskommt. Wir kauften also, wir renovierten mit Inbrunst, und schließlich zogen wir ein. Der Hof ist in einem U gebaut, was einen wunderhübschen Innengarten ergibt, vorne mit einem uneinsehbaren Holztor. Gegenüber dem Wohntrakt aus Fachwerk liegt eine große Scheune, an seiner Schmalseite der alte Bullenstall.

Der Architekt, der übrigens auch an jenem Geburtstagsheiligabend dabei war, entwarf Pläne für den Umbau des Wohnhauses. Im Bullenstall wollten wir eine Werkstatt für Peer einrichten, einen großen Spielraum für die Kinder, einen Hauswirtschaftsraum für mich, und natürlich sollten die Garagen dort Platz finden. Die Kostenschätzung des Architekten machte uns sprachlos, aber er schlug sogleich eine Lösung vor: In die Scheune würde er eine zweite Wohnung einbauen, für die wir einen Mieter finden müssten. Wenn wir schon während der Umbauphase suchten, sagte er, ließen sich Wünsche der zukünftigen Mitbewohner noch einplanen. Und überhaupt, mit zwei Familien sei das Anwesen genau richtig genutzt, die neuen Mieter identifizierten sich besser mit dem Konzept, und vielleicht fänden wir ja nette Menschen mit Kindern, so dass den unseren die Umstellung nicht so schwer fiele. Das leuchtete uns ein; Peer und ich begannen zu suchen und wurden fündig: Anna und Wolf, ein Paar wie wir, mit einem Kind, das im Alter zu unserem Maxi passte. Witzigerweise hieß der kleine Junge Moritz, das schien uns ein Wink des Schicksals zu sein.

Wie hatte Peer an jenem Abend von meiner Weihnachtsgans geschwärmt! Und wie hatten ihn die anderen Männer um meine altmodischen Kochkünste beneidet. Ich genoss die Bewunderung, die mir allseits entgegenschlug. Die Gans war schon vorbereitet für den darauffolgenden Tag. Sie würde, wie es bei uns seit jeher Tradition war, am ersten Weihnachtsfeiertag auf einer großen Platte hereingetragen werden. Peer würde sie fachgerecht tranchieren, und die Kinder würden sich nacheinander die Wunschteilchen nehmen. Nur die Brust bekäme keiner, die war für mich, die Köchin, reserviert. Ja, Peer und ich, wir liebten gewisse Traditionen und schufen sogar neue, weil wir uns einig waren, dass dies unseren Kindern ein Gefühl von Heimat und Verwurzelung bieten würde. »Ein Weihnachten ohne deine Gans«, hatte Peer einmal gesagt und sich selbst die fettigen Fingerspitzen geküsst, »wird für sie immer ein falsches Weihnachten sein, irgendeines, aber nicht das richtige.«

Anna wurde bald meine beste Freundin, Wolf und Peer verstanden sich auf einer eher technischen Basis, die Kinder aber liebten einander. An jenem Geburtstagsabend hockten sie ständig zusammen und berieten Geheimpläne, von denen die Erwachsenen nichts wissen durften. Anna war schön an jenem Abend, sogar mir fiel das auf, die ich doch mit meinem Glas voller Weihnachtspunsch zwischen den Gästen hin und her schwirrte, selig und versöhnt mit meinem Alter, weil nun ein neues Leben seinen Anfang nahm. Peer küsste mich im Vorbeigehen ungewohnt sinnlich auf den Hals, und ich sehe Anna noch dort stehen, neben der Treppe, und uns wohlgefällig zuschauen. Sie trug ein feuerrotes Kleid mit einem tiefen Ausschnitt, in dem Perlen glitzerten, und hohe Schuhe. Es passte wunderbar zu meinem geschmückten Weihnachtsbaum aus dem nahe gelegenen Wald, den ich über und über mit roten Kugeln dekoriert hatte.

»Hoche Schuhe«, hatte Finja entzückt gesagt, als sie in den Raum gekommen war. Annas Outfit war nicht eben ländlich. Es stach heraus aus den Kleidern der anderen, die alle Mühe darauf verwendet hatten, sich dem Ambiente anzupassen: lederne Hosen für die Männer, Janker, die sich die Jüngeren aus der Stadt fürs angesagte Münchner Oktoberfest gekauft haben mochten, Joppen, Leinenjacketts mit grünen Jägerpaspeln. Die Frauen in stylischen Dirndln, Sissi-Kostümchen mit Schößchen oder zumindest Trachtenblusen. Einige der Männer waren tatsächlich Jäger, Freunde von Wolf, der als Waidmann sofort Feuer und Flamme für den Umzug aufs Land gewesen war. Anna hatte sich in den Architektengesprächen immer durchgesetzt – sie besaß ein Gefühl für Formen und hatte einen gläsernen Vorbau entworfen, der an die Scheune angefügt worden war. Es sah gut aus, das Ensemble: links unsere Fachwerkfront, gegenüber der Wintergarten, der die Sprosseneinteilung des Fachwerks wieder aufnahm, mit Annas großem Küchen- und Wohnraum darin. Wenn die Nachbarsfamilie um den langen Esstisch versammelt war, konnten wir sie aus unseren Fenstern beobachten … Das war traulich und hübsch, Anna verstand es großartig, eine Tafel herzurichten, und sparte nicht mit Dekorativem. Man konnte sogar erkennen, *was* sie aßen – es hat uns mehr als einmal bei Tisch amüsiert.

Peer bestreitet, dass es damals schon angefangen hat. Ich habe keine Beweise dafür, so sehr ich auch meine Erinnerung durchpflüge. Haben sie länger miteinander gesprochen an diesem ersten Heiligabend im neuen Haus? Waren sie gemeinsam in der Küche, um die Platten, die Anna heimlich vorbereitet hatte, hereinzutragen? Ich sehe sie noch vor mir, alles in weihnachtlichem Rot und Grün: Radieschen und Rucola, Erdbeeren, die ein Vermögen gekostet haben mochten um diese Jahreszeit, Rote Beete und eingelegter Spinat, Tomaten und grüne Oliven. Haben sie sich in der Speisekammer geküsst? Es ist müßig, daran herumzudenken, sage ich mir immer, aber das Hirn wühlt und wühlt und fördert schließlich kleine Begebenheiten zutage, die es uminterpretiert. Wer hatte damals nebeneinandergesessen, als wir vier am Seeufer zusammenhockten, nachdem wir alle nächtens nackt gebadet hatten, und nach Sternschnuppen Ausschau hielten? Anna neben Peer, Wolf neben mir? Haben sie Händchen gehalten, während ich mich mit Wolf über den Waffentresor beriet, den wir in der Werkstatt einbauen lassen wollten? Haben sie sich im Spielzimmer auf dem grünen Samt des Billardtisches geliebt, während Wolf auf Elchjagd in Norwegen war – unser Weihnachtsgeschenk! – und ich mit den vier Kindern im Kino? Hat Peer mir das Fahrrad nur gekauft, damit ich öfters den Hof verlassen würde, so dass die beiden Zeit füreinander fänden? Peer bestreitet das. Ich habe ihm immer geglaubt, so vieles geglaubt, habe gedacht, dass es zwischen uns keine Geheimnisse gäbe und unsere Ehe intakt wäre, dass wir uns beide ein Leben ohne einander und ohne unsere Kinder nicht vorstellen könnten. Da all dies nicht gestimmt hatte, sondern vielmehr eine Fata Morgana gewesen sei, die ich mir eingebildet hätte, wie Peer meinte, passt auf einmal gar nichts mehr zusammen. Kann es wirklich sein, dass ich in einer Traumwelt gelebt habe? Dass Peer nicht glücklich war mit mir? Ich kann das nicht für wahr halten, kann mich doch nicht so sehr getäuscht haben, über Monate, über Jahre hinweg? Fakt ist jedenfalls, dass die beiden sich ineinander verliebt haben, hier auf unserem Hof, und dass sie diese Liebe lange geheim gehalten haben. Um die Kinder zu schützen, sagte Peer. Um uns unserer Sache sicher zu sein, sagte Anna. Um die Fassade aufrechtzuerhalten, sagte Wolf, der ebenso betrogen war wie ich. Ich, ich sagte nichts. Ich war immer noch dabei, es zu begreifen.

»Schauen Sie, Frau Fels, es gibt doch nur eine Lösung. Wenn man Ihre Krankengeschichte mitberücksichtigt, und das müssen wir im Interesse der Kinder, das verstehen Sie doch?, dann ist diese Lösung die beste. Für alle Beteiligten. Auch, wenn es für Sie schmerzlich ist ...« Ich versuchte, die Worte des Anwalts zu verdauen.

Schmerzlich? Das war kein adäquater Ausdruck für das, was ich empfand. Und von welcher Krankheit redete dieser Mann da? Ich war nicht krank. Anna war krank. Wenn man das eine Krankheit nennen kann: Sie kann keine Kinder bekommen. Der kleine Moritz war adoptiert. Anna hat mir das erst später verraten, als wir einmal zusammen Kirschen entsteint haben, von den Bäumen auf der Obstwiese, die zum Anwesen gehört. »Und dabei habe ich mir immer eine große Familie gewünscht«, hatte sie mir anvertraut. »Sechs Kinder mindestens.« Und ich hatte sie getröstet, nicht ohne Stolz auf meine eigene Gebärfähigkeit. Also, von welcher Krankengeschichte redete der Mann? »Sie leiden doch unter Depressionen«, sagte er. Wer? Ich? Ach du liebe Güte, das war doch schon lange vorbei. Als ich sechzehn war, hatte ich einmal eine schwierige Phase, Peer hatte ich es erzählt, sonst niemandem. Jugendliche Verwirrungen, irrelevant heute. Seitdem habe ich nie mehr auch nur einen Anflug von Depression gehabt. Hat nicht jedermann meine Tatkraft und meine Kochkunst gerühmt, Peer eingeschlossen? Wer hatte den Hof aufgetan und letztendlich den Kauf durchgesetzt?

»Du erinnerst dich doch daran, wie du neulich nicht mehr wusstest, wo du dein Rad abgestellt hattest?«, sagte Peer. »Und wie du angesichts der erlegten Bache in Tränen ausgebrochen bist?«, assistierte Anna. »Und dass du beim Anblick von Jagdwaffen hysterisch wirst«, sekundierte Wolf. Der Anwalt blätterte in seinen Papieren. »Vor Gericht«, murmelte er, »kann das schwer wiegen.«

Ich versuchte, in dem Aktenordner, den er vor sich auf dem Schreibtisch liegen hatte, zu lesen. Verwahrte er da Listen mit Begebenheiten, bei denen ich mich merkwürdig verhalten hatte? War es sonderbar, wenn man sich die Funktionsweise einer Jagdwaffe nur widerwillig erklären ließ? War es krankhaft, wenn man Fleisch gerne aß, das Töten der Tiere aber verabscheute? Bei Wolf und Anna, das fällt mir jetzt auf, war es genau umgekehrt: Sie schätzten das Töten, mochten das Fleisch aber nicht. Der arme Wolf, das muss ich nachtragen, hatte vor kurzem seine Jagdpacht abtreten müssen und litt darunter. Womöglich mehr als unter dem Verlust seiner Frau?

Um es kurz zusammenzufassen: Sie schlugen mir vor, dass Peer bei der Scheidung das Sorgerecht für die Kinder bekommen sollte. Sie würden bei ihm leben, ich würde mir eine Arbeit suchen, einen neuen Lebenspartner, ein neues Glück. Ich war

noch jung genug – mit siebenunddreißig? –, um Kinder zu bekommen. Ungebunden würde ich, hübsch wie ich war, leicht
jemanden finden. Im Fachwerkhaus wohnen bleiben könnte ich
selbstverständlich. Mein Mann würde mir die Hofhälfte über-
schreiben, großzügig wie er war. Sein Hof? War es nicht unser
gemeinsames Werk? Gehörte mir diese Hälfte nicht sowieso? Ich
sah hilfesuchend zu Peer, der blickte zu Anna. Und Wolf, der
Jägersmann, auf der Pirsch mutig, im heimatlichen Umfeld
feige, blieb stumm wie immer. Wir würden alles einvernehm-
lich lösen, sagte der Anwalt mit warmer, vertrauenerweckender
Stimme, nicht wahr, Frau Fels? Frau Fels?

Ich war verwirrt. Ich fühlte mich nicht so stark wie der Fels,
den mein Name beschrieb, sondern eher verletzlich wie der Ab-
druck eines Sandförmchens von Maxi, das in der Sonne zerbrö-
selt. In meiner Not fragte ich später die Kinder, ob sie sich vorstellen könnten, mit ihrem Vater zu leben. Sie nickten, aber
warfen mir ängstliche Blicke zu. Mit Moritz unter einem Dach?
Sie sprangen zum Fenster und schauten auf den Glasanbau, als
hätten sie ihn noch nie gesehen. Mit Anna als Mutter? Das hätte
ich nicht tun sollen, meine törichte kleine Finja war sofort Feuer
und Flamme. Sie betete Anna an, ihrer städtischen Eleganz und
ihrer modischen Mitbringsel wegen, die mir immer ein Dorn
im Auge gewesen waren, weil sie zum Landleben nicht passten.
»Und Wolf?«, fragte Johan schließlich. Er wurde schon erwach-
sen, das schloss ich daraus, er war schon fähig, über sich selbst
hinauszudenken, obwohl er noch keine zehn war.

»Der geht zurück zu seiner Mutter in die Stadt«, antwortete
ich wahrheitsgemäß. Jedenfalls soweit ich wusste. Die alte Dame
war gebrechlich, er würde sich um sie kümmern. Seit Wolf Jagdpacht und Frau verloren hatte, hatte er sowieso keinen Spaß
mehr am Landleben. »Max und Moritz«, sagte Maxi genieße-
risch. Moritz war ein Jahr jünger als er, Maxi würde ihn als älte-

rer Bruder nach Belieben herumkommandieren können. Das gab den Ausschlag. Sie brachen sofort auf, um im Spielzimmer ein Picknick zu veranstalten.

Ich war wie gelähmt. Keines von meinen geliebten Kindern hatte auch nur angedeutet, dass es ohne mich nicht glücklich wäre. Gewiss, sie kannten Anna gut, hatten zwei Jahre lang ihre Muttertauglichkeit testen können, und sie waren zu jung, um zu begreifen, was sie da taten. Kinder sind egoistisch – wie oft hatte ich Anna damit getröstet, wenn Moritz lieber zu uns herüberkam, als mit ihr allein daheim zu bleiben. Und ich ging ihnen ja nicht wirklich verloren, ich würde da sein, wenn sie mich brauchten, im Nebenhaus.

Ich kann mir heute nicht mehr erklären, warum ich schließlich zustimmte. War es, weil ich Peer sein Glück gönnen wollte, war es, weil ich wusste, dass Anna ihnen eine gute Mutter sein würde, oder war es, weil ich einfach nicht übersah, was auf mich zukam? Oder weil ich hoffte, einen Trumpf, meinen letzten Trumpf, noch ausspielen zu können?

Die Situation ist die: Ich stehe an meinen Sprossenfenstern und beobachte täglich ein faszinierendes Theaterstück. Da drüben hinter Glas sitzt meine Familie, mein Mann, meine Kinder, ein Nachbarsjunge. Sie essen zusammen, ich höre Musikfetzen aus der Stereoanlage, höre Männerlachen und Kinderkeckern. Alles ist, wie es sein soll, nur die Hausfrau ist ausgetauscht worden. Anna gegen mich, so einfach ist das. Die Mutter, die früher dunkelhaarig war, ist jetzt blond. Statt langer Haare hat sie einen Bob, statt Landhauskleidern trägt sie kurze Röcke und enge T-Shirts. Aber sonst ist sie wie ich: Sie achtet darauf, dass die Kinder ordentliche Tischmanieren haben und sitzen bleiben, bis alle aufgegessen haben. Sie kontrolliert ihre Hausaufgaben genau so wie ich. Selbst die Kinderpflichten sind gleich geblieben: Johan ist für das Kaminholz zuständig, Finja für die Servietten, Servi-

ettenringe und Kerzen, Maxi für den Kanarienvogel. Peer kümmert sich um den Müll. Und Moritz um das Aufräumen des
Sandkastens. Manchmal spielen sie gemeinsam »Siedler«, das
einzige Brettspiel, dem sich Peer nie entzieht, weil er immer ge-
winnt. Er hat etwas für Strategie übrig, mein Peer.

Es ist wahr, den Kindern fehlt nichts. Anfangs sind sie noch oft
herübergekommen, um sich über Annas Auflagen zu beschwe-
ren oder ein Stück Braten zu holen. Inzwischen aber hat sich das
gelegt. Sie brauchen mich nicht, haben womöglich schon vergessen, dass ich ihre richtige Mutter bin. Ich bin die Nachbarin
geworden, die man höflich grüßt und der man gelegentlich zu-
winkt, wenn man sie trifft. Kinder sind anpassungsfähig.

Auch Peer scheint nichts zu fehlen. Ich sehe – anfangs mit Anspannung, inzwischen mit einer kalten Gelassenheit –, wie sie
sich küssen, wenn die Kinder im Bett sind, wie sie sich umar-
men und zur Musik tanzen oder angeregt diskutieren. Worüber?
Ich kann es nicht verstehen, aber ich glaube, sie streiten kaum.
Ein paar Mal wurde ich auch Zeuge davon, wie sie sich liebten,
auf dem Schaffell vor dem Kamin, wie im Kino war das. Es war
kein schlechter Film, es ging darum, wie sich Held und Heldin
durchs Leben schlagen und wie sie ihre Liebe darüber nicht verlieren. Ein Hollywood-Happy-End, sagte ich mir, als ich mich
schließlich schlafen legte.

Es gibt einen einzigen Trumpf, den ich noch im Ärmel habe.
Heute ist der erste Weihnachtsfeiertag. Das ist die Chance. Ich
kann gut kochen, Braten sind meine Spezialität. Wild ausge-
nommen – wie hat mich Wolf immer damit aufgezogen! Anna
hingegen ist Vegetarierin. Sie kocht gesund. Grauen Reis statt
weißen. Vollkornnudeln statt Eiernudeln. Tofu statt Gehacktem.
Gemüse und Obst und Kräuter. Was Peer über alles ging, jedenfalls dem Peer, den ich kannte, war die Weihnachtsgans am ersten Weihnachtsfeiertag. Mit Thüringer Klößen. So ungesund wie

nur etwas. Im vorigen Jahr waren sie zu dieser Zeit im Skiurlaub, und ich habe meine Gans ganz alleine für mich gebraten und später den Rest weggeworfen. Dieses Jahr sind sie da, ich habe gestern an meinem Geburtstag die Bescherung miterleben dürfen, hinter Glas: ein Skateboard für Johan, einen Schminkkoffer für Finja, eine Spielkonsole für Maxi, ein Kinderzelt für Moritz, ein IPhone für Peer, Schmuck für Anna. Meine Päckchen lagen lange unberührt unter dem Christbaum. Das nächste Jahr werden sie mir vermutlich untersagen, Geschenke zu machen, damit die Kinder nicht aus dem Takt kommen. Am Heiligabend haben sie mir nicht gratuliert. Sie haben den Geburtstag vielleicht einfach nur vergessen, sage ich mir.

Und nun ist der erste Weihnachtsfeiertag fast zu Ende, es ist dunkel draußen, und von einer Gans habe ich noch nichts gesehen. Ich selbst habe mittags einen Gänseschlegel gebraten, damit Peer den Duft riecht und vielleicht für eine Sekunde lang bedauert, dass er die Frauen getauscht hat. Aber Anna hat festlich gedeckt, irgendetwas Gutes muss es geben. Ich habe Kerzen angezündet und warte im Dunkeln. Ein Brokkoliauflauf? Lachs im Blätterteig? Schokoladenfondue? Was auch immer, Peer wird es hassen. Glück hat seinen Preis, sage ich mir und bin voll grimmiger Vorfreude. Die Kinder kommen, sie haben neue Sachen an. Peer erscheint. Er ist im Anzug, ungewöhnlich festlich. Sie schauen zur Tür. Anna tritt ein, aber nicht mit einer dampfenden Schüssel, wie ich erwartet habe. Sie geht langsam zur Glasfront, genau an die Stelle, die meinem Standplatz gegenüber liegt. Sie dreht sich ins Profil, sie trägt das feuerrote Kleid von damals mit einer weißen Schürze darüber. Sie legt die Schürze ab. Streicht sich mit beiden Händen langsam über den gewölbten Bauch. Sie ist schwanger, das erkenne ich sofort. Sechs Kinder hat sie gewollt, die Hofhälfte, meinen Mann – Anna bekommt alles, was sie will.

Finja verlässt den Raum. Mein Herz schmerzt so furchtbar, dass ich für einen Augenblick glaube, dass ich daran sterben werde. Die Tür öffnet sich wieder – zuerst sehe ich die weiße Platte, eine von denen, die ich nur allzu gut kenne. Dann schiebt sich ein knusprig-brauner Vogelberg ins Bild, mit weißen Papiermanschetten um die Keulen. Eine Schüssel mit grünen Thüringer Klößen, eine Saucière, aus der es dampft. Die Weihnachtsgans! Alle klatschen andächtig, Köchin Anna strahlt.

Ich weiß nicht mehr, wie ich aus dem Haus gekommen bin und in den alten Bullenstall. Ich sehe mich mit zitternden Fingern am Schlüsselbund nesteln, den Tresor aufsperren. Ich nehme das erstbeste von Wolfs zurückgelassenen Jagdgewehren, nein, um ehrlich zu sein, das größte. Ich schiebe die Patrone hinein, die der ordentliche Jägersmann in dem Spind darunter aufbewahrt hat. Dann stecke ich das ganze Munitionspäckchen in die Jackentasche. Armer alter Wolf, denke ich und stapfe auf den Hof, du warst schuld an Annas Kinderlosigkeit und hast dich nie untersuchen lassen, prüde wie du bist. Die Gedanken kreuzen sich in meinem Hirn wie die Waldameisen in einem aufgestöberten Ameisenhaufen. Es wimmelt. Es wuselt, ich entsichere. Ich stelle mich auf den Hof, es krabbelt, es kribbelt, ich schieße hinein in das Schaufenster mit dem kitschigen Weihnachtskino. Das Baby hätte ich ihr vielleicht noch verziehen, nicht aber die Weihnachtsgans.

Ich treffe sie, das braune würzige Fleisch fliegt auseinander. Glassplitter wirbeln herum. Es freut mich, hossa, juchhei! Gans tot! Ich lache. Ganz tot! Und dann lade ich und schieße wieder, sautot! Die Ameisen in meinem Kopf feiern jetzt auch Weihnachten.

Inge Fels, Inge Fels, Inge all the way, singen sie und lassen Glöckchen scheppern.

Und dann kippt der Familienweihnachtsfilm plötzlich um in

einen Actionfilm, auch aus Hollywood. Einer von der Sorte, die ich meinem Johan, der jetzt Anna gehört, immer verboten habe. Und ich mittendrin. Ich feuere, bis ich keine Patronen mehr habe. Bis sich da drinnen nichts mehr regt.

Und dann gehe ich durch das Tor, verlasse den Hof und das Leben, das mir bestimmt war. So wie meine Familie das ihre verlassen muss, jetzt in diesem Augenblick. Meine Füße suchen den Weg zum See, in meinem Kopf ist es ganz still. Die Ameisen haben ihr Gift verspritzt, sie sind müde und wissen vielleicht, dass sie in der Winterkälte nicht überleben werden.

Brigitte Glaser

Tannenbaum

Da! Die Lichter der Schweizer Grenzstation. Zwei graue Zöllner. Vor dem Pick-up ein alter Lada mit ausländischem Kennzeichen. Irgendwas Osteuropäisches. Der Russe oder Rumäne kriegt die volle Dröhnung: Papiere, aussteigen, Kofferraum. Gut so. Dolores lässt den Pick-up schnurren, poliert die Zahnlücke, übt ein Lächeln: unschuldig, ungezwungen. Braucht es nicht, der Zöllner winkt sie durch. »Frohe Weihnacht«, wünscht sie, und ihre Hand zittert, als sie die Karre hochfährt.

In Basel leere Straßen, kein Betrieb bei Ciba Geigy, alle unterm Tannenbaum. Sie wird gut durchkommen. Den Grenzübertritt nach Frankreich verbannt sie lieber noch aus ihrem Kopf. Bern, neunzig Kilometer, sie tritt aufs Gas. Ihr Autoradio dudelt Weihnachtslieder. Sentimentaler Scheiß. Dolores wühlt sich durch den Krempel auf dem Beifahrersitz, wirft *Bullet for my Valentine* in den CD-Player, brüllt »I don't wonna see that my life is burning«. Nicht denken. Nur nicht denken.

Seit vierzig Stunden wach, die Fahrt nach Spanien ein Wahnsinnstrip. Hinter Fribourg eine offene Raststätte, sie braucht Koffein. Es ist nicht viel los auf dem Parkplatz, ein paar schlafende Laster, zwei Familienkutschen, der Rasthof dunkel, aber die Tanke offen.

»'nen Kaffee zum Mitnehmen.« Sie nickt dem einsamen Kassierer zu, streift durch die kurzen Supermarktgänge. Das übliche Sortiment, plus ein Extrastand: Schweizer Fähnchen, Regio-Produkte und so. »Schwyzer Guezli«, handgemachte Weihnachtsplätzchen: Biberli, Leckerli, Chräbeli, Schümli, Hüetli, Züngli, Stengeli. Sehr witzig. Sie greift nach einer Tüte »Totenbeinli«, acht Schweizer Franken, kein Problem, sie hat jetzt das Geld des Alten. Sie blättert den ersten Fünfziger auf die Theke, greift sich den Kaffee, packt die Totenbeinli. Und ab dafür.

Draußen an ihrem Pick-up lehnt ein Typ. Ihr Alter, schätzt Dolores, Rucksack, Kapuzenshirt. »Hey!«, brüllt sie, als er unter die Plane der Ladefläche linsen will.

»Deiner?« Er mustert sie von Kopf bis Fuß. Prüft seine Chancen. Aber Dolores lässt sich nicht in die Karten gucken. Er deutet auf die Plane: »Riecht nach Weihnachten. Was transportierste denn?«

»Nordmanntanne.«

»Bisschen spät, ist doch schon Heiligabend. Wo soll die noch hin?«

»Eine Sonderlieferung für Spanien.« Dolores kennt solche Typen. Der Kerl will 'ne Fuhre. Für lau. Sie checkt ihn: klarer Blick, keine Fahne, Klamotten sauber, kleines Gepäck. Ihre Sicherheiten: die Axt im Fach der Fahrertür, das Schweizer Messer in der Jackentasche, die Motorsäge auf der Ladefläche. Riskiert sie es oder riskiert sie's nicht?

»Wo denn genau?« Ein Lächeln und ein paar windschiefe Zähne.

»Figueres, die Kante.« Dolores denkt an die Zöllner an der Grenze zu Frankreich. Heiligabend, nix los, Scheißlaune. Wen winken die eher durch? Ein Mädel allein oder ein junges Pärchen?

»Meine Richtung. Ich will nach Marseille.«

»Großer Hafen.«

»Genau.« Wieder ein Lächeln.

Die windschiefen Zähne geben den Ausschlag. Die und ihre Zahnlücke. Harmloser kann man nicht wirken. Netter Junge, nettes Mädchen, nettes Paar auf dem Weg in den Süden. Wenn die Zöllner keine Sadisten sind, wird's kein Problem geben.

»Führerschein?«

»Logo.«

»Na denn!« Sie schwingt sich in den Wagen, klemmt den Kaffee in den Halter, öffnet die Beifahrertür, dreht den Zündschlüssel.

»Urs«, sagt er.

»Dolores.«

»Spanierin?«

»Halb«, lügt sie. Dabei ist's ein Argentinier gewesen, der Renate vor zwanzig Jahren geschwängert hat. Animateur in einer der Bettenburgen von Santa Margarita, auf Nimmerwiedersehen in der Pampa verschwunden. »Yoaquin hat er geheißen, küssen konnt der, und die Stimme! Augen und Locken haste von ihm.« Renate, die alte Romantikerin. »Am Sandstrand, unterm Sternenhimmel biste entstanden. Pinienduft in der Luft und Eukalyptus, das Rauschen des Meeres, aus einer Bar hat der Wind Fetzen von ›Mediterraneo‹ zu uns herübergeweht, die Stimme von Juan Manuel Serrat ...« Deswegen der spanische Name. Dolores, ausgerechnet. Der Alte hat getobt, als Renate aus Spanien zurückkam. »Das meiner Tochter! Kannste nicht aufpassen? Ein Balg von 'nem Gigolo.« Hat er ihr nie verziehen.

Einmal, vor drei Jahren, sind sie gemeinsam da gewesen. Fünf Monate vor Renates Tod. In der kleinen Bucht nördlich der Betonburgen, da, wo Renate und Yoaquin damals ... Canyelles Petites, schöner Ort, wirklich. Renate mit Tränen in den Augen. »Wärste weg von dem Alten und den Tannenbäumen, wenn es mich nicht gegeben hätte?«, hat Dolores sie gefragt. »Ach, Kindchen, so kannste das nicht sehen ...« Augen wischen, aufs Meer gucken und rufen: »Komm, wir klettern hoch zum Cap d'Orfeo!« Doch, so kann man das sehen, weiß Dolores. Renate hat sich zugrunde richten lassen. Eine einzige Schufterei, Weihnachtsbäume ist ein hartes Geschäft, nur Gemeinheiten, immer Vorwürfe und bloß keine Freiheiten. Deshalb hat sich Dolores so beeilt mit dem Erwachsenwerden. Gemeinsam hätten sie den Alten und seine Schonungen in den Wind geschossen und irgendwo neu angefangen. Renate wäre wieder zu Kräften gekommen, kein Fieber, keine Schwindelanfälle mehr, und ihre Augen hätten wieder gestrahlt wie damals auf dem Cap d'Orfeo. – Hat nichts genutzt, alles seine Schuld, er hat sie umgebracht.

Ein Polizeiwagen mit Blaulicht auf der Gegenfahrbahn, ein großer Löschzug der Feuerwehr.

»Da hat einer den Weihnachtsbaum abgefackelt.« Einen Schluck Kaffee, Blick zum Mitfahrer. Kapuze tief ins Gesicht gezogen, Augen zu, angedeutetes Schnarchen. Dabei zittern seine Hände wie Espenlaub. »Bestimmt Zoff wegen happy family und so.« Dolores, sehr laut.

»Sprichst aus Erfahrung, oder?« Offene Augen, kaffeebraun, blinken nervös.

Dolores zuckt die Schultern. Weihnachten haben sie immer gepennt. Groggy vom wochenlangen Sägen, Vernetzen, Verladen. Zerkratzte Arme, müde Knochen. Statt »Kling, Glöckchen, klingelingeling« das Kreischen der Motorsägen in den Ohren. Zum Glück auch der Alte komplett ausgepowert, konnt' nicht mal mehr fies und gemein sein. »Und selber?«

»Vergiss es.« Die schiefen Zähne echt, das Grinsen falsch, die Hände immer noch am Zittern. »Haste vielleicht was zu futtern?«

Das Cellophan raschelt, eine Hand fährt in die Tüte, Kekse verschwinden hinter den schiefen Zähnen.

»Heißen Totenbeinli.«

»Totenbeinli.« Die Hand stockt, greift nicht mehr zu. »Totenbeinli.« Das Kichern erst leise, dann lauter.

Ist doch irre, der Typ, findet Dolores, setzt den Blinker, fährt auf den nächsten Rastplatz, bremst scharf. »Los, raus!« Sie sprintet um den Wagen, reißt die Beifahrertür auf, blickt in kaffeebraune Panikaugen. »Fahr du weiter!« Erleichtertes Nicken, dann: »Ich muss mal!«

Er verschwindet in der Dunkelheit, Dolores schwingt sich auf den Beifahrersitz, durchwühlt den Rucksack. Wäsche, feste Schuhe, Karten von Frankreich, sehr detailliert, französische Papiere, die sie nicht lesen kann, in der vorderen Tasche ein Fahrtenmesser. Sie nimmt es heraus, legt es unter ihren Sitz, packt die Axt aus dem Fach der Fahrertür daneben. In einem versteckten Reißverschlussfach fünfhundert Euro und ein Pass. Zwei Tage älter und drei Zentimeter größer als sie, auf dem Passbild blonde, kinnlange Haare. Nettes Foto, aber was heißt das schon?

Sie wartet. Der Pick-up das einzige Fahrzeug auf dem Parkplatz, verwaiste Holztische, kahle Bäume. Zweimal saust ein Wagen über die Autobahn, sonst nichts. Weihnachten ist tote Hose, keiner unterwegs.

Urs kommt, als sie schon den Rucksack herausstellen und weiterfahren will.

»Gibts was zu beachten?«

»Die Kupplung langsam kommen lassen.«

Er startet den Wagen, wirkt ruhiger, nimmt die Kapuze ab. Sie sieht die Schwellung über dem rechten Auge sofort, Handkantenschlag, besonders fies, war eine Spezialität des Alten.

»Fährt sich gut.«

Dolores nickt, wirft wieder »Hand of Blood« ein, volle Pulle Bässe, Schreie, hartes Schlagzeug, hämmernde Gitarre. Urs' Hände trommeln aufs Lenkrad, Fingernägel abgekaut, mehr als ihre. Wegweiser nach Montreux und Lausanne, 'ne Stunde noch, anderthalb bis zur Grenze. Dann irgendwann gespiegelte Lichter auf dem See, kahle Weinberge im Scheinwerferlicht. Freie Fahrt, *Bullet for my Valentine* hört auf zu singen, Urs tritt aufs Gas.

Dolores nickt ein, steht wieder auf der Schonung, die Baumschere in der Hand, die langen Reihen der Nordmanntannen, viertausend Stück, vor zwölf Jahren gepflanzt. Bevor der Alte auftaucht, knallt ihr Kopf gegen die Windschutzscheibe. Dolores sofort auf Hundertachtzig, reißt die Augen auf, greift nach dem Schweizer Messer.

Urs sieht das Messer, fixiert sie mit den Augen, grapscht sich langsam den Rucksack. »Merci vielmals.« Steigt aus, läuft los.

Dolores' Blick folgt ihm. Wieder ein Parkplatz, verloren wie der letzte. Sie steckt das Messer weg, rutscht rüber, startet den Pick-up, kurbelt die Scheibe runter, brüllt: »Wo sind wir?«

»Kurz vor der Grenze.«

Er geht weiter, sie hupt, zeigt auf einen schmalen Waldweg. »Wie wärs damit?«

»Endet vielleicht im Nirwana.«

»Du hast 'ne gute Karte.«

Er grinst. Wieder die schiefen Zähne. »Was hält die Karre aus?«

»Verdammt viel.«

Der Waldweg, ein Schlagloch neben dem anderen, tief hängende Äste peitschen die Windschutzscheibe. Totenbeinli rutschen über die Ablage, Dolores dreht den Kopf nach hinten, hat Angst um die Ladung. Die Plane bleibt festgezurrt, zum Glück. Dann eine Tannenschonung, ausgerechnet! Endlich ein paar Häuser wie aus dem Nichts, Glocken läuten in der Ferne, Christmette, na klar. Weiter gehts durch Mischwald, an kahlen Lichtungen vorbei, Rehe queren die Straße, zwei, drei einsame Holzhütten. Nirgendwo ein Mensch. Im Auto kein Laut, Urs hängt über der Karte, Dolores sitzt aufrecht am Lenkrad.

Stille Nacht im Nirgendwo.

Dann plötzlich der Fluss, die Rhône, ein Wegweiser nach St. Etienne. Urs grinst, Dolores grinst, schiefe Zähne und Zahnlücke. Kurz vor Lyon fahren sie auf die Autobahn, wechseln sich wieder beim Fahren ab.

Dolores spürt die Hand an der Schulter, schreckt auf. Sie ist tatsächlich eingeschlafen. Wieder eine Raststätte, ein Wegweiser nach Montpellier.

»Hier muss ich raus.«

»Marseille also.«

Er nickt, faltet die Karten, greift nach dem Rucksack.

»Und dann?«

»Asien, Afrika. Es ist überall besser, wo man nicht …«

Die französischen Papiere, »Legion étrangère«, das Wort, das sie schon mal gehört hat, sie weiß, was es heißt: ein druckfrischer Pass, ein anderer Name, ein neues Leben. Fremde, Kampf, Ehre, Kameradschaft, der Alte hat davon geschwärmt. Männerscheiß. »Reisende soll man nicht aufhalten.«

Er zuckt mit den Schultern, steigt aus. Sie rutscht hinters Lenkrad. Er beugt den Kopf zu ihr hinunter: »Schade. Die Umstände und so. Wer weiß …?« Die schiefen Zähne, ein letztes Mal.

Sie nickt, gibt Gas, schaut nicht zurück. Sechs Uhr morgens. Sie kauft frischen Kaffee an der Tanke, Fenster runter, es riecht schon nach Meer, ist wärmer als in Deutschland. Noch drei Stunden Fahrt, über die Pyrenäen und dann …

»Rasier mir den Bart, schneid mir die Zehennägel, lass mir ein Bad ein«, hört Dolores den Alten kommandieren, dabei ist er nie krank gewesen, hat brüllen, schlagen, schimpfen, beleidigen können, aber Renate hat gehorcht, immer wieder gehorcht, ihm die ekligen Füße gewaschen, die verhornten Nägel gestutzt, das Kinn eingeschäumt, die grauen Bartstoppeln rasiert. »Schneid ihm in den Hals«, hat Dolores ihr mehr als einmal zugeflüstert, »dann ist es vorbei«, aber Renate hat nur traurig den Kopf geschüttelt, ist kränker und kränker geworden. Ein kalter Dezembertag vor drei Jahren, minus zehn Grad, eisiger Ostwind, der Alte hat kleine Fichten geschlagen. Renate fiebrig, zittrig, hat sich kaum auf den Beinen halten können. »Bleib im Haus«, hat Dolores sie angefleht, aber der Alte: »Nix da, das schafft das Gör nicht allein«, und Renate, gehorsam wie immer, raus in die Kälte, die Kiefern vernetzt und verladen, danach glühend ins Bett und morgens ganz kalt, von allen Qualen erlöst.

Dolores leckt die Tränen, spürt die Schwielen an den Händen, die Blasen an den Fingern, die Arme, zentnerschwer, Schmerz in jedem Muskel, die stundenlange Arbeit mit der Baumschere. Draußen finsterste Nacht, die Autoroute leer, die Pyrenäen schemenhaft, undurchdringlich. Ein Wegweiser nach Perpignon, bald ist sie in Spanien.

Sie hat nicht weggehen können nach Renates Tod, keine Kraft. Der Alte wurde auch schwächer, das Herz, ansonsten war er tyrannisch wie immer. Was trifft ihn am härtesten? Was vernichtet ihn? Ganz plötzlich hat sie es gewusst. Viertausend Nordmanntannen, zwölf Jahre alt, zwei bis drei Meter groß, nächstes Jahr beim Verkauf mindestens achtzigtausend Euro wert. Der Alte hat sie gehätschelt, wie er's mit Tochter und Enkelin nie getan hat. In der letzten Nacht ist Dolores mit Leiter und Baumschere losgezogen, hat jede einzelne Baumspitze gekappt, mit jedem Schnitt zweihundert Euro in den Sand gesetzt und dabei an Renate gedacht, an die Schläge, die Schmerzen, die Narben. Sie ist fast fertig, als der Alte im Nachthemd auf die Schonung torkelt. Da hat sie die Motorsäge geholt.

Plötzlich ganz helles Licht, verwaiste Flachbauten rechts und links, ein paar Fahnenmasten. Die alte Grenzstation. Jetzt ist sie gleich in Spanien, es ist nicht mehr weit.

Danach hat sie den Pick-up beladen, ist zurück ins Haus, hat in ihrem Verschlag ein paar Klamotten gepackt, ist ins Zimmer des Alten gegangen. Seit der Umstellung auf den Euro hat er keinen Cent mehr auf die Bank gebracht, alles in einem Koffer unter seinem Bett versteckt. Den greift sie sich, er ist voller Geldscheine, die zählt sie nicht, nimmt nur vier Fünfziger raus, schließt den Koffer wieder, schnürt ihn auf der Ladefläche des Wagens fest, bedeckt ihn mit Tannenzweigen.

Bei Figueres ist die Nacht zu Ende, blassgelbes Wintermorgenlicht, ein menschenleeres Gewerbegebiet, hingerotzt vor die Tore der Stadt, wie überall auf der Welt. Dolores verlässt die Autobahn, öffnet das Fenster, riecht das Meer, nimmt in Rosas den Weg in die Berge, rumpelt die alte Militärstraße entlang bis hoch zum Cap d'Orfeo, findet das Meer, blau, weiß, ab und an graue Schlieren, sieht Renate mit ausgebreiteten Armen am Abgrund zur Steilküste. »Wir kommen mal Weihnachten hierher«, hat sie gegen den Wind gebrüllt, »und dann schmeißen wir 'nen Tannenbaum runter.« Der Wind greift nach der Plane, bläht sie zu einem Segel auf. Dolores hievt die Nordmanntanne herunter, denkt kurz an den Alten. Getobt und nach seinem Herzen gegriffen hat er, wollte ihr die Motorsäge aus der Hand reißen, als sie Renates Tanne fällt. Aber sie lässt sich von ihm nichts mehr wegnehmen. Bei dem Gerangel ist er umgekippt, hat keinen Mucks mehr gemacht. Das Herz, die Bosheit, egal. Sie hat ihn liegen lassen, er kann ihr nichts mehr.

Die Costa Brava wild, schwarze Felsen, harte Brecher, ein scharfer Wind. Dolores schleppt den Baum zum Abgrund, wird fast weggeweht. Sie geht bis zum äußersten Rand, breitet die Arme aus, lässt die Tanne fallen, schreit gegen Wind und Wellen und fühlt sich: frei.

Lametta

»Bitte«, sagte Bertram Gstettner, »versuchen Sie es noch einmal. Und wenn es Ihnen nichts ausmacht, bleiben Sie endlich sitzen. Setzen Sie sich, Herr Kolb. Trinken Sie einen Schluck Tee, lassen Sie das doch Ihre Schwägerin erledigen.«

»Das kann sie nicht. Das darf sie nicht.«

»Warum darf sie den Baum nicht schmücken, Herr Kolb?«

»Sie darf den Baum schon schmücken, aber es gibt Dinge, die darf nur ich.«

»Was für Dinge?«

»Dinge halt. So, ich hab mich hingesetzt. Ich will keinen Tee mehr.« Josef Kolb schob die Tasse von sich, betrachtete das Schwarzweißfoto mit der schwarzen Schleife über dem Silberrahmen. »Was sehen Sie mich an? Ich hab alles ausgesagt. Alles, was Sie wissen wollen, hab ich Ihnen erzählt, haarklein. Respektieren Sie meine Trauer, Herr Kommissar.«

»Gstettner genügt. Ich respektiere Ihre Trauer. Aber Ihre Frau ist einem Verbrechen zum Opfer gefallen.«

»Das weiß ich doch«, antwortete Kolb laut. Kurz darauf stand seine Schwägerin in der Wohnzimmertür.

»Brauchst du was, Josef?« Waltraud Eberth trug ein schwarzes Kleid und hatte ihre Haare zu einem Dutt zusammengebunden.

Ohne sie anzublicken, schüttelte Kolb den Kopf.

Der Mordermittler, der mit dem Rücken zur Tür am Tisch saß, drehte sich zu der Frau um. »Mit Ihnen möchte ich dann auch noch einmal sprechen.«

»Ich muss zum Einkaufen, ich wollt grad los.«

»Bitte bleiben Sie noch. Die Geschäfte haben bis vierzehn Uhr geöffnet.«

»Das weiß ich, aber die sind dann leer. Und ich brauch noch Brot und Kartoffeln.«

»Bitte«, sagte Gstettner.

»Wenn's sein muss.« Waltraud ging zurück in die Küche, wo sie die Spülmaschine ausräumte. Das Klappern kam dem Kommissar laut und aufdringlich vor.

»Ich muss Sie belästigen, weil in Ihren Aussagen Widersprüche auftauchen, die ich nicht verstehe.«

Kolb nahm die Brille ab, rieb sich die Augen, setzte die Brille wieder auf, schnaufte durch die Nase, wie schon ein paar Mal an diesem Vormittag. Er kniff das rechte Auge zusammen. »Was genau verstehen Sie da nicht?«

Gstettner nahm zwei Blätter aus der roten Mappe, die aufgeschlagen vor ihm lag. »Sie waren den ganzen Abend zu Hause, steht hier …«

»Stimmt ja auch.« Kolb bemühte sich, seine Stimme im Zaum zu halten.

»Ja, aber …« Mit dem Finger fuhr der Kommissar die Zeilen ab. »In der Aussage Ihrer Schwägerin heißt es, Sie wären nicht erreichbar gewesen, als sie Sie um zwanzig nach zwölf vom Handy aus anrief, etwa zehn Minuten nach dem … nach den Vorfällen im U-Bahnhof Arabellapark. Sie hat es fünfmal hintereinander versucht. Sie waren nicht da.«

»Natürlich war ich da«, sagte Kolb. Er beugte sich über den Tisch, schob den Teller mit den Mandelkeksen beiseite, die Waltraud immer in der Adventszeit buk. »Hab ich auch erklärt, alles. Ich war eingeschlafen. Das Klingeln hab ich nicht gehört. Ich bin aufgewacht, als Trude mich geweckt hat, gegen zwei Uhr. Das muss da stehen.«

»Das steht da auch«, erwiderte Gstettner. »Es ist eigenartig, dass Sie das Telefon nicht gehört haben, Herr Kolb.«

»Das ist nicht eigenartig!« Wieder hatte er lauter gesprochen. Die Brille verrutschte, und er stippte den Bügel mit dem Zeigefinger an die Stirn. »Wenn ich einschlaf, kipp ich weg, da hör ich nichts mehr, da bin ich wie tot.«

Gstettner las einige Zeilen. »Eigenartig«, sagte er dann wieder und las weiter.

Kolb beobachtete ihn, kniff wieder das rechte Auge zusammen, nestelte am Knoten seiner schwarzen Krawatte, die er über dem blauen Hemd trug.

»Eigenartig«, wiederholte Gstettner.

»Was denn?« Kolb lehnte sich zurück, lehnte sich vor und noch einmal zurück. »Was denn? Was machen Sie da? Finden Sie den Kerl, der meine Frau erschossen hat. Was verplempern Sie Ihre Zeit bei mir hier?«

»Die Zeit ist wichtig.« Gstettner legte die Blätter in die Mappe zurück. »Ihre Schwägerin hat gesagt, sie habe sich gewundert, dass Ihre Stiefel im Flur herumlagen und Ihre Winterjacke auf dem Boden lag. Außerdem habe in der Wohnung Licht gebrannt. Sie gaben zu Protokoll, Sie hätten das Licht ausgemacht, bevor Sie schlafen gingen. Das sind Widersprüche, Herr Kolb. Was bedeuten die?«

Einige Sekunden lang kniff Josef Kolb beide Augen zusammen. Er schnaufte durch die Nase und wirkte, als quälten ihn bleierne Gedanken. Mehrmals schüttelte er den Kopf. Dann sah er zur Tür, legte den Kopf schief, horchte auf Geräusche aus der Küche. Doch es war still in der Wohnung. Kolb stand auf, trat zur Tür und schloss sie behutsam. Dann betrachtete er den zur Hälfte mit Kugeln, Sternen und Schokoladenplättchen geschmückten Weihnachtsbaum, eine niedrige, dicht gewachsene Tanne mit ausladenden Ästen. Der Baum stand neben dem antiken Holztisch, auf dem sich Schuhschachteln aneinanderreihten, in denen das Ehepaar seit zwanzig Jahren den Baumschmuck aufbewahrte, der teilweise schon Jasmin Kolbs Eltern gehört hatte.

»Den Baum haben wir gemeinsam ausgesucht«, sagte Kolb. »Auf dem Mariahilfplatz. Da gehen wir jedes Jahr hin. Hat sich bewährt, dort einzukaufen.« Er strich über einen Ast, fast zärtlich. »Sie und Ihre Widersprüche. Deswegen kommen Sie zu mir. Ich versteh das. Sie müssen das tun, das ist Ihre Pflicht.« Er warf einen schnellen Blick zur Tür. »Sie weiß es noch nicht, aber ich werde den Heiligen Abend heut allein verbringen. Ich kann das nicht, ich will das nicht, dass Trude hier sitzt und wir dann beide anfangen zu heulen. Das ertrag ich nicht. Sie wird sauer sein, sie wird durchdrehen. Kann ich nicht ändern.«

»Sie waren vorgestern also nicht zu Hause«, meinte Gstettner und starrte auf die Akte. »Bitte setzen Sie sich wieder, sonst verrenk ich mir den Nacken.«

Zögernd kam Kolb zum Tisch zurück. Er klammerte sich an die Stuhllehne, und erst als der Kommissar auf den Stuhl zeigte, nahm Kolb Platz, zwinkerte nervös mit dem rechten Auge und holte Luft. Trotzdem brauchte er eine Zeitlang, bis er wieder zu sprechen begann.

»Vorn in der Westenrieder ...« Er griff zum Teller mit den Keksen, zog seine Hand dann wieder zurück. »Da ist ein nettes Lokal, sind wir früher oft hingegangen, Jasmin und ich. Vor dem ... bevor sie so schwer krank wurde. Ich bin auch allein hingegangen, wenn sie keine Lust hatte, auch schon vor ... vor der Krankheit. Und ... eine der Bedienungen heißt ... ist das wichtig? Schreiben Sie das auf?«

»Noch nicht«, sagte Gstettner.

»Und später?«

»Weiß ich noch nicht. Wie heißt die Bedienung?«

»Klara. Ihr Name ist Klara, und ich … denken Sie bitte nichts Falsches von mir. Oder was Schlechtes. Bitte. Wir haben …« Er blinzelte mit dem rechten Auge, und der Kommissar war sich nicht sicher, ob Kolb ihm verschwörerisch zuzwinkerte oder seinem Tick nachgab. »Ich hatte keinen Sex mit dieser Frau … Verstehen Sie mich? Ich hatte keinen Sex mit dieser Frau. Kommt Ihnen der Satz bekannt vor?«

»Ja«, sagte Gstettner. »Sie hatten wie damals der amerikanische Präsident mit seiner Praktikantin keinen Sex mit Klara.«

»So ist es.«

»Aber fast.«

»Wenn Sie das so nennen wollen.«

»Ich nenne das so«, antwortete Gstettner. »Sie waren also vorgestern Abend wieder einmal bei Klara und hatten keinen Sex mit ihr.«

»Ja … nein, ich war nicht bei ihr …« Kolb verstummte, sah zur Tür, neigte wieder den Kopf. »Ich wollte hingehen«, fuhr er in gedämpftem Ton fort. »Ich hatte das vor, ich war auch dort, vor Ort.« Er senkte den Kopf und blieb eine Weile stumm. Dann hob er mit einer abrupten Bewegung den Kopf. »Bin nicht rein. Ich blieb draußen, ich schlich rum. Drinnen war ihr Exmann, wir sind … Freunde sind wir nicht, der Eberhard und ich. Also hab ich überlegt, was ich tun soll. Und dann hab ich gar nichts getan, bin rumgelaufen, und plötzlich war es zwölf in der Nacht, und ich musst mich schicken. Hätte ja sein können, dass meine Frau schon da ist. Dann hätt ich blöd geschaut. Hab die Sachen ausgezogen und bin ins Bett.«

Gstettner kritzelte Wörter auf seinen linierten Block, die Kolb nicht entziffern konnte, winzige, krakelige Buchstaben. »Warum?«

Verwirrt musterte Kolb den Kommissar. »Bitte? Was ›warum‹?«

»Warum sind Sie ins Bett gegangen?«

»Versteh ich nicht.«

»Sie hätten doch aufbleiben können.«

»Konnt ich nicht. Hab zu meiner Frau gesagt, ich wär krank, hätt einen Grippeanfall.«

»Was ist ein Grippeanfall?«, fragte Gstettner.

»Bitte was?«

»Was ist ein Grippeanfall?«

Kolb blinzelte mit beiden Augen. Er wusste nicht, was er sagen sollte. Er schüttelte den Kopf und schnaufte durch die Nase.

»Sie haben keine Grippe, Herr Kolb.«

»Nein.« Sein Mund formte ein gequältes Lächeln. »Nur einen ... Anfall. Ich wollt nicht mit. Keine Lust auf ein Konzert. Im Grand Hotel oben in Bogenhausen sind irgendwelche Streicher aufgetreten, weltberühmt, meinte Trude. Die war oft in Konzerten. Ich wollt da nicht hin.«

»Wegen Klara.«

»Bitte? Nein, nicht wegen Klara. Wegen mir. Ich bin kein Freund von klassischer Musik. Ich hör überhaupt wenig Musik. Selten. Deswegen hab ich einen Grippeanfall erfunden. Ich sagte, ich würd früh ins Bett gehen. Also hab ich mich beeilt, als ich heimkam.«

»Von einem Grippeanfall ...«, Gstettner blätterte einige Seiten um, »... steht hier nichts. Ihre Schwägerin hat keinen Anfall erwähnt.«

»Davon wusste nur meine Frau.«

»Und sie hat es ihrer Schwester nicht erzählt?«

»Weiß ich nicht. Wenn da nichts steht ...« Wie vorhin beugte Kolb sich über den Tisch und versuchte, etwas zu entziffern. »Ist das denn wichtig? Ob ich einen Grippeanfall hatte? Oder nicht?«

»Was wichtig ist, merkt man oft erst später.«

»Wann später?«

Der Kommissar legte die Blätter sorgfältig übereinander, stieß sie an den Seiten an, damit kein Blatt hervorstand. »Besitzen Sie eine Waffe, Herr Kolb?«

»Das haben Sie mich heut schon gefragt.«

»Ja.«

Nach einem Schweigen sagte Kolb: »Nein. Und noch mal: nein, ich besitz keine Waffe, wozu denn? Ich hab ein Schuhgeschäft, solche Läden werden nie überfallen.« Sein Grinsen dauerte nur eine Sekunde. »Glauben Sie, ich erschieß drei Menschen in der U-Bahn? Und dann auch noch meine Frau? Ich bin doch kein Mörder. Oder Serienkiller. Ich bin Schuhmachermeister, ich führ ein Geschäft, ich hab grad meine Frau verloren, weil der Serienkiller sie erschossen hat. Und Sie verdächtigen mich des Mordes am Heiligen Abend.«

»Ich mach mir ein Bild von Ihnen«, erklärte Gstettner.

Kolb stippte seine Brille an die Stirn. »Und wie schaut das aus, das Bild, das Sie jetzt von mir haben?«

»Ein Serienkiller sind Sie eher nicht«, sagte Bertram Gstettner und lächelte, und Kolb hatte den Eindruck, der buschige Schnurrbart des Kommissars würde rascheln.

Zwischen dem zweiten Januar und dem zweiundzwanzigsten Dezember erschoss ein bisher unbekannter maskierter Täter in verschiedenen U-Bahn-Stationen vier Menschen, zwei Männer und zwei Frauen, zuletzt die einundvierzigjährige Jasmin Kolb. Hinweise auf ein Motiv fehlten, die Auswertung der Tatortspuren erbrachte keine Übereinstimmungen mit den Daten im INPOL-System der Polizei. In drei Fällen handelte es sich bei der Tatwaffe um eine 9-mm-Para-Pistole Modell 908, in einem Fall, der Ermordung der Sekretärin Jasmin Kolb, um eine SIG Sauer, wie sie viele Wachdienste benutzten. Die Nachforschungen in dieser Richtung dauerten noch an, und als sich Hauptkommissar Gstettner gegen dreizehn Uhr an diesem vierundzwanzigsten Dezember von Josef Kolb verabschiedete, war er überzeugt, dass der Witwer mit den Morden nichts zu tun hatte, auch wenn in den Protokollen ein paar kleine Ungereimtheiten auftauchten. Die Befragung der Schwägerin hatte keine neuen Hinweise ergeben. Waltraud Eberth hatte noch einmal den Hergang des Geschehens erzählt und wieder betont, wie sehr sich ihre schwerkranke Schwester auf diesen Abend gefreut hatte. Gstettner wusste, dass Jasmin Kolb an Brustkrebs erkrankt war und wegen ihrer Therapie nur noch selten die Kraft gefunden hatte, auszugehen. Ansonsten gewann der Kommissar den Eindruck, Waltraud würde sich heute an weniger Details erinnern als bei ihrer ersten Vernehmung. Ihre Beschreibung des Täters blieb so vage wie zuvor, er hatte eine schwarze Wollmütze vorm Gesicht und trug Jeans und eine dunkle Winterjacke. Er lief auf die beiden Frauen zu, als diese gerade die Rolltreppe herunterkamen, schoss sofort und rannte die Treppe hinauf und verschwand. Zu diesem Zeitpunkt befanden sich auf dem U-Bahnsteig acht Menschen, von denen keiner den Täter verfolgte. Gegenüber der Polizei sagten sie aus, sie hätten Angst gehabt.

Dafür hatte Bertram Gstettner Verständnis. Sein Heiliger Abend würde in diesem Jahr ausfallen, er würde eine Stunde lang mit seiner Frau und seinem Sohn essen und dann ins Dezernat zurückkehren, wo die Ermittlungen trotz der Feiertage weitergingen.

Auf dem Weihnachtsmarkt am Sendlinger-Tor-Platz leistete er sich eine Bratwurst, die er im Stehen aß.

»Das mach ich nicht«, sagte Waltraud Eberth. »Du spinnst doch. Du kannst mich an diesem Tag nicht wegschicken. Bist du betrunken?«

»Ich will für mich sein«, entgegnete Josef Kolb. »Das ist mein Recht.«

»Das ist nicht dein Recht, du Depp.«

»Geh jetzt, Trude.«

»Nein, ich geh nicht.«

»Dann muss ich dich rauswerfen.«

»Das wagst du nicht.«

Kolb packte sie an der Schulter und schob sie gegen ihren heftigen Widerstand zur Wohnungstür. Dort ließ er sie los. »Verschwindst freiwillig oder muss ich dich vor die Tür befördern?«

Als er sich von ihr wegdrehte, verpasste sie ihm eine Ohrfeige. Er blieb stehen, sah sie an, blinzelte mit dem rechten Auge und schob die Brille an die Stirn.

»Entschuldige«, sagte Waltraud.

Er blieb stumm.

Er sprach so lange kein Wort, bis sie ihre Sachen gepackt, den Mantel angezogen und mit einem letzten abschätzigen Blick auf ihn die Wohnung verlassen hatte. Daraufhin kehrte er ins Wohnzimmer zurück und fing an, den Baum zu Ende zu schmücken. Eine Astreihe, die nach vorn ins Zimmer ragte, ließ er frei.

Nachdem er alle Kugeln, Sterne, Kerzen und Schokoplättchen verteilt hatte, ging er ins Schlafzimmer und nahm einen grünen Karton aus dem Schrank. Mit einer Schere setzte er sich an den Wohnzimmertisch, auf dem das Foto seiner Frau stand, und öffnete den Karton. Er zögerte und sah zum Christbaum. »Das alles war dein Wunsch. Ich hab ihn dir erfüllt. Ich hab getan, was wir besprochen haben. Du wolltest die Therapie nicht fortsetzen, du wolltest einfach nichts mehr, und das hab ich gut verstanden. Und niemand konnt uns helfen.«

Er nahm eine blonde Perücke aus dem Karton, betrachtete sie lange und strich mit der Hand darüber, sehr sanft. »Die Pistole ist in der Isar, mach dir keine Sorgen«, sagte er zum Foto. »Deine

Schwester ist sauber erschrocken, als sie mich gesehen hat. Nein, sie hat mich nicht erkannt, aber sie hat geschrien vor Schreck. Ich kann sie nicht leiden, war mir egal, ob sie einen Herzinfarkt kriegt. Ich hab alles so gemacht, wie wir gesagt haben. Niemand verdächtigt mich, nicht einmal Herr Gstettner, und du musst nicht mehr leiden, nie mehr musst du Schmerzen haben. Und jetzt …«

Ein Haar nach dem anderen schnitt er von der Perücke, legte es behutsam auf den Tisch und strich es glatt.

Eine Stunde lang saß er so da.

Dann nahm er die Haare und hängte jedes einzelne über die Tannenäste, die ins Zimmer ragten, mit großer Geduld und Akkuratesse. Am Ende zündete er die Lichterkette an, die er um den Baum gelegt hatte, und trat einen Schritt zurück. Golden schimmerte das künstliche Haar seiner toten Frau, die jetzt erlöst war, zwischen den sattgrünen Zweigen.

Wie göttliches Lametta, dachte Josef Kolb. Unaufhörlich flackerte sein rechtes Lid, aber er bemerkte es nicht.

Sabina Altermatt

Rentier

Annikki steht am Bootssteg und schaut über das Weiß. Sucht den Horizont. Vergeblich. Der See verschmilzt mit dem Himmel. Die Insel gegenüber, ein kleiner Hügel, scheint zum Greifen nah. Näher als im Sommer. Erreichbar.

Neben dem Steg klafft ein Loch. *Avanto*, ein Eisloch. Eine rechteckige Wunde, mit scharfen Kanten in den schwarzen See geschnitten, die sich über Nacht immer wieder zu schließen versucht. Jeden Morgen nimmt Matti den Eispickel und schlägt sie auf. Zieht die Kanten nach, erbarmungslos. Zwischen den Saunagängen kühlen sie sich hier ab.

Wenn man schwitzt, ist die Kälte erträglich.

Letzten Sommer hat er ihr ein Rentierfell gekauft. Bei der Russin mit den schönen Händen. Hände, über die sie das Fell zieht, so dass sich die Haare kurz aufstellen, wie wenn das Tier noch lebendig wäre.

Sie sind auf dem Weg nach Helsinki. Der erste gemeinsame Ausflug. Auf einer Lichtung im Wald steht das Blockhaus. Die Felle hängen übereinander am Geländer der Veranda, und Annikki stellt sich die Tiere vor, nicht nur die Häute, die ganzen Tiere, wie sie alle auf den Holzdielen stehen und diese unter ihnen zusammenbrechen.

Annikki entscheidet sich für ein helles, beinahe weißes Fell. Auf der Fahrt liegt es auf ihren Knien, obwohl es heiß ist. Sie denkt an die Tiere in Lappland, die in großen Herden frei herumziehen und die kältesten Temperaturen aushalten. Die einzige Hirschart, bei der auch die Weibchen ein Geweih haben. Erinnerungen an früher tauchen auf. Wie sie als Kind die ganze Nacht vergeblich auf den Weihnachtsmann gewartet hat. Auf Joulupukki, dessen Schlitten von Rentieren gezogen wurde. Und an ihre Mutter, die an Heiligabend immer weinte.

Sie tritt auf das Eis. Erst nur mit dem einen Fuß. Ein Tier hat seine Spuren hinterlassen. Ein Bär vielleicht. Die Abdrücke sind über Nacht aufgequollen und jetzt riesengroß. Dort, wo es keine Schneeschicht gibt, ist das Eis glatt und mit kleinen Bläschen durchsetzt. An einigen Stellen hat es Risse, Eisnarben.

Der erste Schritt ist immer der schwierigste.

Sie setzt Fuß vor Fuß. Abwartend, hoffend.

Die Kuppel des Domes ist türkis. Das Meer von einem kalten Blau. Sie reden nicht viel. Gehen nebeneinander her, wie wenn sie das schon immer so gemacht hätten. Gehen die Esplanadi, den Park, auf und ab. Links und rechts stehen Bänke, fast alle sind besetzt. Sie fühlt sich beobachtet. Studenten stochern in den Blumenrabatten herum. Annikki kauft sich ein Eis. Es schmilzt in der Sonne, tropft auf ihren Rock. Er sagt nichts, schaut sie nur an. Sie wischt es mit einem Taschentuch ab, wirft es in den nächsten Abfalleimer. Sie setzen sich auf eine Bank. Nun sind es die andern, die hin- und hergehen.

Später legen sie sich auf die Wiese. Nur Äste und Himmel. Sie schläft ein. Träumt von einem Rentier. Es ist weiß. Sie möchte seine Schnauze anfassen. Es zwischen den Nüstern streicheln. Doch sobald sie es berührt, ist es weg.

Eine kleine Wolke liegt zwischen ihr und der Sonne. Sie erwacht.

Wo ist Matti?

Sie sucht nach ihm, nach seinem dunkelblauen T-Shirt. Ihre Augen gleiten über die Menschen, halten bei jedem Blau inne, doch er ist es nicht. Jetzt ist die Sonne verschwunden. Es ist kühler geworden. Sie zieht an den kurzen Ärmeln ihres T-Shirts, vergeblich. Sie sucht weiter, ihr wird schwindlig. Die Menschen sind eine einzige garstige Masse.

Da steht er auf einmal vor ihr. Mit einer Flasche Bier in der Hand.

Ich hatte Durst, sagt er. Und: Komm, wir gehen. Es klingt wie eine Entschuldigung.

Sie spazieren Richtung Hafen, wo es nach Fisch riecht und der Markt abgeräumt wird. Dann rüber nach Katajanokka, eine Halbinsel. Dort liegt ein Schiff vor Anker. Hat sich zwischen die Häuserzeilen geschoben, wie wenn es dazugehören würde. Sie schauen auf die Wellen. Er legt seinen Arm um sie. Sie denkt an das Fell, das sie im Auto gelassen hat. Hoffentlich stiehlt es niemand.

Sie sucht vergeblich nach der Sonne. Ihre Augen rutschen an der Landschaft ab. Es gibt nichts, woran sie sich festhalten können. Ganz ohne Licht und Schatten fehlen die Konturen, es entsteht eine Künstlichkeit, austauschbar, egal von welcher Seite sie die Dinge betrachtet. Alles ist weiß, eine unsichtbare Glocke.

Sie hört die Verdauungsgeräusche. Der See ist ein riesiges Tier. Bewegt sich, versucht zu atmen unter der schweren Decke. Will sich befreien.

Annikki geht immer weiter hinaus. Die Insellandschaft verzieht sich, wiederholt sich. Und ist doch nicht dieselbe. Sie blickt zurück. Das Saunahaus. Aus dem Kamin steigt weißer Rauch.

Er schläft sicher schon.

Sie haben sich an Juhannus kennengelernt. Sind am See gesessen und haben dem längsten Sonnenuntergang des Jahres zugeschaut. Dann haben sie ein Feuer gemacht. Und Bier getrunken. Viel Bier. Je mehr man trinkt, desto besser wird die Ernte. Das war früher.

Gegen Mitternacht sind sie mit dem Boot auf den See hinausgefahren. Am Tag war er golden, jetzt nur noch schwarz. Die Männer haben zu singen begonnen. Einer ist aufgestanden. Das Ruderboot hat geschwankt. Sie hatte Angst. Bat ihn, sich wieder hinzusetzen. Er taumelte. Sie versuchte ihn aufzufangen. Stürzte ins Wasser.

Der Alkohol lag schwer auf ihren Armen. Zog sie nach unten. Sie wehrte sich nicht. Fühlte sich leicht, schwebend. Dann der Griff am Arm. Grob. Es tat weh. Zerrte sie aus dem Wasser, hinein ins Boot. Es war Matti.

Sie kommt zu den Löchern. Sie sind klein und rund. Mit Ahlen in den See geschraubt. Tote Fische ringsherum. Mit aufgerissenen Mündern. Die Schuppen glitzern wie kleine Regenbogen. Nur das Auge, das ist kalt. Annikki hat den Männern am Vortag zugeschaut, wie sie vor den Eislöchern hockten. Jeder für sich. Den Faden versenkten, daran zupften, dann ruckartig den Fisch aus dem Loch zogen, aufstanden und schon wieder das nächste Loch bohrten. Die Fische liegen ließen. Matti war auch dabei gewesen.

Als Kind hat sie immer gewartet, bis die Fischer wieder fort waren. Ist von Loch zu Loch gelaufen, ließ die glitschigen, zappelnden Körper wieder ins Eiswasser gleiten. Die einen versanken wie Steine im kalten Wasser. Zu spät. Sie würden sich nie mehr bewegen.

Nun schaut sie nur noch zu. Wie sie die Münder aufreißen und an der Luft ersticken.

Auf dem Rückweg halten sie an. Er nimmt ihr das Fell vom Schoß. Legt es draußen auf den Boden.

Das wird doch schmutzig, sagt sie.

Ist egal, meint er.

Er legt sie aufs Fell.

Die hatte schöne Hände, die Russin, sagt er und fährt mit der Hand zwischen ihre Beine, unter ihren Slip. Sie dreht den Kopf weg. Weiße Birken und rosa Weidenröschen. Vielleicht steht es da. Irgendwo zwischen den Bäumen. Sie klammert sich mit ihren Fingern ins weiche Fell. Spürt die Haare in ihrem Rücken, als Matti sich in ihr vor und zurück bewegt. Mit und gegen den Strich. Wartet, bis es vorüber ist.

Es wird dunkel. Dabei war es gar nie richtig hell. Sie denkt an das Eichhörnchen, das am Morgen tot auf der Veranda lag. Es war grau. Mit abgetrenntem Kopf. Sie hat ihm jeden Morgen durch das Küchenfenster zugeschaut, wie es die Äste entlangraste, die immer dünner wurden, und wie es, kurz bevor sie zu knicken drohten, zum Sprung ansetzte. Wenn es sehr kalt war, hat sie dem Tier Nüsse aufs Fensterbrett gelegt. Der blutige Spaten stand hinter dem Haus. Sie hat Matti nicht darauf angesprochen.

Sie geht auf ihrer eigenen Fußspur zurück. Im Saunahaus brennt Licht. Sie schaut durchs beschlagene Fenster. Mit offenem Mund liegt er da. Sein Körper ist nass und glänzt wie ein Fisch. Das Thermometer zeigt 95 Grad. Sie legt noch ein paar Scheite nach.

Morgen ist Weihnachten.

Volker Kutscher

Bescherung

Ihnen kann ich es ja sagen: Ich habe einen Mord gedeckt, einen eiskalten Mord. Das heißt: Ich decke ihn immer noch. Dass es ein wirklicher Mord ist, daran besteht überhaupt kein Zweifel, alle Voraussetzungen sind gegeben, der Vorsatz etwa und die sogenannten niederen Beweggründe. Nur weiß das niemand. Niemand außer mir. Zugegeben, in den Beweggründen habe auch ich mich getäuscht, aber das ändert nichts daran: Es bleibt ein Mord.

Und, auf die Gefahr hin, Sie zu schockieren: Ich werde das Gleiche noch einmal tun, ich werde einen weiteren Mord decken.

Das Telefon beginnt zu klingeln, ein heiseres Scheppern. Ich bleibe liegen auf dem weichen Polster, es hat keinen Zweck aufzustehen und dieses Gespräch entgegenzunehmen, es ist nicht mein Telefon, es ist nicht mein Haus, und überhaupt: Was soll ich mich noch kümmern?

Das Telefonklingeln wirft mich zurück in die Weihnachtsnacht. Erinnerungen tauchen auf, Bilder und Stimmen, klarer als die Wirklichkeit, die immer mehr vor meinen Augen verschwimmt. Sie erscheinen, wann und wie sie wollen, ich darf nicht wählerisch sein, ich greife nach ihnen wie nach kleinen

Fischen in einem Aquarium, und ab und zu erwische ich eine. Ich muss sie nehmen, wie sie kommen, ich kann sie mir nicht aussuchen.

Da ist mein Weihnachtsbaum. Ich sehe ihn so deutlich, als würde er vor mir stehen. Jede einzelne Kugel, jeden Lamettafaden. Die Geschenke unterm Schatten der Tannenzweige, eingepackt und unberührt.

Vor der Bescherung graut mir immer am meisten.

Ich lasse mir Zeit mit der Weihnachtsgans, die Frau Strelow, meine Zugehfrau, alle Jahre wieder zubereitet. Der Tisch ist festlicher gedeckt, ansonsten unterscheidet sich das Weihnachtsmahl kaum von den anderen Mahlzeiten, die ich allein zu mir nehme, an diesem viel zu großen Tisch, an dem viel zu selten Gäste sitzen. Man gewöhnt sich daran, allein zu essen, das ist gar nicht so schlimm, wie es sich anhört. Nein, das Schlimmste ist, immer wieder, die Bescherung. Erst wenn ich all das wieder auswickle, was ich wenige Tage zuvor selbst ausgesucht und eingepackt habe, wird mir bewusst, wie unsagbar allein einer wie ich doch durchs Leben geht. Die Überraschung (meist eine gestrickte), die Frau Strelow jedes Jahr unter die Pakete schmuggelt, macht alles nur noch schlimmer, führt mir die Sinnlosigkeit und Leere dieses Rituals erst recht vor Augen.

Ich weiß noch, in welchem Moment das Telefon die Einsamkeit meines Heiligabends zerriss; Frau Strelow hatte sich längst mit einem »Frohes Fest, Herr Medizinalrat!« zu ihrer Familie verabschiedet, ich mit meinem Cognacglas die Tafel bereits verlassen. Ich stand am Fenster und schaute hinaus. Überall da draußen schien Weihnachtsstimmung zu herrschen, nur in meiner Wohnung nicht, so sehr Frau Strelow sich auch bemüht hatte, alles festlich herzurichten. Der Christbaum spiegelte sich in der Scheibe, das Flackern der Kerzen ließ die Schatten im Zimmer tanzen, und unter dem Baum warteten drohend die immer noch nicht ausgepackten Geschenke.

Als das Telefon zu klingeln begann, nicht so blechern wie der altersschwache Apparat hier in diesem Raum, sondern schrill und laut, zögerte ich keine Sekunde abzuheben. Nichts schien unwahrscheinlicher, gerade an diesem Abend, als ausgerechnet ein Anruf von Elisabeth Marquard, aber ich nahm es so selbstverständlich hin, so gottgegeben wie alles von ihr. Ich kam nicht einmal dazu, ein frohes Fest zu wünschen, sie unterbrach mich, und schon ihre ersten Worte machten mich stumm. »Du musst sofort kommen.«

Den labilen Gesundheitszustand von Richard Marquard kannte ich schon lange, bevor ich Hausarzt der Familie Marquard wurde (eine Aufgabe, die ich von meinem Vater übernommen habe). Schon als Jugendlicher hatte Richard Probleme, wenn wir zusammen Tennis spielten oder mit seinem Boot auf den See hinausfuhren. Eigentlich nichts Ernstes, ein schwaches Herz, das ab und an eine Dosis Strophanthin brauchte; eine Spritze, die alles schnell wieder in Ordnung brachte. Nichts Lebensbedrohendes, solange er übermäßige Anstrengungen vermied.

Diesmal allerdings hatte die Spritze keine Wirkung gezeigt. Richard war kollabiert, trotz des Medikaments, offensichtlich eine weitaus heftigere Attacke als sonst. Die Arzttasche stand bereit, und in nicht einmal acht Minuten war ich in Wannsee. Albert öffnete mir wie immer mit unbeweglichem Gesicht; ich wartete nicht auf den etwas betulichen Hausdiener, sondern stürmte die Treppe hoch; ich kannte mich aus in diesem Haus, so riesig es auch war.

Die Christbaumkerzen im großen Salon brannten noch, als sei das Fest nur kurz unterbrochen und werde gleich weitergehen, die Geschenke stapelten sich unter dem Baum, ebenso unberührt wie bei mir zu Hause. Sie hatten Richards leblosen Körper auf das Sofa in der Bibliothek gebettet. Elisabeth saß bei ihm, hielt seine Hand und blickte mir hilfesuchend entgegen. Wolfgang, der neben seiner Mutter stand, wirkte sehr ruhig, die Dienstboten hingegen (bis auf den stoischen Albert) schienen nicht recht zu wissen, wie sie sich verhalten sollten; die beiden Mädchen, die eben noch bei Tisch bedient hatten, traten verlegen von einem Fuß auf den anderen. Auf dem Beistelltisch lagen zwei leere Injektionsspritzen; Elisabeth hatte meinen telefonischen Rat also befolgt und Richard eine zweite Dosis verabreicht.

Sie schaute mich an, als sie mir Platz machte, ein seltsamer Blick, beinah flehentlich, ein Blick, den ich erst später verstehen sollte. Noch während ich auf der schweißkalten Haut den Puls suchte, wusste ich, dass ich zu spät gekommen war. Richard Marquard war tot. Er lag so friedlich da, als schliefe er, die Augen geschlossen, doch er atmete nicht mehr. Mein wortloses Kopfschütteln reichte, und Elisabeth reagierte, wie man es von einer Witwe erwarten durfte, verbarg ihr Gesicht in den Händen, begann sogar leise zu schluchzen. Und ich? Na ja, ich schaute genauso bestürzt, wie man es von mir erwarten durfte, seinem Hausarzt und alten Freund seit Kindertagen …

Wann genau es begonnen hat, kann ich Ihnen nicht sagen, aber irgendwann in all den Jahren habe ich angefangen, Richard Marquard zu hassen. Richard, mit dem ich von klein auf befreundet war, den Stammhalter der großen Familie Marquard, *der zu dienen wir Schlüters die Ehre haben*, wie mein Vater es formuliert hätte; mein Vater, der dem alten Kommerzienrat vielleicht wirklich ein Freund gewesen sein mochte. Gleichwohl hat er auch immer zu Wilhelm Marquard aufgeblickt, hat ihn bewundert und sich aufgerieben für die Gesundheit dieses für Kaiser und Vaterland ach so wichtigen Mannes. Und wie selbstverständlich habe ich diese

Rolle übernommen, das Erbe der Schlüters, diese Treue zu den großen Marquards, diese Freundschaft, die doch in Wahrheit nur ein Zukreuzekriechen war, ein Speichellecken, ein devotes Unterwerfen.

In der Tradition unserer Väter nannten auch wir uns Freunde, Richard und ich, obwohl keine Freundschaft möglich war zwischen zweien wie uns. Wahrscheinlich wollte er mich nicht einmal verletzen mit diesen wie beiläufig eingestreuten Befehlen, mit denen er mich erniedrigte (oft und gern auch vor Dritten); er war es einfach gewohnt zu befehlen und merkte nicht, wie er mich quälte und demütigte, indem er den feinen Unterschied betonte, der eben dann doch die Marquards über die Schlüters erhob.

Erstaunlich eigentlich, dass es dennoch viele Jahre brauchte, bis ich meinen Hass bemerkte (und diesen undenkbaren Gedanken auch zu denken wagte). Wenn ich heute auch weiß, dass ich Richard Marquard schon lange hasste, wahrscheinlich von dem Augenblick an, als ich ihm zum ersten Mal begegnete, so wurde mir diese Tatsache doch erst viel später bewusst, das erste Mal in jenem Moment, als er mir Elisabeth vorstellte mit jenen zwei Worten, die mich tiefer trafen als all die Erniedrigungen in den Jahren zuvor.

»Meine Verlobte«, genau das sagte er, und ich sah sofort, dass er sie nicht verdiente, sah ihre dunklen Augen und wusste, dass sie nicht glücklich war, dass sie mit diesem Mann niemals würde glücklich werden können.

Von diesem Tag an war ich auch ihr Hausarzt, und dafür, nur dafür, danke ich Richard Marquard.

Sie werden also nachvollziehen können, wie schwer es mir fiel, an der Leiche dieses Mannes Trauer zu heucheln. Was in Elisabeth wirklich vorging, kann ich nicht sagen, ihr Schluchzen war einem lautlosen Weinen gewichen. Wolfgang stand neben ihr und hatte den Arm um seine Mutter gelegt. Bevor ich mich daranmachte, den Totenschein auszufüllen, nahm ich die Spritzen vom Beistelltisch und roch an einer Kanüle. Ich weiß nicht warum, vielleicht aus Gewohnheit, jedenfalls tat ich es, und allein die Tatsache, dass ich überhaupt etwas wahrnahm, machte mich stutzig. Strophanthin ist geruchlos, diese Spritze aber verströmte einen Geruch, den ich nur allzu gut kannte.

Insulin. Beide Spritzen rochen unverkennbar nach Insulin.

Schon die erste musste Richards Körper in eine starke Unterzuckerung gestürzt, die zweite aber (die ich am Telefon selbst angeordnet hatte) musste ihn direkt in den Tod geschickt haben.

Wie war das möglich? Wolfgangs Insulinspritzen sahen völlig anders aus als Richards Strophanthinspritzen, ganz bewusst hatte ich darauf gedrungen, unterschiedliche zu wählen, als wir mit Wolfgangs Insulintherapie begannen, um eine Verwechslung auszuschließen, eine Verwechslung, die ansonsten allzu schnell möglich gewesen wäre, angesichts der Tatsache, dass in diesem Haus gleich zwei Personen auf Injektionen angewiesen waren.

Die Spritzen in der Hand, immer noch fassungslos, suchte ich Elisabeths Blick. Ihre Miene blieb ungerührt, aber ihre Augen konnten es nicht verbergen. Mittlerweile glaube ich, sie wollte es mir gar nicht verheimlichen, ihr Blick war offen wie schon ewig nicht mehr. Ich bin voll und ganz in deiner Hand, sagte er, verrate mich nicht.

Ich glaube, ich habe sie nie mehr geliebt als in diesem Moment.

Sie hatte die Kraft für etwas aufgebracht, für das ich all die Jahre zu schwach gewesen war. Sie hatte meine Gedanken in Tat verwandelt.

Ich legte die verräterischen Spritzen in meine Arzttasche, als sei an ihnen nichts Besonderes, und holte einen Formularblock heraus, um den Totenschein auszustellen. Albert, der alte Diener, war schon am Telefon, um den Leichenwagen anzufordern, als ich die entscheidende Rubrik ausfüllte. *Todesursache: Herzversagen.* Gegenteiliges ließ sich nicht beweisen, selbst wenn sie den Toten aufschneiden würden in der Hannoverschen Straße: Ein Tod durch Unterzuckerung ließ sich nun einmal nicht nachweisen. Meine Beobachtung war das einzige Indiz, die beiden Spritzen mit den Insulinspuren die einzigen Beweise. Und die lagen in meiner Tasche.

Es sah aus wie eine schreckliche Familientragödie: plötzlicher Tod unter dem Weihnachtsbaum, in der friedlichsten Nacht des Jahres, doch Elisabeth musste das alles lange geplant und vorbereitet haben. Und für mich war es wie ein Geschenk, das schönste Weihnachtsgeschenk, das sie mir hätte machen können, die erste Bescherung nach langen Jahren, die den gleichen Zauber hatte wie damals, als ich noch an das Christkind glaubte und mich nicht selbst beschenken musste.

In meiner Euphorie habe ich sofort gedacht, sie habe es unseretwegen getan. Um wieder frei zu sein für mich, um an unsere Affäre von damals anzuknüpfen, die so abrupt endete, wie sie begonnen hatte, und dennoch mein Leben seitdem beherrscht, ihm vielleicht sogar erst seinen eigentlichen, eigentümlichen Sinn gegeben hat. Indem sie jeden anderen Sinn aus ihm heraussaugte.

Beinah ein Vierteljahrhundert liegt der Tag zurück, an dem alles begann, das Glück und auch das Unglück. Richard hatte Elisabeth zu mir geschickt, mehrere Monate vor der Hochzeit, ich sollte die Gesundheit der Braut gründlichst überprüfen. Sie erschien wie verabredet, sprach indessen kein Wort. Mit einer stummen Wut begann sie sich für die Untersuchung freizumachen, eine Wut, die nicht gegen mich gerichtet war, wie ich bald merkte, sondern gegen ihren Verlobten, der sie zu mir geschickt, vielleicht auch gegen ihre alte Mutter, die sie in diese ausweglose Lage gebracht hatte. Die von Sydows waren finanziell am Ende, sie brauchten diese Vermählung ihres guten Namens mit dem Geld der Marquards.

Als Elisabeth wieder hinter dem Paravent hervortrat, stockte mir der Atem. Mir war, als seien meine geheimsten Phantasien Fleisch geworden und ich müsse mich dafür schämen. Ich bin sogar rot geworden, glaube ich. Sie hatte mehr abgelegt, als die Untersuchung verlangte. Völlig unbekleidet stand sie vor mir, in ihrer Nacktheit so natürlich wie eine antike Göttin. Und umwerfend schön. Sie trat auf mich zu und bewegte sich dabei so selbstverständlich, geradezu elegant, dass sämtliche Scham von mir abfiel. Und dann sprach sie die ersten, ja einzigen Worte an jenem Nachmittag.

»Richard möchte wissen, ob ich in der Lage bin, ein Kind zu empfangen, nicht wahr?«

Dabei schaute sie mir in die Augen, und zum ersten Mal öffnete sich ihr Blick und ließ mich ein.

Ich will mich hier nicht in Einzelheiten verlieren, aber sie verführte mich wie einen Schuljungen. Ich hatte ihr nichts entgegenzusetzen, hatte nur meine Sprachlosigkeit, mein Begehren, meinen Körper, der mit dem ihren eins werden wollte. Elisabeth wirkte mir plötzlich so vertraut, als würde ich sie schon immer kennen, als hätten wir schon vor Tausenden von Jahren zueinandergehört, bevor man uns getrennt und in diese Körper gesperrt hatte, die sich so rauschhaft aneinanderklammerten, als wollten sie jene Trennung ungeschehen machen.

Ja, wie im Rausch liebten wir uns, und schmerzhaft wie aus einem Rausch war auch das Erwachen. Schon als sie sich wortlos wieder ankleidete, erschien es mir, als stünde da eine andere, als sei die Frau, die ich vor wenigen Minuten noch geliebt hatte, wieder verschwunden, nach kurzem Ausgang zurückgekehrt in ihr Gefängnis.

Ich kann es heute genauso wenig verstehen wie damals, obwohl ich sie mittlerweile tausendfach erlebt habe, ihre Verwandlung (die eigentlich ein Rückzug ist, ein Rückzug in ihr tiefstes Inneres, der sie unerreichbar macht für die Welt).

Sie ließ mich völlig verwirrt zurück. Ich schaute noch lange auf die Tür, durch die sie verschwunden war. Was war geschehen? Ich konnte mir keinen Reim darauf machen, spürte nur, wie sehr ich sie begehrte.

Wochen verstrichen, ehe sie mich wieder verführte, ebenso überfallartig und ohne jede Vorwarnung wie beim ersten Mal. Monatelang sollte es so weitergehen: Plötzlich, aus heiterem Himmel, wenn ich schon jede Hoffnung begraben hatte, ihr noch einmal nahezukommen, öffnete sie ihren Blick, ließ mich in ihre Seele schauen und gab sich mir hin – nein, dieser Ausdruck, den meine Generation gemeinhin dafür benutzt, will nicht recht passen: Sie gab sich nicht hin, sie forderte mich ein. Und wies zugleich jeden meiner eigenen kläglichen Versuche, mich wie ein Mann zu verhalten und auch einmal sie zu verführen, aufs Entschiedenste zurück. So entschieden, dass ich nach zwei, drei barschen Zurückweisungen davon abließ.

Gezwungenermaßen lernte ich, ihre unvorhersehbaren Zuwendungen hinzunehmen wie die Launen eines Schicksals, das es ab und zu einmal gut mit mir meint. Ich überließ mich gänzlich ihrem Willen und ihren eruptiven Verführungen, zehrte jedes Mal lange davon, da ich nie wusste, wann ich das nächste Mal in den Genuss ihrer Liebe kommen würde. Sogar in den Stunden, Tagen, Wochen des quälenden Wartens genoss ich die Abhängigkeit von ihrer Willkür, ihrer Gnade. Wie ein Kind, das sich auf die Bescherung freut, aber den Kalender nicht kennt und nicht weiß, wann denn endlich Heiligabend ist.

Irgendwann in diesen Wochen, noch vor Elisabeths Hochzeit, löste ich meine Verlobung mit Katharina. Die Brave tat mir leid, aber ich sah mich nicht mehr imstande, eine andere Frau zu lieben als Elisabeth; mein ganzes Denken und Trachten war auf sie gerichtet, auf die Braut meines besten Freundes (für den alle Welt Richard bis heute hält), des Mannes, dessen Trauzeuge ich war, was mich nicht daran hinderte, auch nach der Hochzeit der Liebhaber seiner Frau zu bleiben. Meinetwegen hätte es ewig so weitergehen können, ich war mit meinem Los zufrieden.

Aber dann war es mit einem Mal vorbei. Unsere erotischen Abenteuer hörten so plötzlich und überraschend auf, wie sie begonnen hatten.

Als Mediziner weiß ich natürlich, welche Veränderungen eine Schwangerschaft in Körper und Seele einer Frau auslöst, und dennoch wollte ich es zunächst nicht wahrhaben, so sehr hatte ich mich an unsere unberechenbare Affäre gewöhnt. Erst als sich auch nach Wolfgangs Geburt nichts an ihrer abweisenden Kälte änderte, als sie all ihre Liebe auf den Jungen zu richten schien, als sei nichts mehr übrig für die anderen, nicht für ihren Mann (den sie, so glaube ich wenigstens, ohnehin nie geliebt hat) und auch nicht für ihren Liebhaber (wenn ich mich überhaupt so nennen darf), erst da sah ich es endlich ein:

Da war nichts mehr.

Über dreiundzwanzig Jahre sollte es dauern, ehe sich wenigstens ihre Augen wieder für mich öffneten. An jenem Heiligabend, an dem sie mich an der Seite ihres toten Mannes so flehentlich anschaute.

Natürlich frage ich mich heute, warum ich damals unter dem Christbaum (»damals« hört sich so vergangen an, dabei liegt es kein halbes Jahr zurück), warum ich damals überhaupt begonnen habe, wieder Hoffnung zu schöpfen. Lag es an der weihnachtlichen Stimmung im Hause Marquard? An dem Gefühl, dass ich jetzt, da Richard tot war, mit Wolfgang und ihr eine Familie bilden könne? Wolfgang! Wie stolz ich auf ihn bin. Wie er seiner Mutter an jenem Heiligabend Trost spendete (er konnte ja nicht ahnen, dass sie keinen brauchte), wie er in ruhiger Würde Albert und dem restlichen Personal all jene Anweisungen erteilte, die in solch einer schweren Stunde nötig sind.

Das Telefon hat aufgehört zu klingeln, nur das Ticken der Uhr ist zu hören. Es kommt mir vor, als sei ich allein in diesem riesigen Haus, so ruhig ist es. Alle Dienstboten sind zu Bett, Wolfgang befindet sich auf Reisen. Nur Elisabeth wartet irgendwo nebenan. Das bilde ich mir wenigstens ein, das tröstet mich. Eine Fotografie steht neben dem Sofa. Ich kann mich nicht erinnern, das Bild jemals hier gesehen zu haben, ich glaube fast, sie hat es mir hingestellt. Elisabeth und Wolfgang Marquard in trauter Zweisamkeit, glücklich ins Objektiv des Fotografen lächelnd. Die Aufnahme muss vor drei Jahren etwa gemacht worden sein, kurz nachdem Wolfgang mit seiner Insulintherapie begonnen hatte und nach langen Jahren der Entbehrung wieder normal essen konnte.

Wie sehr ihm die Krankheit zugesetzt hat. Wäre vor wenigen Jahren nicht endlich die Extraktion von Insulin gelungen und die erste erfolgreiche Therapie, wer weiß, ob Wolfgang überhaupt noch lebte. Und jetzt führt er die Geschäfte der Marquards, mit gerade einmal dreiundzwanzig, als habe er nie etwas anderes gemacht.

Mumps, eine harmlose Kinderkrankheit. Wolfgang war vierzehn, als er daran erkrankte, nichts, worüber man sich hätte Sorgen machen müssen. Doch dann traten Komplikationen auf: Die Krankheit schlug auf die Bauchspeicheldrüse und ließ irreparable Schäden zurück. Seither produziert sein Pankreas viel zu wenig Insulin; seither ist Wolfgang Diabetiker.

Eine Insulintherapie war damals, mitten im Krieg, noch nicht möglich, es gab keine Alternative zu der strengen Diät, die ich ihm auferlegte. Alle Welt forschte damals schon mit Pankreaszellen, es ging darum, Zeit zu gewinnen. Wolfgang, bis auf die Knochen abgemagert, musste dem Tod einen Wettlauf liefern, den er niemals gewinnen, den er nur endlos in die Länge ziehen konnte.

Und dann drohte er aufzugeben und einfach stehenzubleiben. Wer konnte es dem armen Jungen schon verdenken, dass er versuchte, seinen Heißhunger zu stillen und die Diät zu umgehen? Wir mussten ihn unter strenge Beobachtung nehmen; Richard ließ eine ganze Raumflucht oben um das Turmzimmer in einen goldenen Käfig umwandeln. Ich glaube, er hat es genossen, den Jungen unter dem Vorwand quälen zu können, doch eigentlich sein Leben retten zu wollen. Wie sehr Elisabeth damals gelitten hat! Sie hat ihrem Mann das niemals verziehen, jene Jahre, in denen Wolfgangs Seele zerbrochen wurde. Und auch ich habe es kaum ertragen können, ohnmächtig zusehen zu müssen, mit welcher Boshaftigkeit Richard meinen …

Immer noch fällt es mir schwer, darüber zu sprechen; es ist ein Geheimnis, von dem niemand weiß, nicht einmal der Junge selbst, aber Ihnen kann ich es ja sagen: Wolfgang Marquard ist mein Sohn.

Wir haben nie darüber geredet, Elisabeth und ich, sie hat es mir nie verraten, und dennoch weiß ich es. Natürlich weiß ich es! Wie sehr ich mir immer gewünscht habe, ihm ein richtiger Vater sein zu können. Vielleicht habe ich auch deshalb gedacht, wir könnten nach Richards Tod als Familie neu anfangen. Weil wir eine Familie sind.

Kurz nach jenem Dezembertag des zur Neige gehenden Jahres neunzehnhundertfünfundzwanzig, in dessen graunasser Kälte man Richard Marquard unter großer Anteilnahme zu den Seinen auf den Friedhof Steglitz gelegt hat, begannen meine regelmäßigen Besuche im Hause Marquard. Niemand wunderte sich darüber; natürlich kümmerte ich mich als Hausarzt und Freund der Familie um die trauernde Witwe. Ich begab mich so oft es ging in ihre Nähe, wartete darauf, dass es wieder so werde wie früher. Selbstredend machte ich keinerlei Anstalten, Elisabeth zu verführen, wusste ich doch, dass dies nicht von Erfolg gekrönt sein würde. Nein, ich saß einfach da und plauderte, genoss ihre Nähe und wartete. Und wartete. Wenn ich in all den Jahren etwas gelernt habe, dann dies.

Ich war gern am Wannsee; nach Richards Tod schien es, als atme das ganze düstere Haus wieder freier. Die Dienstboten empfingen mich freundlich, und auch Wolfgang hatte offensichtlich überhaupt nichts dagegen, dass ich mich um seine Mutter kümmerte.

Und dann, endlich, die Einladung für den heutigen Abend. Ein Dinner zu zweit! Sollte meine Geduld belohnt werden? Es sah alles danach aus, Wolfgang war außer Haus, die Stimmung beim Essen gelöst (ich gestehe, dem Wein ein wenig zu stark zugesprochen zu haben), und als Elisabeth nach dem Dessert sämtliche Dienstboten zur Ruhe schickte und sogar Albert sagte, dass sie ihn nicht mehr brauche, da war es offensichtlich, dass sie mich heute, endlich wieder nach all den Jahren, in ihr Schlafzimmer führen würde.

Und das tat sie auch. Dennoch verlief der Abend anders, als ich ihn mir ausgemalt hatte. Schon als sie die Tür hinter sich schloss, merkte ich, wie eine bleierne Müdigkeit von mir Besitz ergriff. Ich versuchte dagegen anzukämpfen, es erschien mir geradezu lächerlich, war mir richtiggehend peinlich, dass ich ausgerechnet in diesem Moment, auf den ich über zwanzig Jahre gewartet hatte, als Mann versagen sollte. Aber Elisabeth setzte sich zu mir, nahm meinen müden Kopf und streichelte ihn. Wie selig ich mich fühlte in ihren Armen! Eine Heimkehr nach langen Jahren in der Fremde, nichts musste mir noch unangenehm sein. Schließlich kämpfte ich nicht mehr gegen die Müdigkeit, die Augen fielen mir zu.

Und nun liege ich, keine Ahnung, wie lange schon, auf dem Sofa in der Marquard'schen Bibliothek und zehre von meinen Erinnerungen. Wieder klingelt das heisere Telefon, und plötzlich weiß ich, dass ich abheben muss, ganz gleich wie schwach ich mich fühle. Dieses Telefon klingelt nur für mich.

Es strengt mich mehr an als gedacht, als ich mich aufrichte, um an den Apparat zu gelangen, ein brutaler Kopfschmerz nimmt meine Schläfen in die Zange. Ich atme tief und ruhig, und die Schmerzattacke geht vorüber, endlich kann ich den Hörer von der Gabel nehmen.

Sie muss sich nicht melden, ich weiß, dass sie es ist. Ich erkenne sogar ihr Atmen.

Wo bist du?, frage ich.

In deiner Nähe.

Das ist schön.

Verstehst du mich?, fragt sie nach einer Weile.

Ich hatte gehofft, wir wären eine Familie.

Wir können keine Familie sein. Ich will nur mein Kind, nichts sonst. Da ist kein Platz für dich.

Ich liebe dich.

Ich weiß. Und ich danke dir. Für alles.

Sie hat aufgelegt. Vor Minuten, vor Stunden? Ich weiß es nicht. Ich sitze da und starre den Hörer an und frage mich, ob ich dieses Gespräch wirklich erlebt oder nur geträumt habe. Ich kann überhaupt nicht mehr sagen, was wirklich ist und was nicht, und doch sehe ich plötzlich klarer denn je, sehe alles unverstellt und so, wie es ist.

Sie hat mich nie geliebt. Diese Erkenntnis tut weh. Und doch ändert das nichts an meiner Liebe zu ihr. Allein dafür bin ich ihr dankbar, dass sie mir überhaupt die Möglichkeit eröffnet hat, so zu lieben. Wie schön zu wissen, dass ich ein Teil ihres Lebens war, dass sie mich gebraucht hat. Dafür, das Kind zu zeugen, das sie mit Richard niemals haben wollte. Dafür, den Mord zu decken, den sie an ihrem Mann begangen hat.

Sie hat es nicht für uns getan, nicht für mich, auch das weiß ich jetzt: Richards Tod war kein Weihnachtsgeschenk. Nein, mein Totenschein war das Weihnachtsgeschenk, mein Geschenk für Elisabeth.

Ich liege wieder auf dem Sofa. Die Zeit ist nicht mehr greifbar. Mein Atem geht schneller, wieder schmerzt der Kopf, auf der Haut ein Film aus kaltem Schweiß. Noch nehme ich das alles wahr, doch immer öfter setzen meine Sinne aus, kehre ich aus völlig anderen Welten, völlig anderen Zeiten zurück in meinen Körper.

Ich muss mir keine Sorgen machen, niemand wird etwas merken: Sie hat gute Arbeit geleistet, die Einstiche sind kaum zu sehen. Zwei Spritzen. Wie bei Richard.

Es ist kein qualvoller Tod. Ich werde ihn nicht bei Bewusstsein erleben, meine Gedanken werden völlig wirr sein, wenn er eintritt. Lange kann es nicht mehr dauern.

Morgen früh werden sie meine Leiche finden. Ich weiß nicht, welcher Kollege den Totenschein ausstellt, aber das spielt auch keine Rolle, niemand wird ihr etwas nachweisen können.

Und ich, ich werde schweigen.

Die Autorinnen und Autoren

Sabina Altermatt, Jahrgang 1966, ist in Chur (Schweiz) geboren und aufgewachsen. Sie studierte Staatswissenschaften an der Hochschule St. Gallen. Heute lebt sie als Schriftstellerin in Zürich und im Glarnerland. Für ihr literarisches Schaffen erhielt sie mehrere Auszeichnungen und Stipendien. Sie schreibt Romane, Kurzgeschichten und Hörspiele. Zuletzt erschien im Limmat Verlag ihr dritter Kriminalroman *Alpenrauschen*. www.sabina-altermatt.ch

Nessa Altura lebt mit Mann und zwei Kindern in Böblingen. Sie hat zwei Erzählbände und einen Roman veröffentlicht, dazu zahlreiche Kurzgeschichten und damit etliche Preise gewonnen. So zum Beispiel den Friedrich-Glauser-Kurzkrimipreis 2002 und den Preis der Historica 2007. In ihrem Blog – www.autorenexpress.de – schreibt sie über das, was Autoren freut und nervt. Mehr über die Autorin selbst steht unter www.nessaaltura.de

Friedrich Ani, geboren 1959, lebt in München. Für seine Kriminalromane um den Vermisstenfahnder Tabor Süden und den Mordermittler Polonius Fischer wurde er mehrfach ausgezeichnet, u. a. mit dem Deutschen Krimipreis und dem Tukan-Preis der Stadt München für das beste Buch des Jahres. Zuletzt erschienen von ihm der Gedichtband *Mitschnitt* und der Roman *Totsein verjährt nicht* (beide im Zsolnay Verlag). www.friedrich-ani.de

Christa von Bernuth, geboren 1961, studierte Germanistik und Französisch und arbeitete als Autorin für verschiedene Frauenmagazine, ehe sie ihren ersten Krimi veröffentlichte. Sie schrieb u. a. drei Romane um die Kommissarin Mona Seiler, die mit Mariele Millowitsch verfilmt wurden. In ihrem Thriller *Innere Sicherheit* erfasste Christa Bernuth beeindruckend präzise die

Stimmung in der DDR der achtziger Jahre. *Innere Sicherheit* wird im Herbst 2009 im Piper Verlag neu aufgelegt. www.christa-bernuth.de

Oliver Bottini, 1965 in Nürnberg geboren, studierte in München Germanistik, Italianistik und Psychologie. Für seine Kriminalromane *Mord im Zeichen des Zen* und *Im Sommer der Mörder* erhielt er jeweils den Deutschen Krimipreis. Beide Romane standen monatelang auf der KrimiWelt-Bestenliste und wurden in mehrere Sprachen übersetzt. 2007 wurde Oliver Bottini für den Friedrich-Glauser-Preis in der Sparte Roman nominiert. Sein dritter Krimi, *Im Auftrag der Väter*, stand 2007 auf der Shortlist des Münchner Tukan-Preises. Im Frühjahr 2009 erschien sein neuester Roman, *Jäger in der Nacht*. Oliver Bottini lebt in Berlin. www.bottini.de

Anne Chaplet hat im Herbst 2008 mit *Schrei nach Stille* ihren neunten Roman veröffentlicht. Sie lebt in Hessen und in Südfrankreich und hat unter ihrem bürgerlichen Namen Cora Stephan zahlreiche Sachbücher veröffentlicht. Sie ist Trägerin des Deutschen Krimipreises sowie des Radio-Bremen-Krimipreises. www.anne-chaplet.de

Sabine Deitmer ist in Düsseldorf aufgewachsen, hat in Bonn und Konstanz studiert und lebt heute in Dortmund. Sie wurde mit *Bye-bye Bruno* (1988) zur Trendsetterin in Sachen Männermorde. Die Heldin ihrer Romane, Kommissarin Beate Stein, scheut sich nicht, das Gesetz zu brechen, wenn es der Gerechtigkeit dient. Sabine Deitmer erhielt zahlreiche Preise und Auszeichnungen: 1995 den Deutschen Krimipreis für *Dominante Damen*; 2005 die Agathe, den Frauenkrimipreis der Stadt Wiesbaden, für *Scharfe Stiche* und 2008 den Ehrenglauser für ihren Beitrag zur deutschsprachigen Kriminalliteratur.

Brigitte Glaser, Jahrgang 1955, stammt aus dem Badischen, lebt aber seit vielen Jahren in Köln. Sie war lange in der Medienbranche tätig, bevor sie zum Schreiben kam. Von 2001 bis 2008 hatte Brigitte Glaser eine eigene Krimiserie, *Tatort Veedel*, im *Kölner Stadtanzeiger*. 2003 erschien mit *Leichenschmaus* der erste Krimi mit ihrer detektivisch tätigen Köchin Katharina Schweitzer. Der fünfte Roman aus dieser Serie, *Bienenstich*, erscheint im Herbst 2009 und im Frühjahr 2010 ihr erster Jugendkrimi *Jetzt musst du springen* im Sauerländer Verlag. www.brigitteglaser.de

Gisbert Haefs, geboren 1950, lebt und schreibt in Bonn. Er arbeitet als Übersetzer und Herausgeber, u. a. für Jorge Luis Borges, Rudyard Kipling, Georges Brassens und Bob Dylan. Darüber hinaus hat Gisbert Haefs Erzählungen, Krimis (*Matzbach*) und historische Romane veröffentlicht (u. a. *Hannibal, Troja, Raja,* zuletzt *Caesar*).

Carsten Sebastian Henn, geboren 1973 in Köln, lebt mit seiner Familie und zwölf Rebstöcken in Hürth. Er arbeitet als Schriftsteller und Weinjournalist und gilt als »Deutschlands König des kulinarischen Krimis« (WDR). Seine Reihe um den Ahrtaler Koch und Meisterdetektiv Julius Eichendorff hat sich bereits über 100 000-mal verkauft und erscheint auch in Hörbuchform, gelesen vom Entertainer und Kabarettisten Jürgen von der Lippe. Seine Piemont-Kriminalromane *Tod & Trüffel* sowie *Blut & Barolo* um die Hunde Niccolò und Giacomo erfreuen sich bei den Lesern großer Beliebtheit. www.carstensebastianhenn.de

Norbert Horst ist im Hauptberuf Kriminalhauptkommissar bei der Polizei des Landes Nordrhein-Westfalen. Als Mitglied eines MK-Pools hat er in zahlreichen Mordkommissionen ermittelt. Heute arbeitet er im Bereich Öffentlichkeitsarbeit / Presse bei der Polizei in Bielefeld. Der Autor ist verheiratet, hat zwei Kinder und lebt in Ostwestfalen. Für seinen ersten Roman mit Kriminalhauptkommissar Kirchenberg, *Leichensache*, erhielt er den Friedrich-Glauser-Preis 2004 für das beste Krimidebüt; für *Todesmuster* wurde er mit dem Deutschen Krimipreis 2006 ausgezeichnet. Zuletzt erschien von ihm *Sterbezeit*.

Bernhard Jaumann, geboren 1957, arbeitete nach dem Studium als Gymnasiallehrer für Deutsch, Geschichte, Sozialkunde und Italienisch, unterbrochen von längeren Auslandsaufenthalten in Italien, Australien und Mexico-Stadt. Ab 1997 schrieb er eine Krimiserie, deren Bände jeweils einen der fünf Sinne zum Thema haben. Er lebt in Windhoek / Namibia oder in seinem Haus bei Montesecco in den italienischen Marken, in denen seine neuesten Romane angesiedelt sind. Für *Saltimbocca* erhielt er 2003 den Friedrich-Glauser-Preis für den besten deutschsprachigen Kriminalroman. 2008 erhielt er den Friedrich-Glauser-Preis für die beste Kurzgeschichte und 2009 den Deutschen Krimipreis für *Die Augen der Medusa*. www.bernhard-jaumann.de

Thomas Kastura, geboren 1966, lebt mit seiner Frau und seinen beiden Töchtern in Bamberg. Er studierte Germanistik und Geschichte und arbeitet für den Bayerischen Rundfunk. Neben seiner Krimi-Reihe um den Kölner Kommissar Klemens Raupach (*Der vierte Mörder*, 2006; *Das dunkle Erbe*, 2008) schreibt er auch Jugendromane (*Warten aufs Leben*, 2006; *Drive*, 2008). Die Profi-Killerin Tin-Tun aus *Mistelzweig* tritt bislang nur in Erzählungen auf. www.thomaskastura.de

Gisa Klönne, 1964 geboren, studierte Anglistik und arbeitete als Journalistin. Mit ihren von der Presse hoch gelobten Kriminalromanen um die Kommissarin Judith Krieger hat sie sich eine große Fangemeinde geschaffen. Auch der erste Krimi-Adventskalender (*Leise rieselt der Schnee* ...), den sie herausgegeben hat, war ein Bestseller. Im Jahr 2009 erhielt sie für *Nacht ohne Schatten* den Friedrich-Glauser-Preis für den besten Roman. Ihre Bücher wurden in mehrere Sprachen übersetzt. Zuletzt erschien von ihr der Kriminalroman *Farben der Schuld*. Gisa Klönne lebt in Köln. www.gisa-kloenne.de

Sabine Kornbichler, Jahrgang 1957, wuchs an der Nordsee auf. Nach einem Volkswirtschaftsstudium arbeitete sie unter anderem als Texterin und Beraterin in einer PR-Agentur, bis sie sich dem kreativen Schreiben zuwandte. Gleich ihr erster Roman *Klaras Haus* (Knaur Verlag) war ein großer Erfolg. Seither erschienen acht weitere Romane, zuletzt die Kriminalromane *Gefährliche Täuschung*, *Der gestohlene Engel* und *Das Richterspiel*. www.sabine-kornbichler.de

Beatrix Kramlovsky, österreichische Europäerin, 1954 geboren, lebte nach ihrem Sprachenstudium lange im Ausland. Sie ist Schriftstellerin, bildende Künstlerin, Lehrende und eine begeisterte Reisende. Lebensthemen in der Literatur sind Ausgrenzungen und Abgrenzungen jeder Art, gewaltsamer Tod. Beatrix Kramlovsky veröffentlichte (Kriminal-)Romane, Dramen, Erzählungen und Kurzgeschichten in mehreren Sprachen. Sie erhielt zahlreiche Kunst- und Förderpreise. Im Winter 2009 ist die erweiterte Neuauflage des preisgekrönten Reiseprosabandes *Die Erde trägt ein Kleid aus Worten* im Schweizer Europaverlag geplant. www.kramlovsky.at

Volker Kutscher, geboren 1962 in Lindlar im Bergischen Land, arbeitete nach dem Studium der Germanistik, Philosophie und Geschichte zunächst als Tageszeitungsredakteur, bevor er seinen ersten Kriminalroman schrieb. Heute lebt er als freier Autor in Köln. Mit seinem Roman *Der nasse Fisch*, dem Auftakt einer Reihe um den Kriminalkommissar Gereon Rath, wandte er sich dem Berlin der frühen dreißiger Jahre zu. 2009 folgte *Der stumme Tod*. Der nächste Gereon-Rath-Roman soll im Jahr 2010 erscheinen.

Ulla Lessmann, geboren 1952 in Bremerhaven, Journalistin und Diplomvolkswirtin, lebt als freie Autorin für Hörfunk und Print, Moderatorin und Schriftstellerin in Köln und Italien. Sie ist Mitglied im Syndikat, im Verband deutscher Schriftstellerinnen und Schriftsteller und ist Präsidentin des Krimiautorinnen-Netzwerks »Mörderische Schwestern«. Seit 1983 schreibt sie Kriminalromane, Kurzkrimis, Novellen, Satiren, Gedichte und wurde mit mehreren Preisen ausgezeichnet, u. a. mit dem Emma-Journalistinnenpreis; zuletzt erhielt sie das Krimi-Schreib-Stipendium des Juister Krimifestivals »Tatort Töwerland« und wurde für den Kärntner Krimipreis nominiert. www.ulla-lessmann.de

Beatrix Mannel studierte Theater- und Literaturwissenschaften. Danach arbeitete sie knapp zehn Jahre als Redakteurin beim Fernsehen, bis sie 1996 damit anfing, ihren Mädchentraum vom Bücherschreiben zu verwirklichen. Seitdem hat sie Romane und Geschichten für Kinder und Jugendliche veröffentlicht, ebenso Krimis und historische Romane für Erwachsene. Außerdem macht es ihr viel Vergnügen, ihre Schreiberfahrungen in Workshops für alle Altersstufen weiterzugeben. www.beatrix-mannel.de

Felicitas Mayall, 1947 in München geboren, studierte Politikwissenschaften und absolvierte die Deutsche Journalistenschule in München. Sie war Redakteurin bei der *Süddeutschen Zeitung* und lebt inzwischen als freie Autorin südlich von München. Unter dem Namen Barbara Veit hat sie über vierzig Kinder- und Jugendbücher geschrieben. In ihrer Krimiserie um die Münchner Kommissarin Laura Gottberg erschienen bisher sechs Romane, zuletzt *Die Stunde der Zikaden*. Zudem verfasste sie literarische Reiseberichte über Australien und die Toskana.

Susanne Mischke hat mehr als ein Dutzend Romane veröffentlicht, vorwiegend Kriminalromane sowie zwei Jugendkrimis und eine große Anzahl von Kurzgeschichten. Sie schrieb zwei Serien-Drehbücher und ein Kriminalhörspiel und arbeitet derzeit am dritten Band ihrer Hannover-Krimiserie um den kauzigen Kommissar Bodo Völxen und seine Schafe. 1996 erhielt sie den Lichtenbergpreis für Literatur, 2001 den Frauen-Krimipreis der Stadt Wiesbaden. Sie ist hauptberuflich Schriftstellerin und lebt in Wennigsen am Deister. www.susannemischke.de

Sabina Naber, geboren 1965 in Niederösterreich und wohnhaft in Wien, studierte Theaterwissenschaften und anderes in Wien. Sie arbeitete als Schauspielerin und Regisseurin und war auch als Journalistin und Drehbuchautorin tätig. Ihr erster Kriminalroman mit der Wiener Kommissarin Maria Kouba, *Die Namensvetterin*, erschien 2002. Inzwischen liegen fünf Maria-Kouba-Krimis vor, zuletzt erschien *Die Lebenstrinker* (März 2009). Sie veröffentlichte auch zahlreiche Kurzgeschichten. Für ihre Kurzgeschichte *Peter in St. Paul* wurde Sabina Naber 2007 mit dem Friedrich-Glauser-Preis ausgezeichnet. www.sabinanaber.at

Beate Sauer, 1966 in Aschaffenburg geboren, studierte Philosophie und katholische Theologie und absolvierte eine Ausbildung zur Journalistin. Seit 1997 arbeitet sie als freie Autorin und lebt in Bonn. Für *Der Heilige in deiner Mitte* erhielt sie 1997 den ersten Preis in der Sparte Kriminalroman beim 10. Nordrhein-Westfälischen Autorentreffen. Ihr historischer Kriminalroman *Die Buchmalerin* wurde ein Bestseller und war 2006 für den Friedrich-Glauser-Preis nominiert. Der historische Kriminalroman *Der Geschmack der Tollkirsche* erschien 2007, der historische Roman *Der Stern der Theophanu* 2009.

Regula Venske lebt als freie Schriftstellerin in Hamburg. Sie wurde unter anderem mit dem Oldenburger Jugendbuchpreis, dem Deutschen Krimipreis und dem Lessing-Stipendium des Hamburger Senats ausgezeichnet und für den Frauen-Krimi-Preis der Stadt Wiesbaden nominiert. Zuletzt erschienen *Als Papa den Mond abschoss* (Silvesterabenteuer für junge Leser), *Bankraub mit Möwenschiss* (Krimikomödie) und *Der Bajazzo* (Kriminalroman, Suhrkamp Verlag). www.regulavenske.de